KB179648

❧ 《신성한 제인 에어 북클럽》은 문학성과 영성, 자전적 특징을 모두 담고 있다. 이 책은 사태의 진실(홀로코스트에서 개인적 배반에 이르는)에 천착한다. 그 진실이 얼마나 혹독하든 상관 없다. 우리는 마치 텍스트에 우리 삶이 달려 있는 듯(나는 실제로 그러하다고 믿는다) 그것을 대하는 (바네사의) 읽기 방식을 따라가면 된다.

테리 템페스트 윌리엄스Terry Tempest Williams, 추천사 중에서

❧ 이 격조 높고 다정한 글에서 바네사 졸탄은 고통, 생존, 그리고 철저한 검증을 견뎌낼 수 있는 생의 의미에 관한 맹렬한 통찰을 쓴다.

존 그린John Green, 《잘못은 우리 별에 있어》, *Anthropocene Reviewed* 저자

❧ 무신론자로서 나는 이런 설교가 간절했다. 독자로서 이런 주해를 기다렸다. 이것은 세속적으로 기도하는 법 그 훨씬 이상, 경건하게 읽는 법 그 훨씬 이상의 책이다. 그리고 그것은 제인 에어뿐 아니라 기적과도 같은 바네사 졸탄과의 놀라운 세속적 우정을 통해 우리에게 전해진다.

로렌 샌들러Lauren Sandler, *This is All I Got, Righteous* 저자

❧ 전통적인 종교를 유지하기 어렵다고 느낄 때, 우리는 어떻게 의미 있는 삶을 창조할 수 있을까. 단지 목적 의식이 아니라, 그 목적에 구조와 힘을 부여하는 의식과 실천을 말이다. 바네사는 급진적이고 아름다운 생각으로 윤리와 미학 사이의 경계를 파괴한다. 이는 모든 열정적인 독자들에게 진실로 울릴 것이다. 의도적인 독서는 우리의 삶을 강화하고 형성할 수 있다. 책의 힘에 관해 쓴 러브레터 이상으로, 종교적 실천을 재해석하는 것 이상으로, 그리고 제인 에어를 읽는 것 그 훨씬 이상으로, 이 책은 졸탄의 편안한 목소리로 우리를 초대하여, 우리의 가장 취약한 부분을 친밀하게 만나게 하고, 문학이 어떻게 그것들을 신성화할 수 있는지를 보여준다.

대라 혼 Dara Horn, *Eternal Life, People Love Dead Jews* 저자

❧ 이 책은 당신을 웃게 할 것이다. 당신을 울게 할 것이다. 그러나 무엇보다도, 이 책은 당신이 읽는 법을 영영 바꿔놓을 것이다.

캐스퍼 터 카일, 《리추얼의 힘》 저자, '해리 포터와 신성한 텍스트' 공동 진행자

❧ 《신성한 제인 에어 북클럽》은 문학을 통해 얻는 더 좋은 삶과 사랑에 대한 재미있고 사랑스러운 안내서다. 내가 읽은 조부모님의 초상화 중 가장 애틋한 것은 말할 것도 없다. 제이 개츠비와 해리 포터도 마찬가지다. 누가 저항할 수 있겠는가?

마크 오펜하이머 Mark Oppenheimer, 팟캐스트 'Unorthodox' 진행자

신성한
제인 에어
북클럽

신성한
제인 에어
북클럽

충분히 깊게 읽는
경이로운 경험에 대하여

바네사 졸탄 지음
정효진 옮김

옐로브릭

내게 제인을 보여 주신 엄마,
버사를 보여 주신 스테퍼니 교수님,
그리고 아빠께.
언제나 아빠를 자랑스럽게 해 드리려고 글을 씁니다.

차례

• **일러두기**

　본문 하단의 각주는 역자 주임.

작가의 말

이 책은 좀 느슨한 의미에서 내 '설교'들을 모은 책이다. **설교**라고 말하는 이유는, 내가 좋아하는 소설을 성서로 삼아 거기서 찾은 가장 좋은 복음을 이야기하는 책이기 때문이다. 하지만 기적의 시대* 이후에 쓰인 소설을 자료로 무신론자 유대인이 쓴 책이니, **에세이**라는 말도 적절할 것 같다. 그리고 이 책에 실린 설교 중 열두 편은 내가 가장 좋아하는 《제인 에어》를 바탕으로 한 것이다.

이처럼 일종의 설교인 이 책에는 당연히 스포일러가 포함되어 있다. 내가 참조한 네 개의 텍스트인 《제인 에어》, 《작은 아씨들》, 《해리 포터와 죽음의 성물》, 《위대한 개츠비》에는 모두 큰 반전이 있는데, 설교라는 목적을 위해 그 내용을 부득이하게 밝혀야만 했다. 그래서 아직 읽지 않았다면 이 멋진 책들부터 먼저 읽기를 권하고 싶다. 하지만 연구에 따르

---

* 기적이 일어나던 성경 시대를 일컫는 관용어

면(샌디에이고 캘리포니아 대학교의 연구가 가장 유명할 것이다) 스포일러가 텍스트를 즐기는 데 도움을 준다고 하는데, 플롯을 미리 알면 이야기를 따라가거나 다음 단계를 추측하느라 주의가 흐트러지지 않아도 되기 때문이라고 한다. 그런 염려가 없다면 독자는 이야기를 편안하게 즐길 수 있다. 당신이 어떤 결정을 하든, 여기서 분명히 해 두고 싶은 말은 이것이다. 이 책을 계속 읽기로 결정했다면, 스포일러 없는 소설 이야기는 기대하지 마시기를.

또 한 가지 말해 두고 싶은 것은, 내가 다루는 텍스트들이 모두 백인 시스젠더의 작품이라는 점이다. 그렇게 선택한 이유는 내 영역이 아닌 것을 전용轉用하는 일을 피하기 위해서인데, 그 때문에 반대편이 무시될 위험에 대해서도 나는 잘 알고 있다. 만약 나에게 영감을 준 책 중에서 인종이나 성정체성이 다른 작가들의 책이 궁금하다면 입문용으로 다음 책들을 추천하고 싶다.

록산 게이Roxane Gay는 패러다임을 전환하는 책《나쁜 페미니스트Bad Feminist》에서 자신의 삶과 그와 관련 있는 굵직한 주제들을 이해하기 위해 문학과 대중문화를 사용한다.《시민Citizen》은 클로디아 랭킨Claudia Rankine이 자신과 같은 인종의 사람들이 살아온 삶을 집중적으로 조명하면서 정체성 문제, 그리고 사회가 몸을 인식하는 방식을 탐구한 책이다. 또한 대니얼 래버리Daniel Lavery는《제인 에어 읽기Texts from Jane Eyre》라는 유쾌한 책에서 다양한 문학 작품을 넘나들며 캐릭터들을 조롱하거나 칭찬하면서 재치 있는 필력을 보여 주고,《당신에게 충격과 수치를 주는 것들Something That May Shock and Discredit You》이라는 에세이에서도 유사한 주제를 탐구한다.

루이즈 어드리크Louise Erdrich는《사랑의 묘약Love Medicine》이라는 탁월한 책에서 여러 가족의 이야기를 함께 엮어 복잡하고도 아름다운 문화들을 탐색한다. 그리고 야 기야시Yaa Gyasi의 소설《귀향Homegoing》은 세대 간의 트라우마라는 문제를 핵심 주제로 다루고, 카르멘 마리아 마차도Carmen Maria Machado의 회고록《꿈의 집에서In the Dream House》역시 문학이론을 사용해 삶에서 경험한 트라우마를 이해하는 과정을 보여 준다. 목록이 너무 축소되긴 했지만, 시스젠더의 작품에만 매몰되지 않기를 바란다면 이 책들이 좋은 입문서가 될 것이다. 실제로 이 저자들은 문학의 교차 읽기, 정체성, 가족, 그리고 문화의 문제를 이해하는 데 큰 영감을 준 고마운 사람들이다.

나는 이 책에서 내 경험과 기억을 진실하게 나누려고 노력했다. 같은 경험을 했다 해도 다른 이들이라면 전혀 다른 방식으로 표현했을 것이다. 또한 내 사랑하는 형제들과 내가 가족을 이해하는 방식 역시 서로 다르다. 따라서 내가 트라우마를 물려받은 사람에 대한 이야기를 할 때, 그것은 다른 누구도 아닌 바로 나 자신을 대변하는 말임을 분명히 해 두겠다.

바네사 졸탄과 함께 읽기

샬럿 브론테Charlotte Brontë와 그의 소설 《제인 에어》를 매우 좋아하긴 하지만, 그럼에도 나는 이 소설의 팬이라기보다 바네사 졸탄의 팬이다. 그래서 나는 이 서문에서, 특정한 책 내용을 다루는 이 책의 성격을 조명하기보다 독자들에게 한 가지 사실을 알려 주고 싶다. 바로, 당신이 이제 막 연금술사의 손안에 들어왔다는 사실이다. 브리태니커 사전은 연금술사라는 단어를 이렇게 정의한다. "물질을 변화시키는 능력이 있는 사람. 특히 비금속을 금으로 만들거나 만병통치약을 추출하는 사람." 바네사는 자신이 좋아하는 어떤 구절이든 그 안에서 신성함을 찾을 수 있는 사람이다. 그만이 가진 힘과 마법으로 신성함이라는 금과 만병통치약을 추출해 낸다. 해리 포터 시리즈를 사랑하는 그가 '해리 포터와 신성한 텍스트 Harry Potter and the Sacred Text'라는 팟캐스트로 7만 명의 팬들을 불러 모은 것은 그리 놀라운 일이 아니다. 바네사와 함께 하는 읽기는 거룩한 행위다.

내가 이런 이야기를 할 수 있는 것은, 내 인생을 변화시킨 문학 순례에서 그를 따라 경험한 일들 때문이다.

2018년 6월 3일, 나와 남편 브룩은 바네사 졸탄과 스테퍼니 폴셀Stephanie Paulsell(바네사는 이 책을 자신의 부모님과 이분에게 헌정하고 있다)의 첫 번째 '커먼 그라운드Common Ground' 순례 프로젝트에 합류해 영국 서섹스 다운즈로 갔다. 우리는 열두 명가량의 다른 순례자들과 함께 문학 순례를 하며 버지니아 울프Virginia Woolf의 《등대로To the Lighthouse》를 읽었다. 단순히 작가가 쓴 글을 읽는 데 그치지 않고, 그가 예술과 전쟁과 복잡한 가족의 삶에 대한 정교한 소설을 쓰면서 산책했을 비옥한 땅도 거닐어 보았다.

나는 하버드 신학교에서 가르치며 작가로 활동하고 있는데, 바네사와 스테퍼니를 만난 곳도 바로 이 학교다. 영문학 전공자로서 나는 텍스트 읽는 법을 잘 안다고 생각했고, 작가로서 텍스트를 쓰는 법도 잘 안다고 생각했었다. 하지만 이 명민하고 풍부한 감성을 지닌 이들의 공동체에서 《등대로》를 읽으면서 알게 된 것은, 나의 읽기와 쓰기가 충분히 깊지 못하다는 사실이었다.

매일 아침 우리는 숙박하던 틸턴 하우스에 모여 큰 소리로 텍스트를 읽었다. 그리고 베네딕트회의 읽기 방식인 '렉시오 디비나*Lectio Divina*'와, 중세의 '플로릴레기움*florilegium*'*을 렌즈로 삼아 그 텍스트에 대해 토론했다. 저자가 책에서 다루고 있는 이 두 가지 방식은, 텍스트가 더 온전한 의미를 갖고 우리 삶과 더 긴밀하게 연결되게 해 주는 중요한 도구다. **이 문장에서는 과연 어떤 일이 일어나고 있는가? 이 구절 전후에는 무엇이 놓여 있는가? 그것은 당신의 삶에서 무엇을 환기시키며 무엇을 유발하는가?**

이 책의 모든 장章은 바로 이런 읽기 훈련을 통해 구체화된 내용들이다. 나는 이런 방식으로 《등대로》를 읽으면서, 내가 단순히 문학 순례를 떠난 것이 아니라 영적 순례를 떠난 것임을 깨달았다.

매일 읽기가 끝나면, 우리는 틸턴 하우스에서 버지니아 울프가 살았던 몽크스 하우스까지, 그리고 버지니아의 언니 바네사 벨의 별장인 찰스턴까지 16킬로미터에 이르는 거리를 걸었다. 나는 일기장에다 버지니아 울프의 서재 벽면 색에 대해 빼곡하게 메모했다. 그것은 녹색이었다. 그리고 계단통에 걸린 레너드 울프의 나비 수집물에 황홀해했다. 나는 둥근 식탁을 스케치했고, 바네사가 채색했다. 모든 방 구석구

---

* 중요한 문구를 발췌해 기록해 두는 것

석에서, 의자 하나하나에서 그들이 나누었을 대화를 상상하고 그 대화에 참여하는 내 모습을 꿈꾸어 보기도 했다. 그리고 이 두 장소에서 본 영국식 정원은, 우리 내면의 공간에 주의를 기울이며 머무를 수 있는 외적 공간을 창조하고 싶은 열망을 불러일으켰다.

이런 지리적인 요소들은 여성이자 작가인 버지니아 울프라는 사람과 그의 가족적 배경, 그리고 《등대로》가 탄생한 과정들을 더 깊게 이해하도록 도와주었다. 발로 디딘 땅에서 우리의 언어가 솟아 나왔고, 종달새와 양들, 길게 자란 잔디 위로 흐르던 바람, 함께 걷는 우리 발걸음의 리듬이 그 언어를 어루만졌다.

바네사가 머릿속에 그렸던 것은 바로 이런 경험들이었다.

램지 부인이 사망하는 장면을 읽은 날에는 걸어서 우즈 강으로 갔다. 그곳에서 우리는 전쟁 때문에 버지니아 울프의 내면에 울려 퍼진 심리학적 조종弔鐘 소리에 귀를 기울이고, 마침내 외투 주머니에 돌을 채워 강으로 그리고 죽음으로 걸어 들어간 그를 생각했다.

그리고 한 달 후 내 친형제가 스스로 목숨을 끊었다. 다운즈에서 영적 동반자로 함께 걸었던 바네사는 이번에도 깊은 슬픔의 강을 건너는 나와 동행해 주었다.

《신성한 제인 에어 북클럽》은 매우 변혁적인 책인데, 그 이유는 저자 바네사 졸탄이 매우 변혁적인 인물이기 때문이다. 그는 영리하고 재미있고 재기발랄하고 현명하며, 심원한 것과 속된 것을 동시에 사랑할 줄 아는 사람이다. 그는 수준 높은 문학의 깊이를 이해하는 동시에 로맨스 소설에서도 소중한 가치를 발견한다. 그는 개와 아이들을 사랑하고 그들의 눈을 바라보며 경이를 느낀다. 그가 맡은 종교적 책무는 규칙을 깨뜨리면서 마음을 치유하는 것이다. 하지만 내가 바네사를 사랑하는 가장 큰 이유는 그의 빛나는 정신과 집요한 사랑 때문이다. 가족을 향한 그의 사랑과 공동체를 향한 사랑, 다양한 방식으로 표현된 모든 텍스트를 향한 사랑을 나는 사랑한다.

바네사에게 신성함이란 행동이다. 그의 말을 들어 보자. "존경하는 누군가에게 소리 내어 자신의 생각을 이야기하다 보면 어느덧 자신의 목소리를 발견하게 된다. 또 신성하고 헌신되고 엄격한 공간에서 다른 이들과 관계 맺다 보면 점차 그 **사람들**을 신성하게 여기게 되는데, 사실 이것이 바로 이 모든 작업의 핵심이다." 이것이야말로 진정한 신학자의 말이고, 바로 이 말에 소중한 비밀이 숨겨져 있다. 바네사가 즐겨 쓰는 표현을 빌리자면, 이 말이 바로 나의 '작은 보석', 오늘의 핵심 문구, 그리고 이 서문의 핵심이다. 끊임없이 탐구하고 질문하고 느끼고 창조하고 인간을 구원하는 말의 능력을 믿는 그는, 내가 지금껏 만난 이들 중 가장 영적인 사람이다. 그는 동사verb의 여인이기에, "당신이 잘 사랑할 수 있는 것을 사랑하라"라고 끊임없이 외친다.

내 마음속에 가장 선명하게 각인된 《제인 에어》의 주제는 이런 것이다. 사랑하고 사랑받을 때 그리고 자신이 어디에 속한 존재인지를 알 때 우리는 진정으로 성장할 수 있으며 가장 높고 깊은 수준의 자신이 될 수 있다. 이것은 《제인 에어》의 인물들이 말해 주는 진실이며, 바네사 졸탄이 말하는 진실이기도 하다. 이들은 태어나면서부터 주어진 정체된 조건을 깨부수는 용감한 인물들이다.

나는 제인과 바네사가 함께 무릎을 꿇고 앉아 기도하는 모습을 상상해 본다. 심지어 제인을 가두고 또 그를 해방했던 붉은 방 안에서 기도하는 장면도 상상할 수 있다. 내 상상 속 그들의 기도는 그들이 지녔던 공통의 열망에서 자라난 것인데, 바로 여성이 남성보다 열등하고 계급이 인격보다 중요하고 성서처럼 자리 잡은 소수의 좋은 이야기들만이 세상을 진정으로 바꿀 수 있다는 지배적 서사를 바꾸고자 하는 열망이다.

나는 로맨스 소설에 신성함을 부여하는 이 책의 대담함을 사랑한다. 또한 그 유머와 겸손을, 그 공손함과 불손함을 사랑한다. 《신성한 제인 에어 북클럽》은 문학성과 영성, 자전적 특징을 모두 담고 있다. 이 책은 사태의 진실(홀로코스트에서 개인적 배반에 이르는)에 천착한다. 그 진실이 얼마나 혹독하든 상관없다. 가부장이 군림하는 저택을 불태울 만큼 강렬했던 버사의 분노는 신성한 분노다. 여성들에게 흔히 보이는 광기는 사실 그들의 비범한 재능이다.

나는 그 모든 것들을 감히 느끼고자 하는, 그리고 자신이 사랑하는 넓고 깊고 다채로운 모든 것을 위해 행동하고자 하는 바네사 졸탄의 재능을 사랑한다. 제인 에어는 이렇게 말한다. "내가 기억하는 한, 현실의 세계는 넓었다. 그리고 희망과 두려움, 온갖 감각과 자극으로 가득 찬 다채로운 땅이, 고통을 감수하며 진정한 지식을 얻기 위해 그 광활함 속으로 뛰어들 용기를 지닌 자를 기다리고 있었다."

바네사에게 읽기는 기도다.

이제, 사랑하는 독자들을 위해 기도하고 싶다. 용감한 주인공을 다루는 이 용감한 책을 통해 당신이 좀 더 용감한 독자가 되기를. 텍스트가 말하고자 하는 내용에 주의를 기울이면서 끊임없이 변화되었던 바네사가 저자와 독자로서 당신에게 발휘하는 마법에 좀 더 자신을 열기를. 우리는 마치 텍스트에 우리 삶이 달려 있는 듯(나는 실제로 그러하다고 믿는다) 그것을 대하는 그의 읽기 방식을 따라가면 된다.

깊이 있고 대담한 읽기를 통해 종이 위의 단어들을 금으로 바꾸는, 바네사라는 이름의 이 연금술사와 함께하는 동안 예상치 못한 진실이 드러날 것이다.

신성한 텍스트는 자신을 드러낸다.

테리 템페스트 윌리엄스

서문:
기도를 사랑하는
무신론자

"오늘 밤은 앞이 분명하게 보이지 않아요.
머릿속에 무슨 생각이 들어 있는지도 알 수 없고요.
삶의 모든 것이 비현실적으로 보여요."

《제인 에어》 25장 중에서

그해 여름 서른두 살이었던 나는 숨 쉴 틈 없이 꽉 찬 12주 동안 목사가 되기 위한 수습 기간을 거치고 있었다. 그 기간 이 끝날 즈음, 나는 흐리멍덩한 마음으로 성경을 팔에 끼고 병원 복도를 따라 이리저리 환자들을 방문하고 있었다. "안 녕하세요? 영적 돌봄 부서에서 온 바네사라고 합니다. 오늘 은 좀 어떠신가요?"

내가 선택한 이 새로운 일을 위해 처음 훈련받은 곳은 로 스앤젤레스의 유대계 병원인 시더스시나이 의료센터였는 데, 그 전에 2년 동안이나 지냈던 하버드 대학교 기숙사와는 굉장히 먼 반면에 내가 태어나 자란 곳과는 불과 몇 킬로미 터밖에 떨어지지 않은 곳이었다. 나는 그곳에서 남동생 데이 비드와 그의 약혼녀 수잰과 함께 지내고 있었다. 나는 그들 이 새집으로 이사 가는 것을 도왔고, 부부의 침대가 집에 도 착하기 전에 먼저 손님용 방에 자리를 잡아 두 사람의 낭만 적 시작을 초반부터 뭉개 버렸다. 내가 두 사람의 혼인신고 를 하러 간 사이, 내 깨져 버린 약혼의 약혼반지 같은 강아지 가 온 집을 오줌으로 적시면서 신혼부부의 새 출발에 세례를 주었다. 이 강아지는 캘리포니아 잔디에 알레르기가 있었던 것이다.

그 여름 나는 10킬로미터 달리기에서 최고 기록을 냈고,

하프 마라톤에 나갈 훈련을 할 정도였다. 그야말로 내 몸은 최고 상태였지만, 일에 너무 몰두한 나머지 집에 오면 곧장 나가떨어지곤 했다. 평일에는 데이비드 부부네서 지내다가 주말이 되면 샌퍼낸도 밸리의 부모님 집으로 갔다. 늘 주말이 오기만을 기다렸던 나는, 로스앤젤레스의 금요일 저녁 교통 체증을 피하기 위해 새벽 6시에 출근해 2시에 퇴근했다. 조수석에다 카세트 라디오를 놓고 오디오북을 여러 권 들으며 할아버지의 1996년식 볼보를 몰았다.

그렇게 늘 집으로 돌아가는 삶이 반복되었다. 부모님 집으로 갈 때는 녹초가 된 상태로, 데이비드네 집으로 갈 때는 강아지가 어떤 난동을 부렸을까 초조한 마음으로. 평일에는 근위축성 측삭경화증 진단을 받았거나, 조울증을 겪다 자살을 시도했거나, 고관절 치환 수술을 받는 환자들과 시간을 보냈다. 물론 병실의 고요함이 주는 기쁨을 느낄 때도 있었다. 나는 사제 두 명, 랍비 두 명과 함께 몇 시간짜리 수업도 듣고 있었는데, 사실 기억할 만한 것이 전혀 생각나지 않는 수업이었다.

그러니까 새로운 경험들이 쓰나미처럼 밀려들었던 초현실적인 여름이었다고 해야 할 것이다. 물론, 밀려오는 파도를 눈으로 볼 수 있다고 해서 그것을 피할 수 있는 것은 아니었다. 하지만 유일하게 현실적으로 와닿은 것이 있는데, 수많은 환자들을 방문하거나 데이비드네 집과 부모님 집에 있을 때 의지했던 나의 성경인 바로 19세기 고딕 로맨스 소설이었다. 그 분주했던 여름에 내가 지니고 다녔던 성경은 바로 샬럿 브론테의 《제인 에어》였다.

나는 신성함이라는 개념을 사랑한다. 나는 나 자신 바깥에 있는 더 큰 어떤 존재가 나를 불러 주기를 바란다. 나는 죽음에 대한 생각을 내내 회피하며 살다 끝내 죽음으로 들어가는 그런 삶을 바라지 않는다. 나는 나 자신에게 놀라움을 선물하고 싶고, 세상이 나를 놀라게 하는 방식을 존중하고 싶다. 나는 다른 사람들과, 이 지구와, 그리고 나 자신과 깊이 연결되고 싶다. 우리 안에서 상해 있는 어떤 것이 회복되는 데 도움이 되는 사람이고 싶다. 그것이 바로 내가 서른 살에 신학교에 들어간 이유였다.

하지만 신과 그에 관한 언어, 성경, 교회 같은 것들은 나와 전혀 맞지 않았다. 그리고 학교를 다니는 도중에 마침내 깨달은 것은, 전통 종교에 대한 나의 저항심이 결코 꺾이지 않으리라는 사실이었다. 나는 기도하는 법을 배우고 싶었고, 성찰하는 법과 유약한 존재가 되는 법을 배우고 싶었다. 그리고 신과 그 성경을 믿지 않는다고 해서 그것들이 불가능한 것은 아니었다.

　많은 이들이 그렇듯 나 역시 성경에 대해 매우 복잡한 감정을 느끼고, 그것으로 기도를 하려고 할 때조차 마음이 산란해진다. 기도를 시작하려고 마음먹는 단계에서부터 엄청난 경고 표시가 나타난다. 그래서 나는 평소 좋아했던 스테퍼니 폴셀 교수님을 찾아가, 한 학기 동안 《제인 에어》를 가지고 기도하는 법을 가르쳐 주실 수 있는지 물었다.

　《제인 에어》를 신성한 텍스트로 대한다는 것은 의도적으로 이 소설을 소설 이상으로, 예술 그 이상으로 바라본다는 의미이기도 했다. 나는 이 책의 인물들을 실재하는 존재로 여기기 시작했다. 소설 이상의 의미를 가진 이 텍스트로 기도하고 숙고하면서, 나는 등장인물을 반은 인간이고 반은 허구인 유령으로 변신시켜 나갔다. 나는 이제 그들의 고통을 응시할 때 그것을 예술로서 대하는 동시에, 내가 부여한 실재성을 느낄 수 있다.

　그 학기에 우리는 내가 답을 찾고 있던 주제로 곧장 파고들었다. 신성한 영감을 받아 기록된 것이 아니라고 여겨지는 텍스트를 신성하게 대하는 방식에 대해서 말이다. 우리가 세운 계획은, 내가 매주 소설에서 몇몇 구절을 발췌해서 그것들을 기도로 대하며 숙고해 보고, 그 기도들을 깊이 탐구한리포트를 작성하는 것이었다. 그러고 나서 함께 그 구절들을 가지고 기도하기로 했다.

하지만 이 작업은 예상보다 꽤 힘들었다. 기도에 대한 거부감이 도통 사라지지 않았던 것이다. 유대교에서는 미리 작성된 기도문으로 기도를 하며, 게다가 그것은 늘 히브리어로 되어 있다. 그래서 영어로 기도하는 것은 나의 유대교 전통과 우리 가족에 대한 크나큰 배반처럼 느껴졌다. 그냥, 말이 떨어지지 않았다. 스테퍼니 교수님은 이따금 매우 부드럽게 기도를 권유했지만 내가 계속 저항하자 대신 책 몇 권을 건네주셨다. 그중에는 귀고Guigo 2세의 책이 있었는데, 그는 동료 수사들이 하느님께 나아가도록 돕기 위해 4단계 읽기 훈련을 개발한 카르투시오회 수사였다. 《소설의 기능How Fiction Works》을 쓴 작가이자 나 같은 무신론자인 제임스 우드James Wood의 책도 있었다. 시몬 베유Simone Weil도 있었다. 그녀는 프랑스 비시에서 미국으로 망명했다가 다시 유럽으로 돌아간 유대인인데, 아우슈비츠 포로들을 생각하며 자신의 특권을 거부하다가 결국 기아로 사망했다.

초반에는 교수님께 기도와 신성함의 정의를 계속 묻곤 했다. 그러면 학자이자 성직자인 그분은 다양한 사상가와 신학자들이 그 주제에 대해 이야기한 것들을 들려주시고 그에 대한 내 생각을 물으셨다. 그리고 마침내 우리는 신성함이란 어떤 '것'이 아니라 '행동'이라는 결론을 내렸다. 만약《제인 에어》가 신성하다고 결론 내린다면, 그것은 내가 취하는 행동 때문이다.《제인 에어》를 신성하게 대하기로 결단하는 것이야말로 중요한 첫걸음이며, 생각해 보면 사실 모든 결단이 그러하다. 그러니까 어떤 것과 관계 맺기로 결단하는 의식ritual이 그것을 신성하게 만드는 것이다. 어떤 사물이 신성한 것은 그것이 사랑을 받기 때문이다. 신성함을 결정하는 것은 텍스트 자체가 아니라, 그것을 둘러싼 행동과 그 행위자이며, 텍스트에 던져지는 질문과 그 텍스트로 돌아가는 방식이다.

신성함이란 어떤 '것'이 아니라 '행동'이다.

이러한 전제는 신성한 텍스트를 대하는 전통적 태도와 현격한 차이가 있다. 성경을 신성하게 만드는 것은 교회의 정통성과 권위, 시성諡聖 제도, 시간, 의식, 그 외 여러 요소가 맞물려 돌아가는 복잡한 생태계다. 만약 성경이나 코란의 신성함에 의문이 제기된다면, 수많은 사람과 제도가 일시에 그것을 옹호하기 위해 일어날 것이다. 각 개인들이 이 텍스트들을 어떻게 대하는지와 상관없이, 이것들은 매우 광범위하게 그 신성함을 인정받는다. 하지만 내가《제인 에어》를 대하는 방식을 통해 제안하는 바는 그와 정확히 반대다. 만약 누군가가 《제인 에어》를 문 버팀쇠로 대한다면, 실제로 그렇게 될 것이다. 만약 그것을 신성하게 대한다면, 《제인 에어》는 신성해질 수 있다.

수개월의 작업을 거치며, 우리는 어떤 텍스트를 신성하게 대하기 위해 필요한 요소 세 가지를 발견하게 되었다. 그것은 바로 '믿음'과 '엄격함'과 '공동체'다.

시몬 베유는 **믿음**을 "필요 불가결한 조건"이라고 말했다. 내가 믿음에 대해 깨달은 것은, 어떤 텍스트와 오랜 시간을 함께할수록 그것이 우리에게 더 많은 선물을 줄 거라고 믿어야 한다는 사실이다. 심지어 열다섯 살이나 스무 살, 스물다섯 살 무렵에 읽었던 어떤 텍스트가 현재의 관점에서 너무 인종차별적이거나 가부장적이어서 그것을 읽었던 시간이 큰 퇴보로 여겨질 때조차도, 그 순간에 당신은 그 책과 성스러운 시간을 보내고 있었음을 인정해야 한다. 나는 브론테가 자신의 단어 선택을 통해 무슨 일을 하고 있는지, 각 구절이 무슨 역할을 하고 있는지 도무지 이해되지 않을 때도, 그 텍스트를 구식이라거나 시대착오적이라거나 불완전하다는 식으로 평가절하하지 않기로 엄숙히 맹세했다. 그리고 잘못은 텍스트가 아닌 나의 읽기 방식에 있다고 믿기로 했다. 나를 지도해 주신 찰스 할리시Charles Hallisey 교수님은, 텍스트에 대해서 배울 것이 아니라 텍스트로부터 배워야 한다고 늘 말씀하곤 하셨다. 그래서 나는 텍스트 안에는 드러나야 할 본질적인 어떤 것이 숨어 있다고 믿었고, 그것이 내 안에서 무엇인가를 하도록 늘 읽고 연구했다. 물론 나는 이 작품에 대해 내가 모르는 내용을 알기 위해 조사하는 일은 하지 않았다. 작가를 좀 더 제대로 이해하기 위해 샬럿 브론테의 다른 작품을 읽는다거나 전기적인 요소를 조사하지도 않았다. 다만, 그에 대해 이미 아는 내용들이 내 읽기에 영향을 미친 것은 사실이다. 나는 샬럿의 아버지가 성직자였다는 걸 알았고, 그것은 세인트존을 읽는 데 영향을 미쳤다. 그리고 그가 인생에서 크나큰 상실을 경험했다는 사실도 알고 있었는데, 그 때문에 어린 고아인 제인에게 더욱 큰 연민을 느낄 수 있었다.

텍스트에 대해서 배울 것이 아니라, 텍스트로부터 배우라.

금요일 저녁 예배를 드릴 때, 랍비들은 창세기가 쓰인 것으로 추정되는 연도가 언제이고 현재 형태의 창세기가 정식 성경으로 승인된 것은 언제인지에 대해 이야기하지 않는다. 대신, 좋은 랍비라면 하느님이 빛과 어둠을 나누셨다는 그 은유에 대해 깊이 생각할 것이다. 바로 그것이 내가 《제인 에어》를 대하는 방식이었다.

다소 순진하고 맹목적인 믿음처럼 보이겠지만, 오직 이것만이 나 자신을 진정으로 변화시킬 수 있는 방식이라 생각했다. 나는 냉소와 풍자로 잘 단련된 사람이라, 지각없이 어떤 대상을 충실하게 신봉하는 사람이 될지 모른다는 두려움이 들지는 않았다. 또 나는 론 허버드L. Ron Hubbard*의 사상이나 신약성경, 코란 같은 것들에는 마음을 주지 않았는데, 토라**에 마음을 주지 않은 것과 같은 이유에서다. 그것들은 너무 오염되어 있었고 내게는 너무 무거웠다.《제인 에어》라는 책은 나와 함께한 역사 동안 다양한 모습으로 변해 왔다. 처음에는 그냥 소설이었다가 우리 엄마가 좋아하는 책이 되었고, 지금은 내가 정말 아끼는 책, 그리고 내 페미니즘 비평의 토대가 되는 책이 되어 있다. 나는 신중하게 이 책을 선택했지만 그 선택에는 위험도 따를 것이다. 비평적 읽기를 자발적으로 포기한 이상, 명예로운 결과가 나타나지는 않을 것이기 때문이다.

대부분의 것을 믿지 않는(내가 유일하게 믿는 것은 우리 가족

* 사이언톨로지교의 창시자.
** 구약성경의 첫 다섯 편.

이 서로에게 조건 없이 베푸는 사랑이다) 나에게, 이런 형태의 믿음은 불편한 동시에 해방적이었다. 물론 이미 적어도 세 번 이상 그 책을 읽고 난 뒤였기 때문에, 그 믿음은 맹목적인 것이 될 수 없었다. 하지만 어쨌든 이 소설을 읽으면서 나는 비평하려는 본능을 최대한 억제하기 위해 노력했다.

믿음이란 그 텍스트가 완벽하다고 여기는 것이 아니다. 완벽함과 신성함은 같지 않다. 어떤 꽃도 완벽하지 않다. 나에게 신성한 존재인 내 부모님도 완벽한 존재는 아니다. 완벽하지 않은 것들은 당신에게 축복을 가져다줄 수 있는데, 그 불완전성에도 '불구하고' 그렇게 되는 것이 아니라 바로 그 불완전성 '덕분'이다. 열다섯 살의 나는 로체스터가 버사를 정신병원에 보내지 않고 집에서 보호하는 것을 자비로운 행동으로 여겼다. 하지만 서른 살이 되었을 때는, 그가 다락방에 버사를 가두고 완전히 무시해 버린 것이 미덕은커녕 용서받아야 할 악덕으로 보였다. 이러한 관점의 변화를 통해 알 수 있듯이, 소설에서 그의 이러한 행동에 대해 설명하는 대목은 계속 그 의미가 발전되었다. 이 텍스트는 자비의 진정한 의미에 대해 진화해 가는 나의 인식과 끊임없이 대화하고 있었던 것이다. 텍스트의 불완전성은 언제나 불완전한 나를 따라다니고, 텍스트로 다시 돌아갈 때마다 끊임없이 나를 되비추어 주는 역할을 한다.

물론 텍스트를 믿는다는 것은, 독자인 자신에게 텍스트의 본질적인 내용을 이해할 능력이 있음을 믿는다는 의미이기도 하다. 어려운 구절에 맞닥뜨려서 끊임없이 '나는 모자란 사람이야'라고 되뇌는 순간에도, 그 주문의 이면에는 이런 뜻도 담겨 있다. '하지만 포기하지 않는다면 놀라운 의미에 좀 더 가까이 다가가게 될 거야.' 어떤 것에 대해 믿음을 가지는 연습은 자신을 믿는 연습이다.

엄격함이란, 어떤 일에 마음이 동하지 않을 때도 그 일을 지속하는 것이다. 기분이 어떻든 상관없이 그 일을 하는 것, 누군가가 시키지 않아도 찬찬히 신중하게 매진하는 것이다. 내가 이 엄격함을 가장 잘 확인할 수 있었던 사례는 내 동생들이 야구 경기 득점판을 보는 방식이었다. 나와 동생들은 같은 숫자를 보고 있었지만, 그들은 투수가 다음 차례에 어떤 공을 던질지를 기어코 알아낼 때까지 득점판을 끝없이 들여다보았다. 그리고 그들의 예상은 대체로 적중했다.

또 다른 사례는, 막 데이트를 시작한 사람이 상대방의 문자 메시지를 읽는 방식이다. 당신은 그 메시지의 '가장 정확한' 의미를 이해할 때까지 그것을 읽고 또 읽을 것이다. 그리고 친구들에게 메시지를 보여 주며 의견을 물을 것이다. 나는《제인 에어》를 그런 식으로 읽고 있었다. 그저 단순하게 읽는 것이 아니라, 진실하게 느껴지는 어떤 것이 드러날 때까지 읽고, 읽고, 또 읽는 것이다. 나는 마치 기독교인들이 복음을 발견하기 위해 주간의 전례 본문을 읽는 것처럼 세심하게 이 책을 읽었다. 그리고 믿는 태도는 비학문적 영역에서 해석상의 엄격함을 가지기 위해 필수적으로 요구되는 성향이다. 내 동생들은 야구란 완벽한 게임이며 각 상황마다 정확하게 던져야 할 투구 형태가 있다고 믿는다. 어떤 텍스트를 대하는 사람은, 텍스트 이면에 진짜 의미가 숨겨져 있고 그것을 알아낸다면 자신의 감정과 기대를 더 잘 다루는 데 도움이 될 거라고 믿는다. 마찬가지로, 나는《제인 에어》가 나에게 중요한 것들을 전달해 줄 것이라 믿는다.

엄격함이란 이 책 끝에 덧붙인 고대의 읽기 방식인 렉시오 디비나, 파르데스PaRDeS 같은 방식을 사용하여 텍스트를 읽는 것을 의미하기도 한다. 예를 들어 당신은 다음과 같은 방식으로 읽을 수 있다. 만약 프루스트를 신성한 텍스트로 정했다면, 매일 10분간 프루스트를 읽는 것이다(작가 메리 고든은 이 방식을 사용했다). 혹은 (글쓰기를 신성한 작업으로 정했다면) 매일 한 시간 일찍 일어나 글을 쓸 수도 있다. 한마디로 이것은 감기에 걸린 상태로 바깥에서 뛰는 것을 의미한다. 그리고 불면의 밤이 악몽과도 같은 당신에게는, 악몽을 꾼 아이 때문에 잠에서 깨어나야 한다는 의미가 될 수도 있다.

텍스트를 신성하게 대하는 데 필요한 세 가지 요소 중 마지막인 **공동체**는 가장 단순한 개념이다. 우리에게는 운동 친구, 그러니까 마음이 전혀 내키지 않는 날에도 운동을 하러 가도록 자극해 주는 친구가 필요하다. 우리는 자신이 옳다는 강한 확신이 들 때 그 생각에 대해 의견을 제시해 줄 누군가가 필요하다. 피상적인 생각에 빠지거나 게을러질 때 그것을 지적해 줄 누군가, 집에만 있고 싶은 마음이 들 때 바깥으로 끌어내 줄 누군가가 필요하다.

그리고 단순히 그런 필요들이 채워지는 것 이상으로, 공동체와 함께 작업하다 보면 마법 같은 일이 일어나곤 한다. 다른 사람의 의견이 우리의 생각을 전환시키고, 혼자 텍스트를 볼 때는 볼 수 없었던 것들을 보게 하는 것이다. 존경하는 누군가에게 소리 내어 자신의 생각을 이야기하다 보면 어느덧 자신의 목소리를 발견하게 된다. 또 신성하고 헌신되고 엄격한 공간에서 다른 이들과 관계 맺다 보면 점차 그 **사람들**을 신성하게 여기게 되는데, 사실 이것이 바로 이 모든 작업의 핵심이다.

믿음, 엄격함, 그리고 의례적 모범이라는 이 세 요소 외에 우리가 발견한 것이 더 있다. 당신이 좋아하는 텍스트에서 어떤 부분을 선택하든지 그것을 현재 자기 삶에 적용할 수 있다는 것이다. 또, 어떤 것이 신성한 것이 되려면 그것은 복잡한 성격을 띨 수밖에 없다는 점이다. 신성한 것은 정말로 복잡하다. 세 사람이 신성한 텍스트의 한 부분을 동시에 본다면, 최소한 여섯 개의 다른 대답이 나올 것이다. 어떤 텍스트가 발전해 나가는 특성을 지니는 한 그것은 신성한 것으로 받아들여질 수 있다. 텍스트가 다양한 개념과 글과 사상이 도출하는 것을 가로막기보다 끊임없이 촉진한다면 그것은 비로소 신성한 텍스트로 기능할 수 있다. 이런 특성이 없다면, 텍스트는 결코 신성해질 수 없다. 저속함이란 오직 그 자신으로만 멈춰 있는 상태를 말한다.

우리는 저자에 대해 최대한 적게 알수록 유익하다는 점도 깨닫게 되었다. 저자가 중요하긴 하지만, 신성한 작품의 핵심은 아니기 때문이다. 저자에 대해 생각하는 것은 학문적인 작업, 혹은 '팬'들이 수행하는 작업이다. 나는 학자나 팬이 되기를 즐겨 하고, 실제로 누군가의 팬이다. J. K. 롤링의 팬으로서 나는 그에게 실망했고 그의 작품을 구매하여 재정적으로 지지하는 일은 앞으로 없을 것이다. 하지만 해리 포터 시리즈를 신성한 텍스트로 대하는 한 사람으로서 나는 헤르미온느를 통해 배울 수 있다. 그리고 헤르미온느가 내게 준 바로 그 교훈으로 롤링에게 이의를 제기할 수도 있다. 또한 나는 캐서린 헵번Katharine Hepburn 영화의 팬인데, 팬이 된다는 것은 그 대상을 사랑하는 동시에 그 사랑의 마력을 깨뜨리려는 열망을 가지는 것이다. 나는 헵번의 자서전이나 열애에 관한 이야기들을 읽고 영화 〈팻과 마이크Pat and Mike〉를 보면서, 스펜서 트레이시Spencer Tracy와의 관계에 늘 의문을 가졌다. 나는 헵번이라는 사람을 받아들이고 싶고 그가 옷 입는 방식과 말하는 방식을 따라 하고 싶지만, 그에게서 배우고 싶은 마음은 없다.

반면에 나는 루이즈 어드리크의 신성함에 푹 빠져 있다. 미네소타에 갔을 때 내가 가장 처음 한 일은 그가 운영하는 서점을 순례하는 것이었다. 나는 그가 쓴 모든 작품을 읽었고 그가 낭독하는 목소리를 들었다. 하지만 루이즈라는 사람에 대해 알아야 할 필요를 느끼지는 않는다. 그저 그의 작품을 통해 배우고 싶을 뿐이다.

팬, 학자, 추종자가 되는 일은 모두 예술과 관계 맺는 중요한 양식이다. 이것들은 모두 우리가 좀 더 인간적인 존재가 되도록 도와준다. 팬이 됨으로써 우리는 몰입과 열정이라는 예술을 실행하는 법을 더 잘 알게 된다. 학자가 됨으로써 우리는 비판적 사고의 도구를 잘 단련할 수 있다. 마지막으로, 텍스트를 신성하게 여기는 추종자는 그 작품이 자신에게 신비로운 일을 해 줄 것을 요청하는데, 이것은 텍스트와 교감하는 방법 중 가장 취약한 방법이다.

텍스트 안에는 자신을 알아봐 주고 중요한 의미로 받아들여 달라고 호소하며 반짝이고 있는 구절이 있다는 사실도 나는 깨닫게 되었다. 그리고 사람들이 세속적인 것들을 신성하게 대하는 작업을 늘 하고 있다는 것 또한 새롭게 알게 된 사실이다. 어리사 프랭클린Aretha Franklin은 아버지의 복음성가가 지닌 에너지와 비탄을 불러일으키는 힘을 로큰롤에 담아냈다. 알랭 드 보통Alain de Botton은 프루스트를 통해 삶이 변화되었고, 내가 아는 어떤 사람들은 매해 사랑하는 이와 사별한 날이 돌아오면 해리 포터 시리즈를 읽는다. 부모들은 경외감과 놀라움, 기대와 두려움이 모두 담긴 시선으로 자녀들을 바라본다.

cococo

2014년 봄 신학교에서의 그 실험 이후로, 나는 《제인 에어》 외에도 많은 것들을 신성하게 대하는 작업을 진행했다. 스테퍼니 교수님은 공동체가 그처럼 중요하다는 사실에 동의한다면 나가서 직접 공동체를 만들어 보라고 조언하셨다. 그래서 내가 시간제로 일하고 있던 인본주의자 모임에 소식지를 돌렸다. 매주 화요일 저녁 7시 30분부터 9시 정각까지 주일학교 교실에서 《제인 에어》를 신선한 방식으로 읽는 모임을 가지겠다는 내용이었다. 너무나 멋진 네 명의 여성이 와 주었고, 그때부터 우리는 함께 책을 읽어 나갔다. 이 책을 읽으면서 깊이 있게 다루었던 구절을 만날 때마다 나는 "내가 진짜 좋아하는 구절이야"라고 말하곤 했는데, 이 말이 나를 놀리는 러닝 개그가 될 정도였다.

'지상에서 만난 최고의 동반자들'과 함께하는 시간은 정말 황홀했다. 우리는 로체스터가 포식자처럼 제인을 길들이고 있다며 열을 올리고, 제인이 그의 생명을 구해 주던 날 밤 마침내 성적 긴장이 폭발하는 대목에서는 함께 깔깔거렸다. 우리는 "친구는 운명이 저버린 자들을 기억하지 않는다"라는 말을 두고 토론을 벌이기도 했다. 그리고 제인의 뛰어난 연설에 감탄하며, 만약 우리라면 자신보다 나이가 두 배나 많고 훨씬 강한 사람 앞에서 그토록 용기 있게 "나도 당신과 같은 영혼이 있어요. 그리고 당신만큼이나 뜨거운 심장도 있다고요!"라고 외칠 수 있을지 생각해 보았다. 어떤 멤버는 작

중 인물 중 그 누구보다 헬렌 번스를 사랑했고, 어떤 이는 누구보다 세인트존을 증오했다. 하지만 어쨌든 우리는 함께 이 소설과 친밀해져 가고 있었다.

그런데 사실 이 작업이 스스로도 처음이었던 나는 이 모임의 변변치 못한 운영자일 수밖에 없었고, 끊임없이 가면 증후군에 시달려야 했다. 나는 이런 읽기 방식이 다른 이들에게도 그대로 적용될 수 있을지 확신이 서지 않았다. 하지만 교수님과 내가 함께 도출한 세 가지 방침 덕분에 이 그룹 작업은 마침내 매우 큰 효과를 냈다. 그 세 가지 방침이란,《제인 에어》가 사람들에게 중요한 의미를 전달할 것이라는 믿음, 매주 모이는 엄격함, 명민한 여성들의 만남(공동체)이었다.

어느 날 밤, 내가 무척 사랑하는 용감한 친구 캐스퍼가 교실에 나타났다. 내가 벌이고 있는 이 일을 눈으로 확인하고 나를 지지해 주기 위해서 말이다. 사실 세상에서 캐스퍼 터카일만큼 크고 긍정적인 에너지를 가진 사람은 그리 많지 않을 것이다. 그날 밤 강한 태풍으로 전기가 나가 버렸는데도, 텍스트를 이미 읽고 온 캐스퍼는 자리에 앉아 다정하게 우리 모임에 참여했다. 그리고 모임이 끝나자 몇 가지 내용을 적은 메모지를 내게 건넸다. 모임 형식에 대한 제안이었는데,

서로를 축복하는 시간과 여타 내용들이 적혀 있었고 모두 괜찮아 보였다. 다들 일어서서 나가려는데 그가 대뜸 말했다. "여러분은 정말 아름다운 작업을 하고 있는 것 같아요. 그런데 사람들이 실제로 읽고 싶어 하는 책을 가지고 이 작업을 해 본다면 훨씬 더 좋을 것 같다는 생각이 드네요."

나는 당황했다. "네, 알겠어요. 그런데 '사람들이 실제로 읽고 싶어 하는 책'이란 어떤 걸 말하는 거죠?" 나는 빈정대는 투로 물었다. "《해리 포터》요." 솔직히 그리 나쁜 생각은 아닌 것 같아서 나는 그 인본주의자 모임에 곧장 소식지를 보냈다. 그리고 몇 주 후 수요일 저녁에는 입석 강의실 외에는 공간을 구할 수 없는 상황이 벌어졌고, 우리의 친구이자 교수인 매튜 포츠Matthew Potts가 팟캐스트를 시작해 볼 것을 권유했다. 그래서 캐스퍼와 나는 제작자가 되어 줄 아리아나 네들먼Ariana Nedelman을 찾아갔고, 그렇게 우리는 셋으로 이루어진 공동체가 되었다. 그리고 캐스퍼와 내가 함께 발전시킨 강의들을 토대로 '해리 포터와 신성한 텍스트'라는 이름의 팟캐스트를 진행했다. 우리는 몇 달 동안 기획 단계를 거치면서 존경하는 교수들과 종교 지도자들을 찾아가 우리 프로젝트에 대한 조언을 구했다.

이후 몇 년에 걸쳐 너무나 큰 행운이 찾아왔다. 우리 팟캐스트를 듣는 청중이 생겨났고, 지금은 무려 7만 명에 달하는 큰 공동체를 이루었다. 라트비아에서 세인트루이스에 이르기까지 전 세계에 90여 개 지역 그룹이 만들어졌고, 나는 현재 이 팟캐스트 및 여러 프로젝트의 운영을 맡고 있다.

물론, 해리 포터가 내 삶에 들어온 이후에도 스테퍼니 교수님과 제인 에어를 만나는 작업은 계속되었다. 나는 '신성한 작업으로서 읽기와 쓰기와 걷기'에 대해 학위 논문을 썼다. 그러고 나서 스테퍼니 교수님과 엘리자베스 슬레이드, 줄리아 아지와 함께 '커먼 그라운드'라는 이름의 순례 프로젝트를 시작했다. 이 이름은 스테퍼니 교수님이 제안한 것인데, 자신의 작품을 신성하게 여겼던 작가 버지니아 울프의 말에서 따온 것이다. "문학은 누군가의 사적인 땅이 아니다. 문학은 모두가 공유하는 땅common ground이기에…자유롭게, 두려움 없이 이곳에 들어와 자신만의 고유한 길을 찾아 나가자."

우리는 세 번째 순례 때, 열다섯 명의 사람들과 함께 브론테의 생가인 하워스 사제관을 방문하러 영국으로 떠났다. 우리는 샬럿 브론테가 맨체스터에서 눈 수술을 하신 아버지의 회복을 기다리며《제인 에어》를 쓰기 시작했던 카페에서 점심을 먹었다. 그리고 개스켈 여사의 생가를 방문해, 손필드에서 제인이 그랬던 것처럼 샬럿이 손님을 피해 커튼 뒤로 숨는 모습을 떠올렸다. 손턴에서는 샬럿과 에밀리, 앤, 브랜웰이 차례로 태어난 벽난로 바로 곁에서 차를 마시고, 브론테 자매가 날마다 산책했던 황무지를 걸었다. 그리고 샬럿과 앤이 가르쳤던 교실에서 우리가 가져간 《제인 에어》를 열중해서 읽기도 했다. (낯선 사람들 사이에 있는 것을 무척이나 싫어했던 에밀리 브론테는 가르치는 일을 끝내 거부했다.) 이런 순례의 중요한 목적 중 하나는 우리가 읽는 책의 작가들을 인간적으로 만드는 데 있다. 만약 당신이 이 작가의 신발이 얼마나 작은지를 눈으로 확인하고 그가 산책하며 소변을 누기도 했을 실제 길을 걸어 본다면, 그를 낭만화하기가 쉽지 않을 것이다.

나는 다른 작품들도 신성한 텍스트로 삼기 시작했는데, 언제나 제인만을 의지할 수는 없기 때문이었다. 허리케인이 미국과 푸에르토리코를 강타했을 때 나는 건강 상태가 매우 나빴고, 제인은 그런 상황에서 나를 절망에서 건져 내지 못했다. 그래서 나는 다른 로맨스 소설들을 읽거나 아예 직접 소설을 쓰기 시작했다. 그러면서 아리아나와 나는 새로운 프로젝트를 시작했는데, 바로 로맨스 소설 쓰기를 신성하게 대하는 작업이었다. 제인이 나의 힘들었던 시간을 지탱해 준 것처럼, 줄리아 퀸Julia Quinn, 테사 데어Tessa Dare, 얼리사 콜Alyssa Cole, 리사 클레이퍼스Lisa Kleypas, 코트니 밀란Courtney Milan,

베벌리 젠킨스Beverly Jenkins 같은 작가들이 환경적 재앙이 닥치고 몸이 무너지는 힘든 시간을 지나갈 수 있도록 지탱해 주었다.

나는 요즘, 나처럼 좋아하는 책을 통해 힘든 시간을 헤쳐 나가는 많은 사람들의 이야기를 들으며 하루하루를 보내고 있다. '해리 포터와 신성한 텍스트'의 이메일 계정이나 사람들이 보내는 음성 메일을 통해 우리는 매일 이런 메시지를 받는다. "내가 의식하지 못한 채 이미 하고 있던 일에 이름을 붙여 주어서 고마워요." 실제로 많은 사람들이 스스로도 알지 못한 채로 고대의 영적 독서 훈련을 하고 있다. 여러 텍스트에서 발췌한 명문장을 따로 기록해 두는 것은 수도원에서 좋은 인용구들을 모아 책을 만들던 것과 동일한 행위다. 그리고 여백에 기록해 둔 메모를 텍스트의 일부로 여기며 다시 읽는 것은 난외주를 검토하는 것과 동일하다. 고대의 이 두 가지 영적 기술은 오늘날의 독자들도 별다른 교육 없이 늘 직관적으로 사용하고 있는 것들이다.

༺༻

이런 훈련들은 텍스트를 신성하게 대하는 일에서 단지 시작일 뿐이다. 나는 당신이 이 책을 통해, 자신이 사랑하는 것을 당당하게 사랑하게 되었으면, 또한 목적을 가지고 사랑할 수 있게 되었으면 좋겠다. 그리고 당신이 잘 사랑할 수 있는 것을 사랑하게 됨으로써 이웃을 잘 사랑하는 법을 배우고, 원수까지 사랑하는 법을 배울 수 있었으면 좋겠다. 하지만 그 시작은 당신이 사랑하는 책이어야 할 것이다. 자신만의 고유한 훈련을 개발해 보라. 우리 팟캐스트의 많은 청취자들이 그런 훈련을 하고 있는데, 내가 가장 좋아하는 사례는 십자가의 길*에서 해리 포터와 함께 기도하는 훈련이다. 이런 작가들과 책과 훈련들은 모두 생생히 살아 있다. 그들은 우리가 이용하도록 존재하며, 기적의 시대에도 소멸하거나 얼어붙지 않았다. 그리고 만약 우리가 모세 데 레온, 랍비 아키바, 귀고 2세, 이그나티우스 같은 이들처럼 이것들을 정말 자유롭게 사용할 수 있다면, 우리도 기적의 시대를 다시 살아갈 수 있을 것이다.

나는 당신이 직접 이 훈련들을 해 보기를 바라는 마음으로, 좋은 도구가 될 만한 영적 자료를 책 끝부분에 실어 두었다.

---

* 예수가 십자가를 지고 골고다로 향하는 모습을 그린 열네 개의 그림을 말하며, 기독교 신자들은 각 그림을 차례로 지나며 그 앞에서 기도를 드린다.

**당신이 잘
사랑할 수 있는 것을
사랑하라.**

이 작업은 반드시 우리를 더 낫게 변화시킨다기보다, 그 자체가 매우 보람 있는 작업이다. 나는 《제인 에어》를 신성하게 읽는 작업을 하면서 참을성이 약간 더 생긴 것 같다. 그리고 어려운 개념들을 좀 더 자신 있게 돌파하게 된 것 같다. 그리고 정말 좋은 점은 상상력을 훈련하는 것인데, 만약 버지니아 울프의 말이 옳다면 상상력을 훈련하는 일은 곧 비폭력의 행동이다. 마지막으로 내가 무엇보다 확신하는 것은, 《제인 에어》를 신성하게 대하는 이 작업을 통해 내가 삶을 지속해 나갈 수 있었다는 사실이다. 너무나 힘들어 무엇을 해야 할지조차 알 수 없는 절망적인 순간마다 제인이 나를 붙잡아 주었고, 나는 아직도 그 순간들을 정말 특별한 의미로 간직하고 있다.

모든 것이 기도가 될 수 있다

어릴 적 종종 친구네 집에 초대를 받아 하룻밤을 지내러 가곤 했었는데, 엄마가 친구 집 앞에 내려 줄 때마다 내 머리에 키스하며 하는 말이 있었다. "잘해(Be good)!" 하지만 나는 수

년 동안 이 제스처를 인식조차 못 했고, 마침내 인식하게 되었을 때는 왜 이런 행동을 하는지 궁금해졌다.

엄마는 왜 그렇게 했을까? 더 정확히 말하면, 그 행동이 효과가 있었을까?

나는 친구네 집에서 언제나 잘 처신했다. 게다가 평상시에도 대체로 행동거지가 바른 아이였다. 엄마는 늘 우리를 그런 식으로 양육하셨고, 그랬기에 이렇게 아이를 잠시 품에서 떼어놓는 순간에도 여지없이 이런 지시가 튀어나왔던 것이다.

아마도 엄마가 헤어지기 직전에 "잘해" 하고 말하며 키스하지 않았다 해도, 엄마의 품속에서 마지막으로 들었던 그 말이 아니었더라도, 나는 얌전하게 있었을 것이다. 내가 친구네 집에서 착한 아이로 지낼 수 있었던 수많은 소소한 원인 중에서 엄마의 그 말은 정말로 작은 부분을 차지했을 것이다.

그건 하나의 지시였지만 너무나 모호해서, 숱한 소통 상황에 대한 단순한 기표였다고 해도 좋을 정도였다. 그것은 일종의 숨겨진 암호 같은 것이었다. 그래서 '실례하겠습니다' 하고 말해야 하는 상황, 냅킨을 사용하거나 손을 씻어야 하는 상황, 조용한 소리로 말해야 하는 상황, 대접을 받는 입장이라 다른 사람들보다 싼 음식을 주문해야 하는 상황…. 이 모든 상황에서 "잘해![키스와 함께]"라는 말이 내포하는 그 모든 의미를 기억해 내야 하는 것이다.

아마도 그것은 마법의 주문이었을지도 모른다. 마치 요정이 지팡이를 흔들듯이 내 머리를 가볍게 치고서 "잘해" 하고 주문을 외우면 실제로 내가 그렇게 되는 것이다. 어쩌면 깊은 무의식 속에 잠재해 있다가, 필요가 생기면 잘 처신해야 한다는 사실을 내게 떠올려 주었을 수도 있겠다. 그래서 금을 만지려고 했던 어린 모세의 통통한 손처럼 내 손이 금을 향해 움직이려 하면, 그 지시가 머릿속에서 튀어나오는 것이다. "잘해!(쪽!)" 나는 그 소리를 듣고 금이 아닌 불에 손을 집어넣을 것이다. 물론 절대로 불에 데지 않고서 말이다.

하지만 나는 친구 집에 있을 때 한 번도 엄마의 말을 의식적으로 떠올린 적이 없었다. 확실한 것은, 그날 밤이 지나고 다음 날 엄마를 다시 만나기 전까지는 그 말을 기억하지 못했다. 서로 떨어져 있는 순간에는 심지어 엄마도 생각나지 않았다. 그러다가 엄마가 나타나면 그 순간 이런 생각을 해 보게 되는 것이다. '엄마가 말한 대로 내가 행동을 잘한 건가?' 그랬다. 나는 그날 밤을 매우 잘 지냈다. 그런데 엄마는 왜 그 말을 하셨을까?

아마도 대답은 '그냥 그랬다'일 것이다. 사실 엄마는 "잘해!(쪽!)"라고 말하면서 기도를 드린 것이다. 엄마는 언제나 그 말을 하셨고 필요하지 않은 순간에도 하셨기 때문에 그것은 하나의 기도였다. "잘해!(쪽!)"는 하나의 소망이자 지시였고, 나에게 영향을 끼치기 위한 최후의 시도였다. 그리고 그 집의 주인이(그때는 1980년대였고, 따라서 엄마가 의식하던 사람은 친구의 엄마였다) 그날 밤을 무리 없이 보내도록 하기 위해서라면 어떤 것이든 하겠다는 신호이기도 했다. 엄마의 말이 기도였던 것은, 다른 모든 기도처럼 허공을 향해 내뱉으며 자신의 무력함을 겸허하게 인정하고 도움을 구하려는 최후의 시도였기 때문이다.

우리는 기도도 안 하고 다른 아무것도 하지 않을 때가 있다. 그리고 기도하지 않은 채 어떤 마법이 이루어지기를 기대할 수도 있다. 그리고 우리 엄마처럼 "잘해"라고 외치며 키스나 수많은 제스처를 할 때도 있다. 기도는 우리가 사용하는 영적 도구들로 이루어진 광대한 생태계의 한 부분이다. 기도가 너무 값싸게 느껴지고 의미 없는 행동처럼 여겨질 때 나는 기도를 피한다. 하지만 그렇게 느끼지 않을 때도 있다. 고통으로 몸부림치는 한 여성이 내게 기도를 요청한다면 나는 그 말을 초대로 받아들인다. 한번은 내 논문 심사를 앞두고 있었을 때 캐스퍼가 와서 제인 에어의 기도를 함께 드리

자고 말해 준 적이 있다. 앤도버 홀의 음습한 복도에서 그는 내 손을 잡고 샬럿 브론테와 제인을 불러내도록 도와주었고 나는 깊은 편안함에 잠겼다. 어색한 상황이긴 했지만, 정말 아름다웠다.

나는 대체로 기도를 어려워하는 편이다. 하지만 읽기는 자신 있기 때문에, 내가 기도하는 형식은 읽기다.

당신도 다른 책을 가지고 나처럼 할 수 있다. 이 책의 마지막 설교 세 편은 그 과정을 예시로 보여 주기 위해 쓴 것이다. 내가 좋아하고 여러 번 읽은 다른 세 권의 책인 《해리 포터와 죽음의 성물》, 《작은 아씨들》, 《위대한 개츠비》를 성서정과로 삼아 쓴 그 설교들은, 당신도 좋아하는 책으로 이렇게 할 수 있음을 보여 주려고 한 것이다.

이제 집에서 이 작업을 시작해 보라. 좋아하는 책, 아니면 바느질이나 야구 같은 활동들을 선택해서, 다정한 사람이 되는 법을 배우라. 만약 나처럼 책을 선택한다면 그 과정은 매우 쉬울 수 있다. 일단 책을 읽고 또 읽은 다음, 일기장에다 자신에게 하고 싶은 말을 기록하는 것이다. 그것들을 잘 모으고, 암송하고, 기도하고, 깊이 숙고하라. 틀린 방법이란 없다. 그저 텍스트가 당신을 변화시키도록 진심으로 요청하고, 그 과정을 통제하려는 마음을 내려놓으면 된다.

신성한 제인 에어 북클럽

어떤 이들은 내가 《제인 에어》의 문장을 너무 많이 해석한다고 느낄 수도 있을 것이다. 아마 그들의 말이 옳겠지만, 어쨌든 일단 나처럼 해 보라고 권하고 싶다. 너무 많이 해석해 보자. 아무 해석도 하지 않을 위험에 빠지지 않도록. 그리고 그 안에서 낯선 것들을 발견해 보자. 낯선 것은 살아 있는 것이고, 미지의 아름다움이며, 흥미로운 예측 불가성이다. 이 낯선 것들은 당신이 무릎을 꿇게 만들지도 모른다. 당신이 그 행위를 전혀 믿지 않을 때에도.

나의 영적 자서전:
지상에서 만난
최고의 동반자들

조금은 과장되고 거만하게 들리겠지만, 텍스트를 신성하게 대하는 일의 핵심은 사람을 신성하게 대하는 법을 배우는 것이다. 이웃이나 원수를 신성하게 대하려 노력하고, 실패하고, 다시 시도하는 일련의 일들은 자기를 발굴하는 일이다. 나는 신학교에서 '영적 자서전'이라는 것을 쓰는 과제를 받은 적이 있는데, 이전에 들어 본 적도 없었고 목적도 분명히 명시되어 있지 않은 과제였다. 그러다 영적 자서전을 작성하고 사람들에게 읽어 주면서, 이 작업이 성찰의 도구로서 굉장히 유용하다는 사실을 알게 되었다. 하지만 무엇보다 중요한 것은, 동료들이 큰 소리로 들려주는 이야기를 듣는 시간이 일종의 계시의 순간이라는 사실이었다.

동료들이 각자 구불구불하게 걸어온 신성한 삶 이야기를 파고들 때, 그들은 내게 깊은 신비가 되어 드러나 주었다. 그들의 이야기는 저마다 다르고 내 이야기와도 완전히 달랐지만, 그 이야기들 속에서 나는 외롭지 않았다. 영적 자서전을 쓰는 일은 자기 발견과 자기 창조의 도구가 된다. 우리가 자신에 대해 쓰는 이야기들은 다시 우리를 만들어 간다. 그리고 이야기를 공유하는 것은 자신을 드러내고자 하는 시도다. 이 장에서 들려주는 내 영적 자서전은 말로 표현하는 행위의 힘을 보여 주는 하나의 기도다. 내가 바라는 것은, 이 자서전의 단어들이 마법을 발휘해서 당신에게 반대나 동의, 낯섦이나 동질감 등을 불러일으켜 마침내 당신이 자신을 더 잘 알아 가게 되는 것이다. 내가 동료들의 이야기를 들으며 그랬듯이, 당신도 내 영적 여정을 통해 자신만의 영적 여정을 깊이 숙고할 수 있었으면 좋겠다.

ꞔꞔꞔ

내 어린 시절 기억은 유대인들로 채워져 있다. 내가 아는 거의 모든 사람이 유대인이었다. 우리는 대부분의 시간을 가족, 그러니까 확대가족 안에서 보냈는데 이들은 지금 서로를 몹시 미워하는 관계다. 아마 그때도 서로를 미워했던 건 마찬가지였을 것이다. 이민자 유대인, 유대계 미국인, 정통파 유대인(이들이 방문하면 샌퍼낸도 밸리의 가장 뜨거운 여름 날씨에도 긴소매 옷을 입어야 했다), 무신론자 유대인, 아우슈비츠에서 생존하여 가톨릭으로 개종하고 딸에게 불임 시술을 한 유대인, 전쟁의 영향을 직접 받지는 않았지만 전쟁을 빌미로 유대 국가를 열렬히 옹호하던 유대인. 나는 이런 사람들을 우리 조부모님의 식탁에서 일상적으로 접했다.

흔치는 않았지만 가끔 식사나 파티에 초대받아 비유대인

가족의 집에 놀러 가기도 했다. 그런 날이면, 우리 부모님은 돌아오는 차 안에서 늘 같은 게임을 하곤 했다. 그것은 말하자면 토론이었는데, 주제는 이런 것이었다. 그날 우리에게 음식을 대접하고 우리가 가져간 꽃을 받고 함께 웃고 포옹하며 헤어진 그 사람들이, 만약 다음 날인 1989년 3월 3일 로스앤젤레스 길거리에 나치가 나타난다면 우리를 숨겨 줄까?

어렸을 때 우리 남매는 그저 차 뒷좌석에 앉아 부모님이 여러 정보를 분석하는 모습을 지켜보았다. 그들의 집에 한 번도 사용하지 않은 응접실이 있다는 점은 우리를 성공적으로 숨겨 줄 체계적인 능력이 있다는 뜻일까? 아니면 그것은 그저 준법정신을 보여 주는 증거이고 따라서 우리를 신고하게 된다는 뜻일까?

이 문제는 과학이라기보다 예술에 가까웠지만, 우리 가족은 어쨌든 결론을 내렸다. 그 결정이 아내에게 달린 문제라면 그가 우리를 구해 주겠지만, 남편은 아내의 주장을 무시하고 우리를 신고한다는 것이었다.

그러다 점점 커 가면서 나도 부모님의 논쟁에 끼어들기 시작했다. 나보다 훨씬 온화한 기질을 타고난 내 동생들은 여전히 침묵을 지켰지만, 나는 뒷좌석 중간에 앉아 몸을 앞좌석 쪽으로 빼서 어른들 대화에 끼었다. 그때 내가 강력하게 주장했던 바는, 모두가 우리를 구해 주리라는 것이었다. 나는 아빠의 동료들과, 동생들의 축구팀에서 본 친구 아빠들을 변호했다. 그들이 당연히 우리를 구해 주지 않겠는가!

그러다 더 나이가 들면서 나도 부모님의 판단에 대체로 동의하게 되었고, 동의하지 않을 때는 무표정한 얼굴로 내 의견을 제시하곤 했다. 나는 종종 그 불쌍한 이방인들을 이렇게 변호했다. "그분들도 어린애를 둘이나 키우고 있잖아요." "우리를 그런 식으로 숨겨 주는 건 너무 무모한 짓이에요. 내가 그분들 입장이라도 숨겨 주지 않을 거예요." 진심이었지만, 충분히 생각하고 말한 건 아니었던 것 같다.

부모님에게는 자식들이 1980년대와 1990년대 캘리포니아 로스앤젤레스 중산층 사회에서 생존하는 문제에 대해 극도의 두려움(정상적이든 신경증적이든)이 있었다. 물론 그분들이 걱정한 것은 노스리지의 지진이나 말리부의 산사태, 3학년 때 일어난 화재로 황급히 대피했던 일, 로드니 킹이 잔인하게 구타당한 일과 이후 부당한 판결 결과 같은 것들이 아니었다. 그분들은 캘리포니아가 분열되어 떠내려갈까 걱정하던 나를 보며 어려서 그런 거라고 생각했고, 오리건으로 이사하자는 내 제안도 귀엽게 봐 주셨다.

외부인 출입 제한 주택지에 살며 사립학교에 다니고, 성년

식을 치르고, 가라데와 수영을 배울 무렵, 부모님은 우리 유대인들이 안전하지 않다는 사실을 분명하게 알려 주고 싶어 하셨다. 유대인들이 안전했던 시기도 있었다. 특정한 시간과 공간에서 백 년 넘게 그 안전이 지속된 적이 있었으니 말이다. 하지만 진정으로 안전했던 적은 한 번도 없었다.

사실 부모님이 가지게 된 이런 관점은 매우 타당하다. 아빠는 1956년 유대인 재정착 운동 덕에 헝가리를 탈출해 우여곡절 끝에 오스트리아로 갔다. 엄마는 나치가 6년간 점령했던 파리에서 태어났는데, 합법적으로 프랑스에서 태어났는데도 프랑스 시민권이 없다. 제2차 세계대전 때 유대인 난민으로 태어났기 때문이다. 그저 프랑스의 쇠약한 시기를 이용한 유대인에 불과했던 엄마는, 자신의 유대교 신앙 때문에 정착할 땅을 얻지 못한 사람이었다. 그리고 그들과 함께 내 조부모님들이 계셨다. 나는 홀로코스트 생존자 네 명의 손녀다. 네 분 모두가 말 그대로 아우슈비츠에서 살았고, 외할아버지와 외할머니는 그곳에서 만나 결혼하셨다. 참고로, 나는 '오케이큐피드OKCupid'에서 파트너를 만났다.

그래서 우리 부모님에게 누가 우리를 숨겨 줄 것인가 하는 질문은 결코 학구적인 것이 아니었다. 그분들은 나에게 중요한 교훈을 가르치고 싶으셨던 것이다. 친구를 고르는 것은 단순히 식탁에서 같이 노닥거리는 문제가 아니다. 그것은 양쪽 모두에게 삶과 죽음을 가르는 문제다.

중학생이 되었을 때, 나는 우리의 저녁 식사 시간이 암시적으로라도 홀로코스트를 다루지 않고 그냥 지나치는 법이 없다는 사실을 이미 알고 있었다. 친구들(유대인과 비유대인을 막론하고)이 집에 오기라도 하면 너무 창피했다. "도대체 우리는 왜 만날 이런 얘기를 해야 하는 거예요?" 친구들 앞에서 큰 소리로 짜증을 낸 이유는 내가 그런 대화와 아무런 상관이 없음을 분명히 해 두고 싶어서였다. 하지만 진실은, 우리 부모님도 어쩔 수 없었다는 것이다. 홀로코스트는 그분들의 고국이었다. 홀로코스트의 경제학이 그들을 규정했고, 홀로코스트의 법이 그들을 재정착시켰으며, 홀로코스트의 언어는 그들이 늘 번역해 내야 하는 원 텍스트였다. 그로부터 40년이나 지난 후에 태어났지만 나의 국적 역시 홀로코스트다.

저녁 식사 자리에서 나누는 이런 대화는 무척 곤혹스러웠지만, 우리 집이 잠자리가 필요한 이들에게 간이역이 되어 준 것은 자랑스러운 일이었다. 전혀 모르는 관계인데 어쨌든 우리와 같은 부류에 속하는 아이들이 몇 주에 걸쳐 우리 집에 머무를 때도 있었다. 그 아이들 아버지가 집을 나갔고 어머니가 안정을 되찾을 시간이 필요했기 때문이었다는 것을 뒤늦게 알게 되기도 했다. 한번은 가장 친한 친구 킴이 쌍둥이 형제들과 특별한 생일 파티를 하고 싶어서 우리 집에서 특별한 만찬을 나누었던 적도 있다. 이스라엘에서 막 건너와 영어를 익혀야 하는 탓에 몇 개월간 내 침대를 쓴 아이도 있었다. 부모님은 우리를 숨겨 줄 친구를 고르는 법만 가르치신 것이 아니었다. 사람들을 집으로 들이고 그들에게 식사를 대접하는 법을 가르치셨다. 내키지 않는 손님 대접과 침대를 공유하고 담배 냄새를 참아야 하는 일은 불만이었지만, 또한 나는 손님들로 인한 왁자지껄한 흥분을 사랑했다.

물론 내가 다른 가정에서 지낸 적도 있다. 내가 일곱 살 때 아빠가 뇌종양 진단을 받으셨는데, 이 일은 내 삶의 재정적이고 사회적인 차원을 크게 바꾸어 놓았다. 다양한 이유들로 엄마는 나를 다른 가정에 맡기셨는데, 나는 내가 그 댁에 폐를 끼친다고 느끼지 않았다. 한 가족과 함께 호숫가에 지은 그들의 집으로 2주 정도 휴가를 떠났을 때, 내가 감사 표시로 가져간 것은 쿠키 정도였다. 나는 그저 그것이 사람들의 일반적인 관행이라고 믿었다. 우리는 집을 공유하는 사람들이었다. 내가 그들에게 받은 것은 헌신이 아니라, 어린 시절의 경험 때문에 보편적이라 믿게 된 당연한 행동이었다.

그랬던 나의 환대 개념이 고통스럽게 뒤집힌 어느 날, 나는 드디어 나 자신에 대해 질문하기 시작했다. 북부 캘리포니아에 갔을 때 나는 당연히 옛 친구의 집에서 신세를 질 수 있을 거라고 생각했다. 하지만 친구는 집이 좁다며 거절했고, 나는 이렇게 답했다. "아, 전혀 문제없어. 나는 바닥에서 잘게." 하지만 친구는 끝내 허락하지 않았다. 사귀는 남자친구가 오기로 한 모양이었다.

그날 밤 모텔 방에 누워 잠을 청했지만, 잠을 이룰 수가 없었다. 나라면 절대 그런 행동은 하지 않을 거라는 생각에 속이 부글거렸다. 하지만 동시에, 나도 혹시 그 친구처럼 행동했던 적은 없을까 하는 질문이 떠올랐다. 친구는 그날 밤 자신이 범죄를 저질렀다고 생각하지 않았을 것이다. 자신의 선택이 우리 관계를 사실상 끝내 버렸다는 사실도 알지 못했을 것이다. 내가 그의 입장이라면 다르게 행동했을 것이라 해도, 어쨌든 그것은 문밖에 있는 사람의 관점일 뿐이다. 혹시 나도 모르는 사이에 문을 닫고 거절한 사람이 있을까? 나는 누구를 숨겨 주고 누구를 거절하게 될까? 사람을 받아들이고 거절하게 만드는 것은 어떤 상황들일까? 심지어 그런 선택을 인식조차 하지 못하는 상황은 어떤 것일까? 만약 나에게 아이가 있다면 그런 상황을, 사람을 집에 들이지 않는 구실로 이용하게 될까? 또 어떤 구실을 찾을 수 있을까? 분명한 것은 나 역시 낯선 이들에게는 절대로 문을 열어 주지 않는다는 사실이었다. 나는 이전에는 친구였던 그와 나 사이에서 분명한 차이점을 발견할 수가 없었다. 하지만 꼭 찾고 싶었다.

생각해 보면, 부모님이 반드시 다른 사람을 숨겨 주는 사람이 되라고 가르치지는 않으셨던 것 같다. 하지만 내가 온몸으로 배운 것은 그분들이 무조건 타인을 숨겨 주는 그런 종류의 사람이라는 사실이었다. 나는 언제나 불평불만이 많았지만, 어쨌거나 그분들은 늘 사람들에게 너무 많은 돈을 쓰고, 너무 많이 태워다 주고, 심지어 자식이 폐렴으로 학교를 쉬고 있을 때도 손님들과 침대를 같이 쓰게 하는 사람들이었다.

'손해 보는 수준을 넘어서까지 주어라'라는 급진적인 베풂의 원칙을 그분들은 절대 발설하지 않았다. 오히려 매우 열심히 그 원칙을 숨기셨는데, 우리가 그것을 따라 하다가는 위험에 처할 수 있기 때문이다. 그래서 정작 자신들은 인터넷 사기를 당한 내 유치원 선생님에게 수천 달러를 몰래 보내면서도, 우리에게는 끊임없이 우리 남매를 제외한 그 누구를 위해서도 위험을 떠안지 말라고 말씀하셨다. 그것은 교묘한 속임수였다. 내가 말하는 대로 해라. 하지만 내가 무엇을 하고 있는지 보아서는 안 된다.

이렇듯 부모님은 우리에게 다른 사람을 보호하는 데 준비된 삶을 훈련시키지 않으셨지만, 대신 다른 영역에서 우리를 훈련시키셨다. 절대로 줄 서지 마라.(많은 가정에서 자녀들에게 줄 서기 교육을 시킬 것이다.) 만약 누군가가 어떤 것을 부탁하는데 그 일을 안전하게 실행할 수 있다면 그렇게 해라. 파티에 초대받았다면 음식을 먹고 가라. 새로운 장난감이 생겼다면 24시간 동안은 혼자 가지고 놀되 그다음에는 형제자매와 나눠 써야 한다. 낮잠과 간식이 많은 문제를 해결해 준다. 고드윈의 법칙*이 너희에게는 적용되지 않는다. 그것은 너희 존재를 부정하는 말이기 때문이다.

우리 집을 지배하는 것은 오직 애정과 결합된 깊은 숙명론이었다. 가장 좋은 것을 가장 마지막까지 아껴 둔다는 격언은 틀렸다. 우리는 가장 좋은 것을 먼저 써야 한다. 어렸을 적에 우리가 아빠에게 담배를 끊으라고 간청하면 늘 이렇게 말씀하시곤 했다. "내가 담배 때문에 죽을 수 있다면 얼마나 큰

---

* 온라인상의 토론이 길어지면 논쟁 상대를 나치나 아돌프 히틀러에 비유하는 인신공격적 발언이 나올 가능성이 높아진다는 인터넷 격언.

행운이냐?" 아빠는 종종 한나 아렌트Hannah Arendt가 아이히만에 대해 쓴 글을 인용했는데, "악의 **평-범-성**"이라는 문구가 나올 때마다 우리 볼을 쓰다듬으며, 누구든 사랑이 결여된 어떠한 종류의 행동이라도 우리에게 저지를 수 있다는 점을 강조하셨다.

내가 물려받은 유산은 바로 다음과 같은 가족의 철학이다. 고통은 불가피하고 죽음은 그 유일한 종착역이다. 즐거움은 누릴 수 있을 때 누려야 한다. 가족이 중요하다. 잘 먹어라. 나쁜 일이 일어나면 큰 소리로 알리되 자신을 위험에 던져 넣지 마라. 그리고 지금도 나는 이 가르침들에 대부분 동의한다.

하지만 성인기로 접어들면서 아빠의 '내 행동이 아닌 말을 따라라' 전략을 내가 철저하게 흡수하고 있다는 사실이 조금씩 걱정스러워지기 시작했다. 우리 가족의 꿈에 출몰하고 저녁 대화의 주제가 되었던 그 홀로코스트로부터 한 세대 후에 태어난 내가 너무 유약한 사람이라는 사실이 걱정스러웠다. 나는 손해를 보면서까지 주는 것을 꺼리고, 약간의 위험에 노출되는 것도 싫어하고, 저녁 식사에 초대한 손님을 숨겨 주고 생일 케이크를 구워 주는 일을 하지 않는다. 그리고 내가 사랑하게 된 남자를 위해 하룻밤 이상의 어떤 희생도 할 수 없는 그런 사람일지도 모른다는 사실이 나를 괴롭혔다.

　나는 더 나은 인간이 되기 위해 무엇을 해야 할지 도무지 알 수 없었다. 간호학교에 입학하려고 했을 때, 아빠는 딸이 다른 사람 변이나 처리하게 하려고 자신이 대륙을 두 번이나 건넌 것이 아니라고 말했다. 부모님 같은 사람이 되려고 하는 모든 행동에 그분들은 화를 내셨다. 전쟁 영웅이었던 아빠는 심지어 내가 친구들과 농구 시합을 할 때도 '목숨을 건다'고 화를 내셨다.

　그래서 나는 세상이 위기에 처할 시 사용할 수 있는 숙련된 기술을 하나도 가질 수 없었다. 사랑하는 부모님이 자식들에게 원했던 것은, 사무실이든 의료 센터든 호텔 같은 곳에서 중간 관리자로 일하는 것이었다. 하지만 2004년에 대학교를 졸업한 나에게 종신 고용이 보장된 직장은 현실보다는 허구에 가까웠기에, 어쩌면 그런 경로를 생각하는 게 불쾌감을 일으켰을 수도 있겠다. 혹은 어쩌면 '좋은' 직장에서 일하는 사람은 안정에 익숙해져서 그런 안정이 위협받는 것을 두려워한다는 사실을 내가 알고 있었기 때문에 혐오를 느꼈을 수도 있다. 어쨌든 내가 정말로 갖고 싶었던 것은, 홀로코스트 수준이든 국제적 수준이든 개인적 수준이든, 진짜 위기가 찾아왔을 때 역사의 올바른 진영에 설 것이라는 확신이었다.

내가 온 마음으로 믿는 무엇인가가 있다면 바로 위기의 순간은 불가피하며 나는 드라마의 중심에 서기 원한다는 것이다.

　나는 의지할 수 있는 종교가 없었다. 나는 여러 면에서 유대인이며, 그 각각의 측면들은 나에게 소중하다. 나는 어떤 수식어도 붙지 않는 백 퍼센트 유대인이다. '문화적' 유대인도 '부분적' 유대인도 아닌, 그냥 유대인이다. 일단 나는 유전적이고 민족적인 측면에서 유대인이다. 만약 내가 아슈케나즈 유대인과 결혼해서 아이를 갖는다면 테이-삭스 병* 유전 가능성을 의학적으로 검사해 보아야 한다. 또한 '무인도에서도 할라를 꿀과 버터와 곁들여' 먹는다는 점에서 유대인이기도 하다. '쉐마를 들을 때마다 눈을 감고 노래를 따라 부르면 가슴이 따뜻해진다'는 점에서도 그렇다. 나는 '속죄일마다 금식'을 했고, '8년에 걸쳐 일주일에 세 번 히브리어 학교'에 다녔으며, '오순절을 축하하며 강아지에게 아이스크림을' 사 준다. 그리고 무엇보다 '히틀러가 나를 유대인이라 부를 것이기 때문에 나는 유대인이다.' 나는 종교적으로 너무 보수적이어서, 악기 연주가 금지된 안식일 예배에서 기타 연주를 들으면 화가 난다. 나는 부분적인 채식주의자인데, 채

＊　아슈케나즈 유대인에게 주로 발생하는 유전성 대사질환.

식이 현대의 코셔kosher에 해당한다고 생각하기 때문이다. 나는 매년 엘리야를 위해 문을 열어 두고, 유월절에 아피코만*을 찾은 아이들에게 줄 선물을 반드시 사 둔다. 그야말로 철저한 유대인이다.

나는 단순히 유대인일 뿐만 아니라 유대교를 사랑한다. 나는 회당에 가고, 토라를 공부하고, 어려운 시간을 헤쳐 나가는 데 도움을 주는 할라카를 읽는 것을 좋아한다. 그리고 하늘을 나는 염소와 클레즈머 음악**과 그림을 좋아한다. 또 생각나는 것 하나는 내가 처음으로 집단 협상을 시도했던 어린 시절 기억인데, 유월절 식사 때 아피코만 조각을 찾아내고는 50명의 어른들을 볼모로 잡고서 나뿐 아니라 형제들에게도 모두 자전거를 사 달라고 요구한 적이 있다.

하지만 나는 '신을 믿는' 유대인은 아니다. 만약 신이 존재한다면 그는 우리를 미워하는 신일 것이라고, 그래서 신이 없기를 바란다고 언젠가 아빠가 얘기하신 적이 있다. 내 경우에는, 만약 신이 있다면 그는 애먼 사람에게 고통을 주는

---

* 유월절 식사 때 먹는 후식으로, 숨겨 놓은 아피코만을 찾은 아이들에게 특별한 상을 주는 관습이 있다.

** 동유럽 유대인의 민속음악

신이므로, 나 역시 신이 없기를 바란다.

나는 모든 애정과 마음을 다해 회당에 나간다. 하지만 유대교 전례의 가장 중심이 되는 기도인 아미다로 몇 구절 기도하다가도, 수용소에서 이 기도를 혼자 읊조리던 사람들의 이미지가 떠올라 마음이 분산되는 것을 도통 막을 길이 없다. 내가 좋아하는 쉐마 기도를 들을 때도, 가스실에서 죽어가면서 두 손을 모으고 이 기도를 드렸던 여성들이 떠오르는 것을 어쩔 수 없다. 나는 유대교를 사랑하지만, 진지하게 받아들이기는 힘들다. 이건 마치 지뢰로 가득 차 있는 땅 같아서, 폭발하더라도 내 생명에 해를 입히지는 않겠지만 그 거대한 굉음이 기도를 방해하는 것이다.

조부모님이 1940년대에 아주 잠깐이라도 의지할 수 있었던 그런 종류의 사람이 되어 볼 수 있지 않을까 생각한 적도 있었다. 그래서 그분들의 이야기에서 무언가를 배우고 거기서 어떤 방향을 찾아보려 했다. 하지만 잿더미에서 발견할 수 있는 것은 오직 재뿐이다. 그들의 이야기에서는 어떤 의미도 도출할 수 없었다. 내가 의미를 만들어 낼 수도 있었겠지만, 그런 시도 자체에 대한 강한 의심이 나를 가로막았다.

하지만 내가 확실히 믿는 것 하나가 있었다. 바로 책이었다. 그래서 비영리 교육 기관에서 영어 교사로 일하기 시작했는데, 얼마 지나지 않아 깊은 침체에 빠지고 말았다. 우리는 모두 현 교육제도가 어떻게 잘못되었고 어떻게 고칠 수 있는지를 잘 알고 있다. 하지만 우리 미국인들은 그것을 고치고 싶어 하지 않는데, 그 이유는 가난을 개인의 책임으로 돌리는 근본적 믿음과 인종차별주의 때문이다. 기관에서 일하는 사람들은 내가 믿지 않는 신을 위해 일하고 있었다. 종종 예외도 있었지만, 나는 버틸 수 없었다.

그래서 일을 그만두고 펜실베이니아 대학교에서 비영리 경영학 석사 과정을 밟았다. 나는 거시적 시스템을 바꾸고 싶었다. 아빠는 마침내 내 야망을 승인해 주셨고, 내게는 그것을 입증할 재료가 충분했다. 석사 과정에서 훌륭한 친구들을 만나면서 나는 이 깨어진 세상에서 어떻게 하면 내 나름의 성취를 이룬 괜찮은 인간이 되고 또 건강보험까지 보장받을 수 있을까 골몰하기 시작했다.

학부 시절에는 심각한 우울증을 앓으면서도 제대로 된 진단과 약물 처방을 받지 않았는데, 펜실베이니아에서는 정확한 약물 치료를 받고 다양한 대응책을 써 보려고 노력했다. 덕분에 난생 처음으로 교실에 앉아 있는 동안 의식을 가지고 깨어 있다는 느낌을 받았다. 나는 이 1년짜리 과정이 학부 때 습득하지 못한 교육의 전체적인 틀을 이해시켜 주리라 기대했다. 그리고 이후에 좋은 일자리를 얻고, 그곳에서 좋은 인간이 되고, 성취에 대한 보수를 받기를 바랐다. 하지만 이 과정은 결국 큰 실망을 안겨주었다.

돌아보면, 거기 모인 사람들의 목적은 모두 같았다. 우리는 모두 평생을 바쳐 해결하고 싶은 문제가 있는 사람들이었다. 암으로 언니를 잃은 한 여성이 품은 목표는 '메이크어위시재단Make-A-Wish Foundation'에서 일하는 것이었다. 실험적 극장을 설립하려는 계획을 가지고 온 어떤 여성은 펀드 조성과 극장 운영 방식에 대해 알고 싶어 했다. 내가 원했던 것은, 조부모님의 이야기에 등장하는 나쁜 인물들처럼 되지 않는 것, 최소한 그날 밤 연애 때문에 나를 등진 친구처럼 되지 않는 것이었다. 하지만 문제는 내가 무엇을 원했느냐가 아니라, 내가 원하는 바가 무엇인지 정확히 표현할 수 없었다는 것이다.

석사 과정이 끝나갈 무렵에는 어느덧 비영리 기관의 성격에 대한 확고한 이론이 내 안에 정립되어 있었다. 비영리 기관은 (몇몇 예외가 있긴 하지만) 부자들이 깨끗한 양심을 구매하고, 선반 장식용 홍보 사진을 찍고, 세금 우대를 받도록 돈세탁 전략을 제공하는 곳이다. 맞벌이 가정이 많은 오늘날, 여성에게는 낮은 임금을 지급하면서 '당신이 좋은 일을 한다는 데서 만족을 느끼라'라는 말로 그것을 정당화한다. 비영리 기관에서 일하는 백인 남성은 많은 돈을 받지만(내가 일했던 기관의 최고경영자는 2005년에 30만 달러의 연봉을 받았다), 대부분의 일을 전담하는 흑인 여성은 간신히 아이들을 탁아 시설에 보낼 만큼의 돈을 번다. 비영리 기관의 목적은 쉽게 억압적 체제로 변모하는 이 시스템을 공격하는 것이 아니라 이 시스템의 한 부분이 되는 것이다. 교육의 목적은 교육이 아니라 백인 우월주의의 현상 유지에 있다.

하지만 정확히 말하자면, 일반적으로 비영리 부문과 교육 기관의 일은 매우 중요하다. 이 부문이 얼마나 부패했는지 그 실상을 뒤늦게 깨달았지만, 거기서 일하는 사람들을 영웅으로 여기는 내 생각에는 변함이 없었다. 내가 그 일을 하고 싶었던 이유는, 이전부터 내가 중요하게 여긴 문제의 근원을 다루는 일이라고 생각했기 때문이다. 나는 자본주의 바깥에서 일함으로써, 살면서 정말 하고 싶은 것이 무엇인지를 알아내는 데 골몰하기를 그치고 스스로 의미 있는 변화의 한 부분이 될 수 있을 거라고 생각했다. 나는 그 당시까지도(지금도 때로는) 우울증이 상당 부분 내 나태함 때문이라고 믿었다. 나는 의미 있는 삶에 대한 손쉬운 해답을 찾고 있었지만, 비영리 기관과 교육 분야의 일은 그것이 결코 쉽게 얻을 수 있는 것이 아님을 알려주었다. 만약 일이 내 정체성을 표현하는 매개가 된다면, 나는 그것이 나를 그저 명목상이 아니라 근본적으로 좋은 인간이 되게 해 주길 정말로 바랐다.

나는 금융위기로 세계가 흔들리고 있었던 2009년에 학교를 졸업했다. 그리고 비영리 교육 분야에서 쌓은 미미한 재주가 백인 구세주 콤플렉스에 대한 보상이 아니라는 것 외에는, 어떤 다른 자기 정체성도 가지지 않았다. 나는 필라델피아 지역에서 인종적 · 경제적 정의를 위해 활동하는 풀뿌리 그룹에 보조금을 지원하는 목적으로 기금을 형성하는 조직에 들어갔다. 그런데 이 곳은 내 건강보험을 부담하지 않으려고(부담할 여력이 없었기 때문에) 근무 시간을 주당 30시간으로 제한했다. 오랜 우울증이 재발한 그때, 나는 내 힘으로 도저히 보험에 가입할 수가 없었다('환자보호 및 부담적정보험법'이 생기기 전 일이다). 약값을 부담할 수 없어 약을 끊었고, 그때까지 경험했던 것 중 가장 심각한 우울증에 빠져 한 달 내내 말을 하지 않았다. 그러다 불현듯 아빠가 늘 말씀하시던 중간 관리자 이야기가 떠올랐고, 칸막이 사무실이 유혹적으로 다가왔다. 나는 이전에 일했던, 아이들에게 전혀 도움이 되지 않는다고 확신했던 비영리 교육 기관의 상사에게 전화를 걸었다. 그리고 뉴욕에서 다시 일자리를 얻었다.

펜실베이니아 대학교에 다니던 시절에, 내게는 일종의 수

호성인 같은 분이 있었다. 그분을 너무나 존경한 나머지, 그분의 회의 참석 요청 이메일에도 구토 증세가 생길 정도였다. 또 그분에게 이메일을 보낼 때면 번번이 맞춤법 실수를 저질렀다. 한번은 이메일을 써 놓고도 읽고 또 읽기를 반복하다 결국 하룻밤을 묵혔고, 다음 날 아침에 일어나 다시 수차례 더 읽은 후에 마침내 전송 버튼을 눌렀다. 그러고 즉시, 'thing'을 'thong'으로 잘못 썼다는 사실을 깨달았다.

나는 그분을 여전히 존경하고, 그분은 여전히 나의 영웅이다. 내가 다시 안정적인 이전 직장으로 돌아갈 것이고 펜실베이니아에서 학위도 땄으니 더 높은 보수를 받을 수 있을 거라고 말씀드렸을 때 그분은 내적 독백처럼 나를 끊임없이 괴롭히던 질문을 하셨다. "바네사, 그게 사람들이 위대한 일을 하는 방식인가요? 안전한 길을 선택하는 것?"(하지만 이 질문은 내 결정에 별로 영향을 미치지 못했다. 당시 나는 남자친구의 조언도 듣고 있었기 때문이다.) 나의 영웅이 이 질문을 한 순간, 내 대답은 명확하게 "그렇습니다"였다. 나는 내가 해야 할 위대한 일이 무엇인지 생각해 보기 위해 잠시라도 안전감이 필요했다. 무의미해 보이는 조직으로 돌아가서 부자들의 양심을 씻어 주는 일을 하는 것이, 안정적인 환경에서 그다음 진로를 고민할 수 있는 유일한 방법이었다. 위대한 일이 일어

신성한 제인 에어 북클럽

나고 있는 장소 근처에서라도 일할 기회를 잡기 위해서는 돈이 필요했고, 내가 사랑할 수 있고 나를 사랑해 줄 파트너가 필요했고, 좋은 우울증 약이 필요했다.

마침내 마음에 드는 정신과 의사를 만나고, 신용카드 빚과 학자금 대출을 갚고, 남자친구와 내 친한 친구 한 명과 함께 아파트에서 지내게 되었을 때, 다시 좋은 인간이 되는 것에 대해 고민할 수 있는 사치스러운 시간이 생겼다. 잠시 일과 마음의 거리를 두고 책상에 앉았을 때, 세로토닌 수치가 잘 조절되고 내 안에 정치의식이 되살아나고 있음을 느꼈다. 나는 10년 동안 교육 분야에서 일해 왔고, 이제 새롭게 일깨워진 어떤 도덕적 우월감이 나를 우울하게 만들었다. 내가 보기에는 우리 모두가 현 교육 시스템을 어떻게 바꾸어야 하는지를 잘 알고 있었다. 훌륭한 교사가 될 수 있도록 교사들을 훈련하고 보수를 지급하고, 그들이 하는 일을 중요하게 여기고 존중하라. 그러면 아이들이 배울 것이다. 그리고 지역의 조세 수입과 무관하게 학교를 지원하라. 하지만 이 나라는 이것을 잘 알면서도 제로섬 게임에 대한 이상한 신념 때문에 유색인종이 교육받는 것을 원치 않는다.

나는 많은 대화를 했고 불안한 마음으로 인터넷을 수없이 뒤졌다. 주당 40시간 동안 책상에 앉아 있어야 했지만 좋은 급여만큼 할 일이 많지 않았기 때문이다. 결국 나는 내 선택이 무엇을 의미하는지도 모르는 상태에서 신학교에 지원했다. 약혼자도, 좋은 일자리도, 힘들게 얻은 뉴욕의 매력적인 아파트도 모두 뒤로한 채, 서른 번째 생일 바로 다음 달에 매사추세츠 케임브리지로 이사를 갔다. 그리고 경건한 유대인 무신론자로서 하버드 신학대학원에 입학했다.

나를 신학교로 이끌었던 열망과 명분은 고통스러울 만큼 진실한 동시에 미친 듯이 냉소적이었다. 나는 그때까지 살아왔던 삶보다 훨씬 더 의미 있는 방식으로 더 나은 세상을 만들어 가는 일의 한 부분이 되고 싶었다. 동시에, 내가 원할 때 얼마든지 숨을 수 있고 며칠씩 잠을 잘 수 있는 유연한 직업을 얻고 싶었다. 나는 근본적으로 좋은 인간이 되고 싶었지만, 이 산업사회는 순수한 것이란 없음을 끊임없이 내게 증명했다. 그렇다면 차라리 내가 진정으로 좋아하는 것을 즐기면서 선을 향해 더듬거리며 나아가는 것은 어떨까 하는 생각이 들었다. 내게 주어진 시간을 행복하게 보내고 싶었다.

쓰기와 읽기와 대화, 이 세 가지는 내가 가장 좋아하는 일이었다. 나는 병원이나 교도소의 담당목사가 되는 모습을 떠올려 보았고 그 일은 나를 정말 좋은 인간처럼 보이게 해 줄 것 같았다. 하지만 나는 그냥 사람들과 함께 어울려 대화를 나누고 싶었다. 병원이나 교도소가 위기가 발생하는 장소라면, 그냥 가서 그 일들을 목격하고 증언하는 사람이 된다면 어떨까? 세상에 영향을 끼칠 능력이 내게 있는지는 확신할 수 없었고, 다만 삶이 이루어지고 있는 공간으로 들어가 그것을 보고 싶다는 바람이 생겼다.

삶의 그 순간까지 나는 언제나 사랑하는 아빠의 조언을 따랐다. 하지만 그때의 그 선택은 아빠의 기준에서는 그저 "안정적이고 괜찮은 직장을 버리는 것"이었다. 아직도 내 기억에 남아 있는 이 쓸쓸한 표현은 아빠가 보낸 편지에 있던 내용인데, 그때 일어난 일도 얘기해 두어야 할 것 같다.

좋은 인간이 되는 법을 알기 위해 하버드 대학교에 지원할 때, 나는 마치 마약하는 걸 숨기듯이 이 사실을 아빠에게 숨겼다. 나의 마약은 계속해서 더 의미 있는 인생을 찾는 것이었고, 나는 끊임없이 그다음 분량의 약을 찾아다녔다. 부모님은 이런 중독을 두려워하셨다. 다시 말하지만, 그분들은 자식을 최대한 안전하게 키우고 싶어 하셨다. 좋은 직장을 버리고 신학교에 가는 것은 불필요한 위험을 감수하는 일이었다. 그분들은 나의 이직을 자신들의 실패로 여기셨고, 자신들이 나를 심하게 망쳐 놓았다고까지 생각하셨다. 부모님은 내가 학교에 가려 하는 것이 그분들처럼 되는 법을 알고 싶어서라는 사실은 알지 못하셨다.

나는 부모님과 모든 이야기를 나누는 편이었고, 거의 매일 엄마나 아빠와 통화를 했다. 의심할 사람도 있겠지만 분명한 사실이다. 몇 달에 걸쳐 지원서를 쓰고 추천서를 받고 이전에 다녔던 미국 내 대학교 세 곳에 성적 증명서를 신청하던 그 시절에 누군가가 내 부모님의 생각은 어떤지 물었다면 내가 어떻게 대답했을지 나도 잘 모르겠다. 부모님께 이 이야기를 한 번도 꺼낸 적이 없다는 사실을 깨닫게 되었을까? 의도적으로 숨기려고 한 적은 없었다. 하지만 내가 조만간 직장을 그만두고 신학교에 갈 거라고 말씀드렸을 때 그분들이 받은 충격과 실망하신 모습을 보면, 내가 학교에 지원했다는 이야기를 하지 않은 것이 분명하다.

부모님은 질겁하셨다. 영어로 타이핑을 못 하는 아빠는 하고 싶은 말을 엄마에게 불러 주었고 엄마는 그 내용을 아빠의 레터헤드에 붙여 넣어 내게 이메일을 보냈다. 그 편지에는 신학교에 가려는 결정이 "변덕스럽고 쓸데없는 짓"이라고 적혀 있었다. 굳이 편지를 다시 열어 확인할 필요가 없을 만큼 강렬하게 뇌리에 박힌 단어들이다. 나는 브루클린 거리 한구석에 서서, 태어나서 처음으로 사랑하는 아빠와 괴성을 지르며 그 단어들을 가지고 싸웠다. 사람들이 있는 곳에서 전화로 그렇게 싸운 것도 그때가 유일할 것이다.

엄마도 내게 편지를 써서 애원하셨다. "나도 이해해 보고 싶은데 도무지 이해가 안 돼. 설명을 좀 해 줄 수 있겠니?" 엄마는 필사적으로 다른 박사학위 과정 링크들을 보내며, 내게 의향이 있는지를 물으셨다. 아니요, 엄마. 나에게 필요한 건 다른 석사학위예요. 좀 애매하지만 일종의 기독교 분야예요. 네, 알아요. 남자친구는 뉴욕에 있을 거고 일은 그만둘 거예요. 맞아요. 하지만 이 과정에는 건강보험도 딸려 있어요.

ᑴᑫᑴᑫ

어떤 마법 같은 일이 벌어지기를 기대하면서 나는 신학교로 걸어 들어갔다. 나는 내 마음을 훈련시켜 매 순간 관대하고 친절한 존재가 되도록 준비되고 싶었다. 2009년 금융위기 이후, 모든 밀레니얼 세대가 그랬듯 나는 믿음을 가질 수 있는 어떤 대상을 끊임없이 찾아다니고 있었다. 그리고 나는 첫날부터 이 학교를 사랑하게 되었다. 수업에서 내 준 읽기 과제는 수십 년간 물어 왔던 질문에 대한 해답 같아 보였다. 나는 학과 친구들이 좋았고, 교실 안팎에서 나누는 대화도 좋아했다. 심지어 학교 식당도 정말 좋았다. 그런데 공부를 하는 중

문득 이런 생각이 들었다. 그곳에 있는 내내 행복했고 영감과 호기심으로 가득 차긴 했지만 여전히 변화는 일어나지 않은 것 같았다. 이렇게 아무런 변화 없이 졸업하고, 부모님께는 그분들이 옳았고 이제 원래 직장으로 돌아가겠다고 말해야 하는 최악의 공포스러운 상황이 벌어질까 봐 두려웠다.

동시에 내게는 기도하고 싶은 열망, 자애롭게 경청하는 어떤 존재 앞에서 진정한 겸손을 느끼고 싶은 열망이 있었다. 유대교에 등을 돌리는 것은 배신이자 거짓말처럼 느껴졌다. 하지만 유대교에 의지하는 것도 마찬가지였다. 나는 토라를 읽을 때마다 하느님을 찬양하는 대목에서 끊임없이 걸려 넘어졌다. 이 세상이 끔찍한 죄로 뒤덮이도록 허용하고 보코하람 같은 무장단체가 나오도록 한 하느님을 어떻게 찬양할 수 있는가? 내 조부모님의 삶을 끔찍한 고통 속으로 밀어 넣고, 수많은 흑인 남성을 감옥에 집어넣는 제도를 허용한 하느님을 어떻게 찬양하겠는가? 내 삶은 끔찍한 사이클에 갇힌 채 어떤 경계 공간에서 끊임없이 무엇인가를 열망하며 살아가게 될 운명 같았다.

나는 신학교에 다니면서 조부모님과 많은 대화를 나누었다. 그들의 유령은 불교 수업을 듣지 못하게 했고(가르침은 유대교만으로도 충분했다), 고통을 다루는 여러 신학에 만족하지 못하게 했다. 그 네 분은 아우슈비츠에서 살아남았지만 그들의 신은 살아남지 못했기 때문이다. 종교에 실망했거나 그것에서 아무런 영감을 받지 못했거나 그것 때문에 트라우마를 경험한 여느 사람들처럼, 혹은 그 트라우마를 물려받은 사람들처럼, 나 역시 종교 체험을 위해 전통적 방식을 벗어나는 길을 찾아야 했다.

어느 날 내가 좋아하는 교수님이자 멘토인 스테퍼니 폴셀 교수님이 우리 기숙사에서 조금 떨어진 감리교회에서 솔로몬의 아가서를 강의하고 있었다. 나는 그때 단핵구증을 앓고 있었고 열을 동반한 기침도 났던 것으로 기억한다. 거기서 그분이 "사랑은 죽음보다 강하다"라는 구절을 인용했는데 그걸 들은 순간, 《제인 에어》에서 로체스터가 제인에게 청혼하며 제인을 "지상에서 최고의 동반자"라고 부르는 장면이 떠올랐다. 내가 정말 좋아하는 이 대사는 지극히 크고도 겸손한 요청을 담고 있다. 죽음보다 강한 사랑이라는 말도 그런 식으로 내게 다가왔다. 우리는 죽은 사람을 사랑할 수 있다. 이 말은 내게 충분히 진실하고 단순하게 와 닿았다. 그 인용구는 사랑이 죽음을 정복할 수 있다거나 죽은 사람을 다시 살려 낼 수 있다고 말하지 않았다. 다만 거기서 내가 느낀 것은, 죽음보다 강한 사랑을 한다는 것이 누군가에게 지상 최고의 동반자가 되는 일과 같다는 것이었다. 나는 두 대목에서 같은 방식으로 기쁨을 느꼈다.

사실《제인 에어》는 내가 읽기도 전에 좋아하게 된 책이다. 어린 시절에 엄마는 늘 내가 열네 살 생일을 맞는 해에 자신이 좋아하는 책을 주겠다고 약속하곤 하셨다. 왜냐하면 엄마가 열네 살 때 그 책과 사랑에 빠졌기 때문이다.

그 감리교회에서 사랑하는 두 친구의 곁에 앉아 몹쓸 열병을 견디면서, 처음으로 나는 회당에서《제인 에어》를 읽고 변화를 기대할 수 있을지 생각해 보았다. 홀로코스트보다 백 년 전에 나온 이 책이 토라에서 찾고 싶었던 지침 같은 것을 줄 수 있을지 궁금했다. 나는 토라를 사랑한다. 그리고 토라와 깊은 사랑과 존경과 이해를 주고받았던 짧은 순간도 있었다. 하지만 그 책은 늘 내게서 시큰둥하게 멀어졌다. 나는《제인 에어》가 어떤 응어리를 남기지 않으면서도 동일한 자양분을 내게 줄 수 있을까 궁금해졌다.

그래서 내가 좋아하는 스테퍼니 교수님께 한 가지 부탁을 드리기로 했다. 짜낼 수 있는 모든 용기를 모아서, 자세를 한껏 낮추어 세 줄짜리 이메일을 썼다. 한 학기 동안 신성한 텍스트로서《제인 에어》를 읽는 작업에 함께해 주실 수 있느냐는 내 질문에, 그렇게 하겠다는 답이 돌아왔다.

이 연구 계획을 실행에 옮긴 직후, 신성한 읽기를 예상치 못한 방식으로 내 삶에 적용하게 된 일이 일어났다. 마흔 전에 결혼하고 아이를 갖는다는 이성애적 규범을 정말 받아들일 건지 스스로 질문하던 차에, 오래 끌어 왔던 약혼 관계가 급작스럽게 끝나 버린 것이다. 학교에 폭발물이 설치되었다는 신고가 접수된 후 나는 몇 시간 동안 약혼자에게 안전하다는 문자를 보내고 전화도 계속 걸었다. 내내 답이 없던 그와 마침내 통화가 되었을 때 나는 별안간 결별을 통보받았다.

폭발물의 위협과 파경을 맞은 관계가 원투 펀치를 날렸던 그날 밤은 이제 흐릿한 기억이 되었다. 그날을 떠올리면 가장 기억나는 것은 내 몸을 어찌해야 할지 도무지 알 수 없었다는 것이다. 그때는 아직 《제인 에어》를 신성하게 읽는 방식을 배우기 전이었다. 경건 훈련법도 아는 것이 없었고, 의지할 것도 없었다. 텔레비전을 보려고 했지만, 내가 좋아하는 건 죄다 로맨스물이었다. 일을 해 보려고 했지만 손에 잡히지 않았다. 머릿속이 엉켜 있어 생각 자체가 불가능하고 몸은 지금 일어나는 상황에 대한 충격과 고통을 감당할 수 없을 때 나는 무엇을 할 수 있을까?

떠오르는 것이 없었다. 남자친구가 (내 부탁으로) 약혼반지 대신 선물해 준 6개월 된 강아지와 산책을 가 볼까 했지만 그날 이미 여덟 시간이나 산책한 터라 강아지는 지쳐 있었다. 요가를 할까 하다가 이내 요가를 배운 적이 없다는 사실을 떠올렸다.

눈에 띄는 것을 닥치는 대로 읽어 보다가 마침내 《제인 에어》를 집어 들었다. 물론 아직 그 책을 읽을 준비가 되어 있지는 않았다. 하지만 어떤가. 내가 신학교에서 가장 먼저 배운 교훈 중에 이런 것이 있다. "완성할 때까지 흉내 내라."

그 소설에서 가장 좋아하는 장면을 펼쳤다. 로체스터가 왜 진실을 숨길 수밖에 없었는지를 설명하고, 자신이 비록 다른 여자와 결혼했지만 그럼에도 자기와 함께 있어 달라고 제인을 설득하는 장면이었다. 이 필사적인 노력은 늘 내 마음에 감동을 주었지만 그날 밤처럼 정확한 카타르시스를 일으킨 적은 없었다.

로체스터는 제인을 붙잡기 위해 자신이 할 수 있는 일이 아무것도 없다는 걸 잘 알면서도 곁에 머물러 달라고 애원하고 있었다. 무력함이 계시적으로 드러나던 그 짧은 순간, 나는 나 자신보다 로체스터를 생각하며 고통을 느꼈다. 그리고 이내 잠들었다.

그날 밤 《제인 에어》가 나를 구원했다. 아직 아무것도 배우지 못했지만, 바로 그날 밤부터 나는 《제인 에어》를 신성하

**그날 밤
《제인 에어》가
나를 구원했다.**

게 대하기 시작했다. 《제인 에어》나 해리 포터 시리즈, 다른 로맨스 소설들을 신성하게 대하고, 수년 전부터 걷기를 신성한 작업으로 여기며 훈련해 오는 동안, 처음 신학교에 왔을 때는 전혀 예상치 못했던 곳에 내가 서 있음을 발견한다. 물론 스스로 확신을 가질 만큼 충분히 변화된 것은 아니다. 예상치 못한 손님에 대비해 여분의 시트를 마련해 두긴 했지만, 낯선 이를 집에 들이는 일은 여전히 익숙치 않다. 처음 생각과 달리 병원이나 교도소에서 일하지도 않는다. 그런 환경에서 일할 수 있는 영예로운 기회가 주어진 적도 있지만, 보스턴으로 돌아간 전 남자친구처럼 나 역시 고향으로 돌아갈 것이라는 희미한 계획 때문에 직무를 맡는 것을 계속 보류하게 된다. 내가 올리비아나 애비 같은 친구들처럼 힘든 직무를 맡지 않는 것이 아직도 내가 원하는 만큼 용감해지지 못했다는 뜻인지 계속 나 자신에게 묻곤 한다.

하지만 나는 《제인 에어》를 신성하게 읽는 작업을 통해 낯선 이를 더 잘 받아들이는 사람이 되었다고 믿는다. 나는 신성한 책 읽기를 통해 동료 인간을 신성하게 대하는 법을 배웠다. 하지만 나의 그런 면을 시험하는 상황이 벌어지지 않기를 제인에게 기도한다. 내가 하거나 하지 않을 행동들이 두려워서가 아니라, 누구도 내 도움을 받아야 할 만큼 절망적인 상태에 빠지는 것을 원치 않기 때문이다. 하지만 동시에 제인과 로체스터와 버사에게 이렇게 기도하고 싶다. 내 눈앞에서 벌어지고 있고 내 삶을 온통 둘러싸고 있는 재난들 속에서 필요한 힘을 달라고.

개인적으로 닥치는 재난은 그리 두렵지 않다. 경력을 끝내 포기하게 할 만큼 끊임없이 괴롭혀 대던 질문들도 이제는 괜찮다. 그리고 앞으로 다른 위기에 봉착한다 해도 그 순간에 좋은 인간이 되게 해 줄 도구를 가졌다는 자신감이 있다. 위기가 닥쳐와도 끔찍한 상태에 빠지지는 않으리라는 확신이 한 뼘 정도 더 자랐다.

우리는 모두 어떤 사물을 신성하게 대하게 되는 경험을 해본 적이 있다. 우리 가족 이야기는 특별하지만, 나라는 사람은 그렇지 않다. 많은 이들이 전통적인 종교 제도에서 떨어져 나온 오늘날, 현실의 복잡한 상황에서 어떻게 좋은 인간이 될 수 있는지 막막하게 느끼는 것은 나뿐만이 아닐 것이다. 종교에 대한 어떤 갈망을 느끼면서도 배신감이나 실망감 역시 느끼는 것도 나뿐만은 아닐 것이다. 코로나-19 시대, 자기도취에 빠진 인간의 죄에 분노한 지구의 형벌 같은 광풍

속에서, 서로를 두려워하라는 지시에도 우리는 그 어느 때보다 서로가 필요하다. 나는 서로를 신성하게 대하기를 배우는 일이 이러한 모순된 현실에서 우리 모두가 가진 갈망이라는 것을 알고 있다.

오해가 없기를 바란다. 나는 《제인 에어》나 해리 포터 시리즈, 《공작부인의 거래 *The Duchess Deal*》 같은 책들이 신성한 영감을 받아 기록된 텍스트라고 생각하지 않으며, 그 텍스트를 가지고 새로운 종교를 만들고자 하는 의도는 전혀 없다. 내가 사랑하게 된 이 책들이 안전하다고 말할 수도 없다. 《제인 에어》는 문제가 많아서 그 이유를 조명하는 책들이 출판될 여지가 다분하다(실제로 많은 이들이 그런 책을 썼다). J. K. 롤링은 계속해서 트위터 메시지로 책 내용을 복잡하게 꼬아 플롯을 바꾸고, 트랜스젠더를 혐오하고 비난하는 말을 뱉어 내어 자기 책을 사랑하지 못하도록 방해한다. 하지만 우리는 모두 어두운 밤 우리를 둘러싸는 공허를 채울 어떤 것, 공포의 시간에 붙잡을 수 있는 어떤 것이 필요하다. 왜냐하면, 친구들이여, 공포의 시간이 다가오고 있기 때문이다. 내 부모님은 늘 그렇게 가르치셨다. 나는 우리가 사랑하는 것들을 신성하게 대하는 작업이야말로 망망대해에서 붙잡을 수 있는 부표가 된다고 믿는다.

여전히 나는 사물에서 의미를 발견하는 작업이 어렵다. "우리 어머니가 암으로 곧 돌아가실 것 같아. 그냥 곁에서 '정말 안타깝다'라고 말해 줄 사람이 필요해." 내 친구 마이크가 이렇게 부탁했을 때, 그가 내게 기대했던 것이 무신론자 목사의 역할임을 알 수 있었다. 하지만 나는 그와 함께 침묵 속에 앉아 있기조차 어려웠다. 아마도 그 일을 나보다 훨씬 잘할 수 있는 다른 목사가 있을 것이다. 내가 생각하기에 목사의 역할은 이런 것이다. 자신에게 답이 없음을 알고, 고통받는 사람 곁에 그저 앉아 있는 것. 하지만 무신론자가 된다는 것은 자신을 도울 수 있는 무엇인가가 어디에도 없음을 인정한다는 뜻이다. 나는 미숙한 목사였던 기간에도, 우리가 할 수 있는 유일한 일이 침묵일 때가 많다는 걸 이미 알고 있었다. 성공회 신자인 마이크는 성서정과와 전례에서 큰 도움을 얻지만, 나는 그저 '너무나 안타깝군요. 이제 침묵합시다'라고 말하기 위해 사람들에게 간다. 나 말고는 침묵하며 함께 있어 줄 사람이 없어서가 아니라, 나는 그야말로 아무런 할 말이 없는 사람이기 때문이다.

나의 무신론은 다른 사람들이 들어오고 대화가 이루어지는 공간을 만든다는 점에서만 중요하다. 그것이 내가 지금 사람들에게 해 줄 수 있는 환대가 아닐까 하는 생각이 든다. 나는 사람들이 믿는 각자의 신을 사랑한다. 나는 스테퍼니 폴셀의 신과 매튜 포츠의 신을 사랑한다. 존 루이스 하원의원의 신과 제시카 심슨의 신을 사랑하고, 가스가 살포되기 전까지 내 친척들에게 위로를 주었던 신을 사랑한다. 그리고 더 나은 자신이 되도록 우리를 부르는 신을 사랑한다.

그렇다면 내가 거부하는 신은 어떤 신일까? 신자들이 예배하는 허수아비 같은 신? '눈송이 세대'라 불리는 우리 세대는 너무 쉽게 분노하기 때문에 '트리거 워닝'*이 반드시 필요하다. 그런데 내가 보기에 정말 많은 사람들의 깊은 분노를 촉발하는 것은 **신**이라는 단어와 전통 종교 같다. 카스트 제도 아래 천대받는 인도 사람이든, 정통 유대교 집안에서 자란 게이든, 의사가 처방한 우울증 약을 끊는다는 조건에서만 사제의 결혼 주례를 허락받을 수 있는 남녀든, 나는 그런 사람들을 기꺼이 환영하고 함께 있으면 안전하다는 느낌을 주는 목사가 되고 싶다. 수 세기 동안 축적된 전통과 권력과 착취를 둘둘 감고 끔찍한 느낌을 불러일으키는 목사는 되고 싶지 않다. 나는 그들이 길을 잃었을 때 전화해서 부를 수 있

---

* Trigger Warning: 어떤 소재나 주제에 대해 심리적 외상을 갖고 있는 사람들을 배려해서 미리 경고를 삽입하는 것.

는 누군가, 많은 종교의 여느 선한 사제들처럼 고통 속에 함께 있어 주는 그런 누군가를 만났으면 좋겠다.

내 무신론은 조부모님에 대한 헌신의 표현이기도 하다. 그분들은 신에게 돌아가지 않았고, 나 역시 그러고 싶지 않다. 나는 일부분 의도적으로 위험한 곡예를 하고 있다. 그러니까 이런 내 생각이 신에 대한 최종 판단은 아니며 그 신이 좋은 존재일 수도 있다고 생각하는 것이다. 반면 다른 일부분으로 난 조부모님을 넘어서길 원치 않으며 그렇게 경건해지기엔 난 너무 게으르다. 나는 신에 대해 호의를 가지고 있지만, 결국 내가 세상에 최선의 도움을 주고 집안 어른들을 최선의 방식으로 존중할 수 있는 장소는 저 바깥에 있기에 신을 거절하고 그곳으로 나갈 수밖에 없었다. 끊임없이 그 존재가 내게 필요하면서도 말이다.

나는 우리가 창조하는 의미 이외의 삶의 의미를 찾는 것에 저항하는 일에 헌신한다. 히브리어에는 이런 표현이 있다. "마 하 야 하 야 하 야"(Ma ha ya ha ya ha ya). "일어난 일은 일어난 것이다." 그게 전부다. 그런데 이 문장은 오직 과거형 의미만 전달할 수 있다. 그러니까 '일어날 일은 일어날 것이다'는 불가능하다. 우리는 그것을 변화시킬 수 있기 때문이다. 아빠는 할아버지를 좋아하셨다. 아빠는 할아버지 곁에서 임종

신성한 제인 에어 북클럽

을 지키셨는데 나에게 그 이야기를 해 주신 것은 단 두 번이었다. 할아버지가 아빠에게 마지막으로 하신 말씀은 이런 것이었다. "너무 세게 껴안지 마라. 아프구나." 그리고 나는 이 만행을 계속 기억하고 있다.

문학 작품을 대할 때, 나는 의미에 잠기기 위해 노력한다.

하지만 문학 작품을 대할 때, 나는 의미에 잠기기 위해 노력한다. 버지니아 울프의 언니 바네사 벨은 자는 동안 자신을 보호해 줄 개 그림을 침대 머리에 그려 두었다고 한다. 그래서 나도 그 개 그림을 사서 조카 침대의 발치에 붙여 주었다. 사랑스러운 강아지야, 바네사를 지켜 주었던 것처럼 이 아이를 지켜 주렴. 하지만 나는 살아가면서, 모든 고통받는 자들의 이야기는 말로 표현되지 않은 채 흘러간다는 사실을 기억하려고 노력한다. 살아남은 자들은 자기 이야기를 들려줄 수 있다. 하지만 죽은 자들의 이야기는 그들의 죽음에서 의미를 만들어 내려고 노력하는 사람들의 기억을 통해 알려질 뿐이다. 나는 중단된 삶, 어떤 은총도 얻지 못한 삶을 믿는다. 그리고 어디서든 그런 은총이 찾아오는 공간을 창조하려는 노력 또한 믿는다.

1.

침대에
붙박인 삶에
대하여

"그날 산책을 할 가능성은 없었다.
우리는 아침에 이미 한 시간 동안 앙상한 관목 숲을 돌아다녔다.
하지만 저녁을 먹은 후에는(리드 부인은 같이 먹을 사람이 없으면
저녁을 일찍 먹었다) 차가운 겨울바람이 잔뜩 흐린 구름을 몰고 와
비를 아프게 뿌려 댔기에 더 이상의 바깥 활동은 불가능했다.
나는 그렇게 된 것이 정말 기뻤다."

《제인 에어》 1장 중에서

1958년 봄부터 외할머니는 11개월 동안을 침대에서 지내셨다. 온몸을 쇠약하게 만드는 현기증 때문에 일어날 수 없었기 때문이다. 의사들은 이 병에 대한 진단을 내리지 못했다. 현기증의 원인도, 적절한 치료법도 알아낼 수 없었다. 침대에 누워 있는 것 외엔 별다른 도리가 없었다.

하지만 우리 가족은 외할머니의 현기증에 대한 우리 나름의 이론을 가지고 있었다. 그 이론은 매우 단순한데, 1958년까지 그분이 단 한순간도 멈출 시간이 없었다는 것이다. 외할머니는 슬로바키아에서 극심하게 가난한 어린 시절을 보냈고 처녀 시절에는 나치를 피해 부다페스트로 넘어갔다. 그러나 결국 발각되어 아우슈비츠로 끌려갔다.

수용소에서 외할머니가 살았던 삶에 대해 내가 아는 것은 별로 없다. 다만 그분의 위조 서류에 기록된 대로, 헝가리로 가기 전 1년 반 정도 아우슈비츠에 있었다는 사실만 알 수 있을 뿐이다. 외할머니는 그곳에 있는 동안 군수 공장에서 일하셨고, 훗날 내 외할아버지가 될 남자를 만났다. 아쉽게도 그분들은 거기서 사랑에 빠지지 않았다(그랬다면 소설 한 편은 될 이야기였을 텐데 말이다). 두 분은 공장에서 몇 번 이야기를 주고받으며 서로 알고 지내는 사이가 됐을 뿐이다. 사실 외할머니는 외할아버지의 감독이었는데, 외할아버지가 일부러 물건을 망가뜨리는 걸 '눈감아' 주셨다. 여차하면 두 사람 모두를 죽음으로 몰고 갈 수 있는 상황이었다.

또한 나는 외할머니가 수용소에서 부모님과 형제를 잃었다는 사실을 알고 있다. 그리 친하지 않았던 자매 한 분이 계셨는데 그분은 생존했다. 하지만 외할머니는 수용소에서 보낸 시간에 대해 지극히 말을 아끼셨다.

전쟁이 끝나자 외할아버지는 파리에 있는 집으로 돌아가셨다. 외할아버지의 가족들은 위조 가톨릭 여권 덕분에 모두 살아남았다. 반면, 돌아갈 집이 없었던 외할머니는 브뤼셀에서 가정부 일을 얻었다.

1945년, 전후의 불경기 속에서 외할아버지는 즉시 일을 시작했다. 그리고 그해 12월에 일 때문에 브뤼셀을 방문했고, 지하철에서 내리는 순간 수용소에서 알고 지내던 익숙한 얼굴과 마주쳤다. 그리고 한 달 후에 두 분은 결혼했다.

외할머니는 외할아버지 가족이 전후에 시작한 밀수업에 뛰어들었다. 한번은 외할아버지가 기차에서 경찰 검문을 받고 다이아몬드를 버려둔 채 강제 하차를 당한 적이 있었다. 외할아버지가 화장실에 숨겨 둔 물건을 찾으러 외할머니가 리옹 역으로 돌아가 기차에 잠입했는데, 할머니는 열차의 어느 칸일지를 혼자서 판단하고 숨어들어가 다이아몬드를 무사히 꺼내 오셨다.

외할머니는 1946년과 1951년 사이에 무려 다섯 차례 임신하고 세 자녀를 출산했다. 우리 엄마가 그중 막내로 태어났다. 외할머니는 프랑스로, 이스라엘로, 그리고 다시 프랑스로 가셨고, 마침내 미국 로스앤젤레스로 이주하셨다.

로스앤젤레스에서는 다시 공장 일을 하셨다. 그러다 외할아버지가 밀수업을 그만두고 식당 보조 일을 시작하셨는데, 1958년에는 급사장으로 승진을 하게 되었다. 그분이 일하시던 곳은 신선한 시저 샐러드 드레싱을 만들기 위해 웨이터가 손님들이 보는 앞에서 달걀을 익힐 정도로 고급 식당이었다. 그런 곳에서 외할아버지가 높은 자리로 올라갔기 때문에 외할머니는 타자기 부품 공장을 그만둘 수 있었다. 그리고 일을 그만두는 순간 현기증이 발병했다. 드디어 정지할 수 있게 되었을 때 온몸이 이렇게 말하고 있었다. 좀 누워 있어. 누워 있어.

11개월 동안 할머니는 현기증이 심각해서 누군가가 화장실 오가는 것을 돕고 침대에 음식을 가져다 드리고 목욕도 도와드려야 했다. 우리 엄마는 이 시절에 외할머니와 함께 침대에서 보낸 숱한 시간을, 그리고 딸의 머리를 손질하는 법을 배우던 외할아버지의 모습을 잘 기억하고 있다. 외할아버지는 이후 내 곱슬머리도 손질해 주셨다. 어쩔 수 없이 익힌 기술이지만 외할아버지는 프랑스식 땋은 머리까지 하실 수 있었다.

침대에 누워 있던 시간 동안 외할머니가 무슨 생각을 하셨는지는 알 도리가 없다. 늘 제멋대로인 내 상상력은 가장 끔찍하고 가장 극적인 내용을 떠올린다. 내 상상 속에서 외할머니는, 어떻게 한 사람이 슬로바키아 시골의 유대인 마을에서 정통 유대교 신앙을 가진 묘비 제작인의 딸로 태어나 로스앤젤레스에서 크리스마스 트리를 사 달라고 조르는 세 아이의 엄마가 되는 일이 가능한지 이해하려 노력하고 계셨다. 그리고 부모님과 남동생이 어떻게 죽었는지를 생각하고 계셨다. 그들은 고통스러웠을까? 두려웠을까?

생애 말기에 이르러 외할머니는 죽음의 행군에 대해 들려주셨는데, 치매에 걸리셨을 때는 온통 이 이야기뿐이었다. 미군과 러시아군이 포로를 해방하기 위해 수용소로 진군하고 있다는 소식에, 독일군은 최대한 많은 포로를 제거하려고 음식도 물도 없이 행군을 시켰다. 외할머니는 다른 여성 두 명과 팔짱을 끼고 걸어서 살아남을 수 있었다. 가운데 있는 사람이 잠을 자며 걷는 동안 바깥쪽 두 사람이 그를 끌어주고, 다시 교대하는 식이었다. 아마 1950년대에 침대에 누위 계셨던 시기에도, 말기에 다시 침대에 눕게 된 시절만큼이나 이 기억에 강박적으로 붙들려 있지 않았을까 하는 생각이 든다.

외할머니가 무엇을 생각하고 계셨든, 우리의 이론은 한결같다. 계속 사용하며 혹사한 외할머니의 몸은 마치 쉬지 않고 회전하는 요요 같았다. 그리고 마침내 정지하게 되었을 때 그분의 몸은 반대 방향으로 회전해야 했고 그것이 어지러움을 일으켰다. 그런 상황에서 넘어지지 않기 위해서는 누울 수밖에 없는 것이다.

《제인 에어》의 도입 문장은 산책할 수 없음에 대해 말하고 있다. 날씨가 너무 나빠서 저택에 사는 아이들(그중에 환영받지 못하는 군식구인 우리의 사랑하는 제인도 포함되어 있다)은 평상시에 하던 저녁 행군을 나가지 못한다. 그들은 이미 아침에 잎을 다 떨구어 낸 관목 숲을 돌아다녔다. 목적 없이 강요된 걷기를 이미 끝내 둔 것이다. 그리고 날씨 덕분에 다시 바깥으로 나가는 일은 불가능해졌다.

제인과 사촌들의 바깥 활동을 가로막는 요인은 여러 가지였다. '겨울바람', '아프게 뿌려 대는 비', '잔뜩 흐린 구름.' 셋 중 두 가지만 있었다면 혹시 바깥으로 나가게 되지 않았을까? 물론 이 세 가지는 연관되어 있고 서로 영향을 미치며 발생한다. 마치 사랑이 사랑을 낳고 끔찍함이 끔찍함을 당연히 낳는 것처럼. 비가 아프게 뿌려 대는 것은 겨울바람 때문이다. 제인을 바깥으로 나오지 못하게 가로막는 것은 바로 이러한 연금술이다.

그리고 제인은 그렇게 된 것이 "정말 기뻤다." 산책하러 나가지 않고 집 안에 있게 되어서 기뻤다. 이렇게 나쁜 날씨에 나가지 않아도 되어서가 아니라, 나쁜 날씨 덕분에 나가지 않아도 되었기 때문에.

혹시 현기증이 심해지면 심해질수록 외할머니도 그 상황이 기뻤던 것은 아닐까? 침대를 빠져나올 수 없어 계속 누워 있어야 하는 상황이 그분에게 위안이 되었던 것은 아닐까? 때로는 선택의 여지가 없다는 느낌만큼 좋은 것이 없다. 열심히 달려온 끝에 따뜻하고 안전한 침대에 눕는 것, 선택의 여지 없이 그 따뜻하고 안전한 침대에 누워 돌봄을 받는 것은 때로는 꽤나 즐거운 일이었을 것이다. 물론 그것은 여러 면에서 바람과 비와 구름처럼 끔찍한 상황이었다. 하지만 어쨌거나 위안이 되기도 했다.

내가 열여섯 살이 되던 해에 외할머니의 척추가 부러졌다. 예전에 침대 생활을 했던 해로부터 40년이 지난 때였는데, 척추 수술을 하셨지만 몸을 일으키지 못하셨다. 결국 1998년에 그분은 다시 침대 생활을 시작하셨고 돌아가실 때까지 누워 계셨다.

그 무렵 나는 고등학교 연극반 활동을 하고 있었는데, 연습이 없는 수요일이면 외할머니 댁에 낮잠을 자러 갔다. 우리는 늘 서로의 손을 꼭 잡고 잠이 들었다. 사실 그분이 홀로코스트 생존자가 아니었다면, 나는 그저 낮잠이 필요해서 외할머니 댁에 갔을 뿐 그렇게 대단한 일을 했다고 주장할 수는 없을 것이다. 어쨌든 나는 외할머니와 함께 침대에서 보내는 시간을 매우 즐겼다. 어린 시절에 내가 본 외할머니는 좀 인색한 여성이었는데, 1998년에 다시 침대 생활을 하면서 매우 친절한 사람이 된 것 같았다. 그래서 나는 내 진짜 할머니가 된 친절하고 부드러운 여성과 함께 침대에 누울 수 있었다.

나는 그 시절에 외할머니가 무슨 생각을 하셨는지 약간 알고 있는데, 이때가 그 죽음의 행군에 대해 끊임없이 이야기하시던 시기이기 때문이다. 행군을 하며 먹었던 음식에 대해서도 얘기해 주셨고, 내가 추측하기로는 자신의 필요와 고통과 그 고통을 없애는 방법에 대해서도 정말 많이 생각하신 것 같다. 외할머니는 무자비하고 익살스럽게 다른 사람을 놀리는 농담을 많이 하셨다. 누가 자신을 보러 왔고 또 누가 오지 않았는지를 이야기했고, 병원 가는 날에 대해서도 이야기하셨다. 외할머니는 고통으로 몸부림치면서도 찾아오는 사람들을 반갑게 맞아 주셨다. 그리고 외할아버지와 함께 게임 쇼 〈제퍼디!〉를 보셨다.

그리고 2005년 4월에 그 침대에서 임종을 맞으셨다.

나의 우울증은 때로는 세찬 빗줄기처럼 도저히 침대에서 나올 수 없게 만든다. 이때의 잠은 외할머니와 매주 수요일에 즐기던 달콤한 낮잠이나 요즘도 이따금 즐기는 낮잠과는 완전히 다르다. 그리고 나는 자궁내막증도 앓고 있는데 이 고통은 극한까지 밀려왔다 사라지곤 한다. 때로는 이 불붙는 듯한 육체의 고통 때문에 기쁨을 느끼기도 하는데, 침대에 누워 있어도 된다는 증거와 구실 같기 때문이다. 봐요! 머리로 지어낸 게 아니라 실제로 그렇다고요! 밖에 나가고 싶지 않아서가 아니라 세찬 바람과 쏟아지는 비 때문이라고요!

나도 인생에서 여러 번 침대에 붙박여 시간을 보냈다.

우울증 진단을 받기 전이었던 대학 시절, 나는 교수님과 친구들에게 거짓말을 하고 몇 주 동안이나 방에 처박혀 있곤 했다. 나는 그 원인이 게으름이라고 믿었고(지금도 확실하게 아니라고 단정할 수는 없다) 그것을 숨기기 위해 끊임없이 거짓말로 둘러대야 했다. 서른 살에는 단핵구증에 걸렸는데,

걸으려 하기만 해도 의식을 잃었다. 갑작스럽게 결별을 당한 서른세 살 무렵, 분주하게 돌아다니며 6개월간 주당 80시간이나 일에 몰두한 다음 헌혈을 했다가 30분 후 기절해 환자의 몸 위로 넘어진 적도 있었다. 그 환자는 내가 목사로서 방문하기로 되어 있었던, 아픈 신생아를 막 출산한 산모였다. 그 후로 2주 동안 현기증에 시달려야 했는데 의사들도 원인을 몰랐다. 어쨌든 현기증은 2주 후에 사라졌는데 두 가지 이유 중 하나 때문이었을 것이다. 하나는 내가 침술사를 찾아갔다는 것이고, 다른 하나는 현기증이 보통 2주 후에는 사라진다는 것이다.

침대에 누워 있는 동안 많은 생각을 하면서 나는 내 연약함의 원인을 멋대로 지어내 보기도 한다. 외할머니는 집단 수용소 생활과 가족과의 사별, 죽음의 행군, 유산, 척추에 생긴 병 등으로 침대 신세를 졌지만, 나는 도대체 왜 그랬을까? 나는 그 이유를 다세대적 트라우마 때문이라고, 그리고 외할머니의 유령과 계속해서 친구가 되어 드리기 위해서라고 말하고 싶다. 요즘은 우울증이나 이따금 등에 생기는 심한 통증 때문에 침대에 누워 있을 때면 내 손을 잡아 주시는 그분의 손이 느껴진다. 판단, 영감, 변명, 축복, 그 모든 것이 담긴 유령 같은 손. 하지만 어떤 경우에도 내가 내세우는 이유는 외할머니의 그것보다 정당할 수 없을 것이다.

나는 허리 문제와 현기증으로 '어쩔 수 없이' 침대에 누워 계셔야 했던 외할머니가 솔직히 부럽다. 물론 이것이 좋아하던 남자애와 함께 다락방에 숨어 지낼 수 있었던 안네 프랑크가 부럽다는 말과 같은 것임을 알고 있다.

침대에 누워 있을 때 느껴지는 죄책감을 떨쳐 버리는 것은 내게 매우 위험한 일이다. 죄책감을 느끼지 않는다면, 외할머니에 비해 상당히 사소한 이유로 오랜 시간 침대에 누울 수 있는 특권에 대해 감사하지 않는다는 뜻이다. 이 문제를 해결할 열쇠는, 제인과 우리 외할머니처럼 날씨가 좋을 때는 비록 앙상한 관목 숲에 불과할지라도 그곳에서 열심히 걷는 것이다. 나는 죄책감에 대한 응답으로, 침대에서 일어날 수 있는 날이면 내 몸과 정신으로 가능한 최대한의 것을 해 내려고 한다. 오직 그렇게 함으로써만 몸과 마음이 나를 배반하는 날이 올 때 기뻐할 수 있기 때문이다.

2.

두려움에
대하여

"어떤 음산한 성스러움이 [그 붉은 방을] 둘러치고 있어서
누구도 그곳을 쉽게 침범하지 못했다."

《제인 에어》 2장 중에서

천성적으로 나는 불안을 느끼는 사람이 아니다. 안정을 좋아하는 내 기질이 불안에 저항하기 때문이다. 높은 곳에 올라가거나 비행을 할 때, 혹은 거미나 뱀을 볼 때도 크게 신경을 쓰지 않는다. 그런데 나는 어둠과 의지적으로 싸우겠다고 마음을 먹으면서 두려움과 관계를 형성하기 시작했다. 그리고 사람들이 '두려움 여사'와 관계 맺는 것을 살펴보았다. 모든 공포증은 이렇게 작동한다. 그것은 외부에 있는 사람들에게는 아무 의미가 없다.

나는 강아지의 몸에서 진드기를 떼어 낼 때마다 기후 변화에 대해 생각한다. 아빠가 수술을 받을 때마다 돌아가실 가능성을 염두에 둔다. 그리고 항생제를 써야 할 때마다 항생제 내성이 생길 때 일어날 일을 생각한다. 나는 다가오는 재난을 예상하지 않은 채 결과를 맞이하는 바보가 아니다.

안뉴Anyu라고 우리가 부른, 우리 할머니를 처음 만났을 때 그분은 그리 친절한 사람이 아니었다. 내가 어렸을 적에 할머니는 1년에 한 번 정도 우리 가족과 외할머니, 외할아버지를 보러 와서 석 주 동안 머무셨다. 지구 반대편에 있는 이곳 로스앤젤레스에 정착한 아들과 손주들을 보기 위해 이스라엘 홀론에서 비행기를 타고 날아오신 것이다. 반면, 내가 열아홉 살이 되어 혼자 여행할 수 있기 전까지 우리가 그분을 만나러 간 적은 없었다.

안뉴는 친절을 베풀수록 더 인색하게 응대하는 사람이었다. 할머니는 우리를 사랑하셨고 자신만의 방식으로 사랑을 표현했지만, 유령에게 분을 터뜨리는 것처럼 보이곤 했다. 길을 막는 사람이 있으면 반드시 화를 내셨다. 할머니는 마치 자동 유도장치를 단 미사일 같았다. 우리가 자극하지도 않았는데 할머니는 꼭 우리의 약한 곳을 공격했다. 그분은 우리가 얼마나 쉽게 공격당할 처지에 놓여 있는지를 잘 알려준 사람이었다.

죽은 사람의 병은 진단하지 않는 것이 가장 좋지만, 그럼에도 나는 할머니가 양극성 정동장애를 앓으면서 진단을 받지 못한 것이라고(혹은 진단받았지만 우리에게 알리지 않았다고) 믿는다. 그리고 할머니가 그 모든 일을 겪지 않았다면 과연 어떤 사람이 되었을지 궁금한 마음에 후성유전학에 대한 기초적인 내용을 공부해 보기도 했다.

안뉴는 남다른 여성이었다. 그분은 어릴 때부터 동등한 유산 상속자로 대우받으며 자랐다. 두 아들이 있었는데도 아버지는 딸을 아들들과 함께 가업을 이어받도록 훈련시켰다. 할머니는 가난하지만 명석한 젊은 작가에게 반해 결혼을 했는데 1년도 채 안 되어 남편이 강제수용소에 끌려갔다.

헝가리에 있던 할머니가 헝가리의 다른 유대인들과 함께 추방당해 수용소에 끌려간 것은 훨씬 이후의 일이었다(1944년 5월). 그 시점에는 유대인을 아우슈비츠로 보내는 일이 매우 빠른 속도로 이루어지고 있었기 때문에 나치는 포로의 몸에 문신을 새기거나 세심한 기록을 남기지 않았다. 그런 절차를 진행하기에는 유입되는 인원이 너무 많았기 때문이다.

아우슈비츠에 도착하자마자 무질서한 선별 과정에서 안뉴는 부모님과 떨어졌다. 근처 다른 줄에 서 있는 아버지를 보았는데 장시간의 기차 여행과 굶주림 때문인지 무척 정신이 없는 모습이었다. 아버지가 줄을 이탈하는 모습을 보자 안뉴는 아버지가 총에 맞을까 봐 제대로 줄을 서도록 도와드렸다. 그분을 지켜 주고 싶어서였다. 그리고 그것이 자신의 아버지가 가스실로 들어가는 줄을 제대로 서도록 도와드린 행동이었다는 사실을 나중에야 알게 되었다. 하지만 나는 그분의 그 본능을 사랑한다. 그런 본능을 나 역시 가지고 있다. 어떤 정보 없이도 책임을 떠맡는 본능이다. 혼란한 상황 한가운데서는 누군가가 주도하는 게 맞다. 그녀의 행동은 틀리지 않았다. 증조할아버지는 줄에서 이탈했다는 이유로 총에 맞거나 구타를 당할 수도 있었을 것이다. 하지만 모든 것이 지나가는 행인을 무작위로 폭행하는 행동을 유발하는 요인이 될 수 있다면, 거기서 살아남는 기회를 얼마나 얻었든 그 자체도 범죄를 유발하는 원인이 될 수 있을 것이다.

나는 가스실로 들어가신 증조부님들과 친척들을 꽤 자주 떠올리는 편이다. 내가 좋아하는 쉐마 기도 소리가 들리면, 곧 닥쳐올 상황을 기다리면서 이 기도를 읊조리는 그들의 목소리가 귀에 들려온다. 때로는 가스가 분사되기 직전의 짧은 순간에 그들이 느꼈을 두려움이 조용한 메아리처럼 내게 전해 온다. 그리고 그들이 가슴 속에서 내지르던 필사적인 비명, 자신 때문이 아니라, 바로 그 같은 방에서 같은 죽음을 맞이할 사랑하는 자식들 때문에 피어오르던 절망의 냄새를 희미하게 맡을 수 있다. 어쩌면 증조할머니는 아우슈비츠에 딸 자식을 남겨 두어야 한다는 사실에 두려움을 느꼈을지도 모른다. 증조할머니는 살아남은 딸과 비교할 때 자신이 맞이한 신속하고 고통 없는 죽음을 어쩌면 다행으로 여겼을지도 모르겠다.

스물네 살이 되던 2006년, 나는 부모님과 동생들, 외할아버지와 함께 10일간 이스라엘 여행을 떠났다. 여행의 목적은 아니었지만 할머니가 계신 곳도 방문했다. 할머니는 1956년에 우리 아빠를 데리고 헝가리 난민 자격으로 이스라엘에 갔을 때 할당받은 방 한 칸짜리 아파트에서 여전히 살고 계셨다. 그분은 자신이 태어난 루마니아에서 가장 부유한 여성이었다가, 어린 시절 식당에서 쓰던 식탁보다 더 작은 부엌에서 요리를 하고 귀중품을 아이스크림에 숨겨두는 사람이 되었다.

우리가 이스라엘에 간 이유는, 라마트간의 홀로코스트 기념비에서 최근 돌아가신 외할머니를 기리는 기념식이 있었기 때문이다. 화장장에서 가져온 돌무더기 위에 세운 쇼파르를 부는 남자의 조각상은 외할머니가 만드신 거였다. 우리는 화환을 가지고 갔고, 안뉴와 내 사촌들과 우리 가족의 친구들이 함께 모였다.

기념식이 끝나고 환담을 나누는 시간이 있었는데 그때 안뉴의 친구라는 한 남성을 만나게 되었다. 지금은 이름이 기억나지 않는 그분은 할머니와 팔짱을 끼고 함께 웃고 있었다. 내가 다가가자 이분은 내가 좋아하는 언어(헝가리와 히브리 억양이 강하게 섞인 영어)로 이렇게 말씀하셨다. "너희 할머니가 옷 입은 모습을 본 것이 50년 만에 처음이라 웃고 있는 거야." 나는 놀라서 눈이 휘둥그레졌다. "난 이 사람이 수영복 입은 모습밖에 못 봤거든!" 두 분은 야한 농담에 속아 넘어간 나를 보며 웃으셨다.

시립 수영장 회원이었던 할머니는, 돌아가시기 직전까지

일주일에 여섯 번 수영장에 가셨고 매번 서른 바퀴를 도셨다. 그분은 그곳에서 할머니와 함께 수영을 했던 동료일 것이다. 그분은 다 웃고 나서 이렇게 말했다. "아우슈비츠에서 네 할머니를 알게 됐단다. 이 사람은 성인聖人이었어. 자기 막사에서 죽어 가는 사람을 돌봐 주었지. 먹을 것을 구해 와서 그들에게 먹여 줬어." 안뉴는 친구가 이야기하는 동안 나를 한 번도 쳐다보지 않고 또 다른 자신인 이 친구를 애정 어린 눈길로 바라보고 계셨다. 할머니는 살면서 맺은 많은 관계를 늘 과장해서 얘기하셨는데 이 친구분은 할머니를 수영을 잘하는 사람이자 성인으로 이해하고 있었다.

나는 에티 힐레숨Etty Hillesum이라는 아름다운 작가이자 사상가가 남긴 편지들을 무척 사랑한다. 네덜란드 유대인인 그는 놀라울 만큼 복잡한 인물이다. 그의 일기와 편지들을 엮은 전기 서문에서 작가는 이렇게 썼다. 베스테르보르크의 유대인 게토에서 "그의 영혼이 가장 깊은 방식으로 표현되었다. 그는 자기 민족을 돕기 위해 자신을 아낌없이 내어놓았다." 그리고 에티가 그렇게 한 이유는 많은 부분 두려움 때문이었다고 한다.

우리 조상들과 그들이 느꼈을 감정에 대해 생각할 때마다 정말 놀라운 것은 그들이 두려움을 느낀 방식이다. 나는 그들의 두려움이 일종의 절망이 아니었을까 하는 생각이 든다. 내 삶에도 절망과 두려움이 섞여 있었던 순간들이 있다. 두려움과 동시에 운명을 스스로 바꿀 힘이 없다는 느낌이 드는 순간 말이다. 생존 기술을 익히기 위해 수영을 배워야 한다고 생각한 엄마는 나를 가장 까다로운 수영 선생님에게 데려갔다. 새벽 6시에 우리를 물에 빠뜨리고 고함을 치고 호루라기를 부는 베키 선생님에게 가야 할 때마다 나는 겁을 먹고 의심에 빠졌다. 나는 선생님이 무서웠다. 그리고 내가 통제할 수 없는 어떤 현실 속으로 머리를 집어넣을 자신이 없었다. 아무리 울고 애원하고 이유를 대 봐도 엄마는 완강했다. 나는 소리치다가 끝내 숨이 멎을 것 같다는 느낌이 들었고 그것은 두려움을 절망의 가장자리로 밀어붙였다. 그와 동일한 공포를 느낀 적이 또 있는데, 일곱 살 때 추가 예방접종을 할 때였다. 두려움을 느끼는 기질이 아닌 내게 두려움을 주었던 것은 그 일 자체가 아니라 어떤 불쾌한 일이 일어날 것이고 내가 그것을 멈출 수 없다는 사실이었다. 그러니까 내가 두려웠던 것은 내게 힘이 없다는 사실이었다.

그래도 내가 느꼈던 대부분의 공포(수영 강습이나 예방주사)는 안전한 보호막 안에 있었다. 조부모님이나 제인 에어의 경우는 그렇지 않았다. 그들이 느낀 두려움은 분명하게 당면

한 위험에 대한 것이었다. 그럼에도 나는 여전히 두려움에서 가장 문제가 되는 것은 통제력의 결핍이 아닐까 생각한다.

조부모님의 공포를 상상해 볼 때마다 마음이 너무 거북해진다. 어떻게 감히 내가 그분들의 현실을 가지고 상상 놀이를 한단 말인가? 그분들이 느꼈을 두려움을 상상하고 불러내는 이 행위는 결국 일종의 자기만족을 위한 기만이 아닐까? 내가 상상해 낸 두려움의 윤곽에 압도당할 때면 나는 다시 그 유혹하는 유령을 쫓아낸다. 그 두려움을 외면하고 싶지는 않지만, 그것을 이해하려 애쓰고 싶지도 않다. 결코 이해할 수 없을 거라는 사실을 잘 알기 때문이다.

조부모님이나 다른 희생자들의 심연을 이해할 수 있다고 여기는 태도는 착취적으로 느껴지기도 한다. 하지만 그것을 완전히 이질적인 것으로, 혹은 도저히 생각할 수 없고 불가해한 것으로 여기는 일 역시 극악하다. 중요한 것은 그들 역시 나와 같은 사람이었다는 사실을 기억하는 것이다. 사실 그분들이 그 무서운 일을 당한 것은 지금의 나보다 훨씬 어렸을 때였다. 그들은 결코 예외적인 인물들이 아니었다. 끔찍한 공포를 체험하고 그 안에서 영웅적 자질을 발휘한 인물들인 동시에, 연애를 하고 사소한 생각과 느낌을 가졌던 사람들이기도 했다. 안뉴는 인색한 사람이었다. 동시에 성인이

자 수영을 잘하는 사람이었다. 희생자들 역시 복잡한 인간이다. 희생자의 가장 순수한 고통 역시 복잡한 특성을 지닌다. 하지만 타인이 경험한 두려움의 유령을 느끼는 것은 매우 중요하다. 타인의 두려움을 느끼려는 노력은 가장 중요한 공감의 한 형태이기 때문이다. 만약 두려움이 통제력의 결핍과 관계된다면 우리는 누군가의 두려움에 공감하면서 누가 그 통제력을 쥐고 있고 그 상황을 어떻게 바꿀 수 있을지를 고민하게 된다.

내 것이 아닌 타자의 공포를 알아야 하고 또 알아서는 안 된다는 이 충돌하는 두 가지 필요 사이에서 줄타기를 하기 위해 나는 제인의 도움을 받을 수 있을 것이다. 제인의 공포를 들여다보는 일은 다른 누군가의 존엄에 상처를 입힐 위험이 없기 때문이다. 소설 2장에서 제인은 붉은 방에서 절망적인 공포에 빠져 있다. 그 방에서 제인은 어떤 비명과 강력한 발길질로도 상황을 바꿀 수 없는 잔인한 현실을 감지하고 있다.

제인에게는 세상이 끊임없이 자신을 위협한다는 감각만 있을 뿐, 헤엄치는 능력이나 백신의 유익 같은 보상은 전혀 없다. 자신이 상황을 저지할 수 없다는 이 공포에 대한 새롭고 뼈에 각인된 지식은 그것 자체 외에는 어떤 교훈도 가져다주지 않으며 이 점이 바로 진정한 공포의 본질적 요소다.

이 일이 일어난 날에 소설이 시작되는 이유는 이 일이 제인의 인생에서 가지는 중요한 역할 때문이다. 2장에 기술된 이 사건은 사실상 이후에 일어나는 모든 사건을 촉발하는 계기가 된다. 바로 직전 장면에서 제인은 사촌 리드 때문에 머리를 다쳤다. 리드를 피하려다가 생긴 일이었다. 머리를 다치면 흔히 그렇듯 제인의 머리에서 피가 많이 흘렀다. 하지만 이유 없이 흉기로 머리를 얻어맞는 일이 제인에게 그리 놀랍거나 두려운 일은 아니었다. 나이도 몇 살이나 많고 몸집도 두 배나 큰 사촌 리드에게 일상적으로 학대를 당해 온 터라 이런 일이나 고문에 꽤 익숙했던 것이다. 갈등을 피하려고 애쓰거나 대들어 봤자 그 상황을 피할 수 없음이 분명했기 때문에 폭력을 당하면서도 그렇게 충격적이지는 않았다.

오히려 그를 동요하게 만든 것은 리드에게 대들었다는 이유로 벌을 받았다는 사실이었다. 그 벌로 제인은 외삼촌이 돌아가신 후 비어 있던 '붉은 방'에 갇혔다. 이것은 1800년대에 곧잘 볼 수 있는 가족 학대 내러티브다. 이때는 남자가 여자를 때리는 것이 합법적이었고 여성이 그에 대항해서 폭력을 쓰는 것은 불가능했다. 방금 자신이 당한 일과 그 집에서 살며 끊임없이 견뎌야 했던 일들이 마음에 한꺼번에 몰아닥치면서 제인은 흥분 상태가 되었다. 그리고 자신이 갇힌 방에 외삼촌의 유령이 살고 있을지도 모른다는 생각에 두려워지기 시작했다. 그 가능성에 스스로 설득당한 순간 비명을 지르고서 잠긴 문을 더듬어 찾으며 탈출을 시도했고, 그러면서 더 큰 공포에 잠식당했다. 그가 이런 느낌을 받은 데는 이유가 있었다. 그는 외삼촌이 그 방에서 돌아가신 이후로 "어떤 음산한 성스러움이 [그 붉은 방을] 둘러치고 있어서 누구도 그곳을 쉽게 침범하지 못했다"라고 말한다. 가족들은 그 방을 출입하지 않았고 그 안에 갇힌 제인은 두려움에 빠질 수밖에 없었다.

처음에는 문이 정말로 잠기지는 않았을 거라는 기대가 있었다. 단지 자신이 복종하는지를 시험하는 심리적인 벌이 아닐까 하는 마음이었을 것이다. 하지만 문이 잠긴 것을 확인하고 정말 물리적으로 그 안에 갇혔음을 알게 된 순간을 그는 이렇게 회고한다. "그 무시무시한 오후, 내 영혼은 얼마나 기겁했던가! 두뇌에서는 얼마나 끔찍한 소요가 들끓고, 심장에서는 어떤 반란이 일어났던가!" 이것이 그가 몇 시간 동안 의자에 앉아 내적으로 경험해야 했던 내용이다. 외부의 관찰자에겐 단순히 그가 벌을 받고 있는 어린 소녀처럼 보였겠지만 실제로 그의 영혼 속에서는 반란이 시작되고 있었다.

몇 시간 동안 의자에 앉아 있다가 방 안이 어두워지기 시작하자 제인은 거울에 비친 자신의 모습에 사로잡혔다. 그는 이렇게 말한다.

이제는 이 빛줄기가 잔디밭 건너편에 있는 어떤 사람의 등불에서 나온 것임을 바로 추측할 수 있게 되었다. 하지만 공포에 빠질 준비가 되어 있고 온 신경이 흥분으로 떨리고 있었던 나는 빠르게 움직이는 이 빛이 어떤 환영을 보여 주기 위해 다른 세상에서 이곳에 온 전령이라는 생각이 들었다.

우리는 종종 덫에 걸려 고통받은 순간을 돌아보며 거기서 어떤 의미를 발견할 때가 있다. 하지만 제인은 그렇지 않다. "나는 점차 돌처럼 차가워졌고 마침내 용기가 가라앉아 버렸다." 그는 기본적 필요가 채워지지 않을 때 인간은 힘을 잃고 두려움에 압도당한다는 사실을 알고 있다. 이런 끔찍한 순간에도 제인은 감상적이지 않다. 제인의 이런 면을 나는 좋아한다.

내가 알기로 많은 사람들이 이렇게 두려운 공간에서 하는 행동은 무릎을 꿇고 기도하는 것이다. 물론 싸우거나 도망치거나 얼어붙거나 비굴해지는 등 다양한 선택지들이 있지만, 유명한 속담이 말해 주듯 참호 속에서는 무신론자를 찾을 수 없다. 하지만 나는 모든 장소에서 무신론자가 되는 훈련을 평생 해 왔고, 특별히 참호 속에서는 더욱 그러하다. 그곳이야말로 진정한 무신론을 증명할 수 있는 장소이며, 신에게 욕을 날리기에 가장 적절한 장소다. 붉은 방의 의자에 앉아 있다면, 전염병이 창궐한 세상 한가운데 놓여 있다면, 그곳이 바로 어떤 의미를 느끼려는 일에 저항해야 할 장소다. 나는 두려움과, 절망의 폭정과, 누구도 내 비명을 듣지 못한다는 공포를 느끼고 싶다. 하지만 가스실에서는 우리 모두의 내면에서 쉐마가 떠오르기를 원한다.

나는 내가 붉은 방과 가스실의 위치를 분명하게 구분할 수 있을지 확신할 수 없다. 아마도 둘은 매우 가까운 곳에 있을 것이다. 두려움은 탁월하거나 형편없는 선택을 하게 만드는 동기로 작용한다. 내 파트너는 자전거를 타는데, 날씨가 맑으나 궂으나 자전거로 통근한다. 그래서 보스턴에서 일어난 심각한 자전거 사고 소식을 들을 때마다 나는 법적인 문제를 더 잘 대비해 놓으려고 노력한다(적어도 그렇게 하려고 마음에 새겨 둔다). 그를 잃을 것에 대한 두려움이 내 행동의 동기가 되고, 삶이란 유한한 것임을 상기시켜 준다. 그런 날이면 나는 어느 때보다 강렬한 키스를 그에게 선물한다. 하지만 두려움이 나쁜 선택을 하게 만들 때도 있다. 나는 더 나은 사람을 만나지 못하리라는 두려움 때문에 어떤 사람과 불필요한 관계를 지속한 적이 있다. 두려운 상태에서는 세상을 헤치고 걸어 나갈 수 없다. 하지만 또한, 물속에서 불편을 느낄 때마다 엄마가 와서 구해 줄 것을 기대한다면 난 절대로 물을 헤치고 앞으로 나아갈 수 없을 것이다.

여기서 제인은 싸우거나 도망치거나 얼어붙거나 비굴해지거나 기도하지 않았던 것 같다. 그는 공포 때문에 의식을 잃고 기절해서 침대로 옮겨졌다. 공포가 그를 장악해 버린 것이다. 그는 내면에서 반란을 일으키는 해적이었다가 기절한 희생자가 되어 버렸다. 두 상태를 가르는 경계는 그저 찰나의 순간일 뿐이다.

우리 엄마처럼 리드 집안 사람들 역시 의도적으로 제인에게 고문을 가한 것은 아니었다. 하지만 그들은 제인의 공포에 아무런 신경을 쓰지 않을 뿐 아니라 그런 제인의 모습에 분노하기까지 한다. 이것은 우리 엄마가 수영장 끄트머리에 앉아 나를 안쓰러워하며 연신 소리를 질렀던 것과는 전혀 다른 모습이다. 리드 부인은 제인의 비명 소리에 완전히 귀를 닫았고, 그 비명 소리는 그가 기절하고 나서야 멈추었다. 또한 나는 제인이 느꼈던 공포의 핵심이 유령이 진짜로 존재하든 아니든 상관없이 리드 외숙모는 절대로 자신을 내보내 주지 않을 것이라는 깨달음이 아니었을까 하는 생각이 든다. 베키 선생님에게 수영을 배우던 시절에 내게도 역시 엄마가 어떤 상황에서도 나를 구해 주지 않을 거라는 깨달음이 있었다. 하지만 만약 엄마가 교육상 동의할 수 없는 어떤 부분을 발견했다면 그때는 나를 즉시 물 밖으로 끄집어내 다른 선생님을 찾아갔을 것이다. 약간의 특권을 주는 무조건적 사랑은 두려움의 의자에 계속 앉아 있게 하는 힘이 된다. 문을 두드리고 기절해서 쓰러지는 대신.

제인이 붉은 방에서 직면해야 했던 가장 큰 진실은 자신이 철저히 혼자라는 것이었다. 리드 외숙모는 얼마든지 자신을 쫓아낼 수 있는 사람이었다. 그 방에서 제인은, 만약에 (그 방에서 돌아가신) 외삼촌이 살아 계셨다면 자신을 정말 친절히 대해 주셨을 거라는 생각에 잠긴다. 이 '만약에'라는 기괴한 농담이 방에 갇힌 고통을 더 견디기 힘든 고통으로 만들었다.

마침내 제인은 방 밖으로 풀려나지만 발작이 계속 이어지자 의사를 부르게 된다. 제인은 이후 이 의사에게 자신이 당한 학대를 설명하고 의사는 기숙학교로 가는 것을 추천해 준다. 내 생각에, 공포의 순간이란 그것이 오래 지속되지만 않는다면 매우 유익하다. 두려움은 손을 내밀게 하고, 눈을 맞출 수 있는 다른 누군가를 탐색하게 한다. 두려움은 큰 목소리로 기도하게 한다.

우리는 철저한 외로움을 느껴야 자신이 속할 공동체를 알아보거나 발견할 수 있다. 그리고 현실에 대한 최악의 그림을 마음에 그려 두는 일은 비상시에 쓸 손전등과 건전지를 챙겨 두는 것과 같다. 하지만 우리는 대부분 두려움에서 살아남았거나 성공한 사람들의 이야기만을 듣는다. 두려움을 극복한 자들만이 자기 이야기를 들려주기 때문이다. 그런데 제인은 두려움을 극복한 것이 아니라 거기서 간신히 구조되고, 그렇게 우연히 살아남아 자기 이야기를 들려준다. 그는 우리 가족은 끝내 들려주지 못한 이야기를 들려줄 수 있게 된, 두려움의 베르길리우스다. 제인은 기절했고 다시 살아났지만, 많은 사람들이 그러지 못한다. 만약 내가 진정한 방식으로 타인에게 손을 내밀기 위해 두려움을 사용할 수 있다면, 두려움을 직면하도록 스스로에게 요구하는 행동은 착취적이라 할 수 없다. 두려움이 낳는 착취의 또 다른 형제는 유용성이다.

평생을 두려움 속에서 살아가는 사람들이 있다. 나는 세상을 더 나은 곳으로 만들기 위해 내 두려움을 이용하려 할 때 그 사실을 반드시 기억하고 싶다. 잔학 행위를 목격하고 계속 두려워할 용기를 가질 때 비로소 그 두려움은 신성해진다. 납치되어 지하실에 갇혀 두려움을 느끼고, 용기 있는 행동을 하고, 끝내 그 지하실에서 죽음을 맞이하는 소녀들이 있다. 하지만 범죄 행위를 단순히 목격하는 데 그치는 두려움도 있을 것이다. 그것이 그들이 할 수 있는 전부이기 때문이다.

하지만 현실적인 것이든 상상한 것이든 두려움은 매우 생산적일 수 있다. 어떤 식으로든 행동하기로 결정한다면 말이다. 두려워하지 않으면 용감할 수도 없다는 말이 있다. 두려움은 어떤 상태가 아니라 촉매제다. 두려움 때문에 제인은 의사에게 자신의 슬픈 이야기를 들려줄 수 있었고, 그랬기에 의사는 그가 바깥으로 나가도록 도와줄 수 있었다. 두려움은 "우리 영혼의 가장 깊은 표현을 [발견하도록]"* 도와준다. 공감적 두려움은 자기 안에 있는 것만으로는 도무지 저지하기 힘든 것들을 저지할 수 있게 해 준다. 이렇듯 우리 모두가 각자의 두려움을 가지고 있다면 결국 두려움은 용기를 길러 내는 유일한 자양분이다.

---

* Jan G. Gaarlandt, *An Interrupted Life: The Diaries and Letters of Etty Hillesum 1941–43*(London: Persephone Books, 1999) 서문 중에서.

3.

헌신에 대하여

"반드시 건강을 유지해서 죽지 않을 거예요."

《제인 에어》 4장 중에서

신학교 첫날, 석사 과정의 같은 그룹 학생들과 함께 '목회학 입문'이라는 수업을 들었다. 내 기억이 정확하다면(내 기억은 늘 제멋대로다), 그날 첫 강의에서 처음 들은 이야기는 스테퍼니 폴셀 교수님이 들려주신 것이다.

그 이야기는 르 샹봉-쉬르-리뇽이라는 프랑스의 한 마을에 관한 것이었다. 이 마을 주민들은 위그노 교인들(가톨릭 국가에서 개신교로 개종한 사람들)이었는데 모진 탄압과 사회적 박해에 시달린 끝에 급진적 환대에 헌신한 사람들이었다. 그들은 수백 년간 이어진 제도적 박해와 폭력의 기억을, 위험을 무릅쓰고 위대한 미덕을 실천하는 삶으로 전환시키고자 했던 것이다. 그들은 가짜 문을 만들고 여분의 음식과 시트를 구비해 은신처나 피난처가 필요한 모든 사람을 받아들였다. 그러니까 환대가 필요한 사람을 맞이하기 위해서라면 무엇이든 할 준비가 된 사람들이었다.

제2차 세계대전 당시 프랑스에서 전쟁이 가속화되고 비시 정부가 유대인을 탄압하자 유대인들은 르 샹봉-쉬르-리뇽의 문을 두드리기 시작했다. 나치 요원들의 수색이 있을 때면 주민들은 유대인을 숲속 은신처에 숨겼다. 그리고 암호를 노래로 만들어서 요원들이 돌아가고 나면 안전하게 내려오도록 했다. 주민들이 위험을 무릅쓰고서 수고하고 희생한 덕분에 천여 명의 유대인이 구조되었다.

이 이야기에서 정말 특별하게 느낀 부분은 르 샹봉-쉬르-리뇽 주민들이 압제당한 경험을 통해 어떤 헌신을 했다는 점이다. 그들은 급진적 환대에 헌신하면서도 역사의 결말이 어떻게 드러날지, 누가 그들의 문을 두드리고 무엇을 필요로 할지에 대해 알지 못했다.

헌신은 미지의 것을 향해 던지는 약속이다. 우리는 헌신하는 동안에도 정확히 무엇에 헌신하고 있는지를 이해할 수 없다. 우리가 친구와 저녁 식사를 하기로 동의할 때, 우리는 좋은 사람과 시간을 보내리라는 사실을 알 뿐, 그날 밤 어떤 기분일지, 날씨는 어떨지, 어떤 음식이 먹고 싶을지, 친구가 어떤 이야기를 하고 싶어 할지에 대해서는 알 수 없다. 한 사람을 사랑하고 또 그와 함께 인생을 설계하리라는 사실을 이해하고 결혼하지만, 실제로 인생에서 어떤 일이 벌어질지는 알수 없다. 우리에게 자녀가 생기리란 것은 신만이 아는 일이고 그 자녀들이 어떤 모습으로 자랄지 우리는 전혀 알 수 없지만 그럼에도 우리는 그들을 사랑하는 일에 헌신한다.

사실 우리는 모르기에 헌신할 수 있다. 헌신이란 통제력을 상실하는 상황을 인정하는 것이고, 자기 정체성에 대한 통제력을 되찾으려는 시도이다. 헌신은 해방하는 일일 수 있다.

혼돈을 포함한 주변의 모든 것을 둘러보는 대신, 하나에만 집중하도록 해 주기 때문이다. 친구와 함께하는 저녁 식사를 계획한다고 할 때 우리는 다음 날 준비까지 염두에 둘 필요는 없다. 뿐만 아니라 그날 일어날 가능성이 있는 혼돈과 절망으로부터도 우리는 자유롭다.

또한 헌신은 끝까지 완수할 때만 의미가 있다. 제2차 세계 대전이 일어나기 전 많은 국가들이 가난하고 지친 상태로 자유를 갈망하는 무리를 받아들이는 급진적 환대에 동참하기로 했고 여기에는 미국도 있었다. 하지만 미국은 900명의 유대인이 승선한 세인트루이스 호가 입항하는 것을 거절했고 이때 유럽으로 되돌아간 유대인들은 거의 몰살당했다. 끝까지 해내는 것이 중요하다.

나는 천성적으로 헌신이라는 것에 대해 회의를 느낀다. 최근 들어서는 그 어느 때보다 더욱 이것이 두렵다. 나는 2년 동안 계속 몸이 아팠고 어떤 친구와의 약속을 연달아 여섯 번이나 취소해야 한 적이 있었다. 약속할 때는 지킬 수 있으리라 생각했다. 하지만 몸이 말을 듣지 않았다.

그런데 아프기 전에도 나는 그날그날 상황에 따라 느슨하게 계획을 잡는 것이 좋았다. 어떤 날 나는 파트너를 바라보며 당신이 가장 소중한 사람이라고 말해 줄 수 있겠지만, 그러다 부모님이 아프시다는 소식을 들으면 그를 버려두고 캘리포니아로 날아갈 수도 있는 것이다. 어떤 일이든 취소될 수 있고, 최우선순위로 두고 계획한 일이라 할지라도, 무산될 수 있었다. 어떤 때는 합리적인 이유가 있었고, 또 어떤 때는 일찍 잠자리에 들어야 '했기' 때문이었다. 그래서 자신들의 이념에 탁월하게 헌신하여 실제로 인명을 구하는 일로 구현해 낸 르 샹봉-쉬르-리뇽의 위그노 교인들에게 깊이 매료되면서도, 누구보다 나 자신을 잘 아는 나는 이렇게 되묻는다. 우리 집에 찾아온 난민들이 성가신 존재면 어떡하지? 누군가가 우리 집 문을 두드릴 때 그날따라 내가 문을 열어 주고 싶은 마음이 안 들면 어쩌지?

내 인생에는 값나가는 것이 별로 없다. 우리 가족은 대대로 내려오는 가보 같은 것을 갖고 있지 않으며 거기엔 어떤 명백한 이유가 있다. 그리고 얼마간 모은 재산마저 한 친척에게 강탈당했는데 거기엔 좀 관대하게 말하자면 트라우마 문제라는 이유가 있고, 까칠하게 말하자면 빌어먹을 이유가 있다. 그래서 내 생각은 너무 심하게 베풀지 않는 것이 좋다는 쪽으로 기울어 있다. 너무 많이 배려하지 않는 것이 좋다.

이렇게 말하고 나니 내가 너무 감정이 메마른 사람처럼 보일 것 같은데, 변명을 좀 하자면 내가 살면서 보아 온 헌신은 너무 혼란스러운 것이었다. 우리 부모님은 서로 전적으로 헌신하는 관계다. 하지만 외할아버지는 병적일 만큼 무심한 분이었다. 그분은 미국에 살면서 한결같이 차에 열쇠를 꽂아 둔 상태로 내리셨다. 차를 얼마나 많이 도난당하고 얼마나 많은 사람에게 불편을 끼치는지는 아랑곳하지 않고 말이다 (심지어 남의 차에도 그렇게 한 적이 있다). 외할아버지가 처음으로 게슈타포에 붙잡혔을 때 증조할아버지가 보석금으로 감옥에서 꺼내 주려고 했는데 오히려 외할아버지는 감옥에 하루 더 있는 것을 선택했다고 한다. 그날은 저녁에 영화를 보는 날이었고 외할아버지는 그 영화를 놓치기가 싫었던 것이다. 나는 그 정도로 헌신적인 체념으로, 영화를 위해 감옥에 하루 더 남기를 선택하고 싶지는 않다.

물론 할아버지 편에서 변명을 하자면, 이 정도의 초연함 혹은 무심함에 대한 헌신은 내면에서부터 자라난 것이다. 그분은 어릴 때 어머니에게 난폭한 학대를 받으며 자랐다. 어머니는 너무 심하게 때린 날이면 아들의 상처가 부끄러워 다음 날 학교에 가지 못하게 할 정도였다. 그럼에도 그분은 돌아가시는 날까지 당신의 어머니를 좋은 분이라 변호하며 살았다. 그것은 수용소 시절과는 별개로 생긴 트라우마였다.

그렇게 해서 그분은 자연스럽게 자신의 선택이 가져오는

결과에 개의치 않는 사람이 되었고, 아내 몰래 친구, 이웃, 교회 신도, 직원들과 바람을 피웠다. 하지만 외할머니가 병을 얻으신 이후로는 돌아가실 때까지 힘들게 간병을 하셔야 했다. 아내의 브래지어 보조 훅도 구입하셨는데, 80세의 연세에도 메이시스 백화점 점원들에게 추파를 던졌을 것이다. 그분은 종교를 가지는 것이 멍청한 짓이라고 생각했지만 외할머니가 돌아가신 후에는 1년 동안 하루에 두 번씩 회당에 가서 '애도자의 기도'를 드렸다. 이후 우리는 외할아버지에게 좀 더 작은 집을 구해 드렸는데 거기서 바로 아랫집에 살던 여성과 가장 편리한 연애를 시작하셨다. 그리고 그녀가 나치에 가담한 전적이 있다는 사실을 이후에 알게 되었다.

《제인 에어》를 스무 페이지 정도 넘기면 열 살짜리 제인이 외숙모와 사촌들에게 학대와 무시를 당하는 장면이 나온다. 이때는 언어적이고 물리적인 학대가 그치고, 적극적이고 의도적으로 무시하는 감정적 학대로 접어든다. 그는 수개월 동안 게이츠헤드 저택에서 무시당하는 존재가 되고, 심지어 하인들도 제인을 엄격하게 대하거나 무시하라는 지시를 받는다. 그렇게 크리스마스부터 봄이 오기까지 전적으로 고립된 채 지내던 어느 날, 제인은 뜬금없이 리드 외숙모를 만나러 거실로 오라는 부름을 받는다. 하녀들이 자기 손과 얼굴을 깨끗이 문질러 주는 이유도 모른 채 제인이 거실로 내려갔을 때 브로클허스트라는 이름의 남자가 외숙모와 함께 있는 모습이 보인다. 그리고 둘은 서로에게 소개된다.

이때 제인은 외숙모가 자신을 브로클허스트 씨의 로우드 기숙학교에 보내려고 한다는 사실을 알게 된다. 그리고 외숙모가 제인의 성격에 대한 저주에 가까운 허위 사실을 브로클허스트 씨에게 전달해 두었다는 사실도 드러난다. 이것은 제인과 떨어져서도 계속 괴롭히겠다는 뜻을 보여준다. 아이들은 혼을 내주어야 한다는 생각에 심취해 있는 브로클허스트 씨는 어떤 형식적인 인사도 설명도 없이 곧장 제인에게 이렇게 묻는다. "지옥이 뭐지? 설명해 줄 수 있겠니?" 그러자 제인은 정통적인 답안으로 대답한다. "불구덩이요."

그리고 브로클허스트 씨는 그런 곳에서 영원히 사는 것을 피하기 위해 어떻게 할 거냐고 묻는다. 이때 제인은 내가 아는 모든 문학 작품의 대사 중 가장 좋아하는 말로 대답한다. "반드시 건강을 유지해서 죽지 않을 거예요."

제인은 여기서 자신이 죽음을 극복할 수 있다고 말한 것이 아니다. 그녀는 대들고 있다. 그리고 그 모습은 정말 재미있다. 그녀는 이 잔혹한 사람들에게 원하는 것을 주지 않기 위해, 괴롭힘을 당해 겁을 먹고 '원하신다면 무엇이든 할게요'

라고 말해 버리지 않기 위해 애쓰고 있었던 것이다.

나는 제인의 말에 이런 의미도 담겨 있다고 생각한다. '나는 지금과 다른 모습으로 죽음을 맞기 위해서 최선을 다해 건강을 유지할 거예요.' 그리고 나는 이 말이 자신의 내면을 바꾸는 것이 아니라 상황을 바꾸는 데 초점을 둔 말이라고 본다. 제인이 전념하고 있는 것은 생존이다. 그리고 생존만으로 충분할 때가 있다.

또한 제인은 리드 외숙모와 브로클허스트 씨의 신학을 거부하고 자신의 신학을 구축하고 있다. 그들은 의미를 찾기 위해 저 너머의 세상, 내세를 바라본다. 하지만 제인은 이 세상을 바라보고, 또 미래를 바라본다. 제인은 미래는 이 세상에 존재하며, 그렇기 때문에 현실에서 살아갈 수 있다고 믿는다. 그녀는 이생에서 정의를 요구한다.

내게 요구되는 헌신은 대부분 내 파트너와 친구들, 가족과 일에 대한 것이다. 때로 이런 헌신을 내 유한한 영혼으로 감당하기에는 버거울 때가 있다. 난 항상 누군가를 실망시키고 자책감으로 괴로워한다. 반면 내가 헌신을 유지하는 것들은, 주로 흥미로운 도전을 던지거나, 해내지 못하더라도 최소한 수긍할 수 있는 것들이다. 따라서 내가 여기서 다루어야 할 질문은, 평범한 일상이 아닌 극단적 상황에서 무엇에 헌신하고 싶은가 하는 것이다.

극한의 상황이 닥쳤을 때 나는 어떤 일상적 실천을 하고 싶은가? 쓰나미가 덮치거나 강바닥이 말라갈 때, 치유 불가능한 전염병이 창궐할 때, 나는 무엇에 헌신하고 싶은가? 최대한 헌신의 범위를 좁히고 안전하고 고상한 위치에 머무를 것인가? 아니면 르 샹봉-쉬르-리뇽 주민이 되고 싶은가?

살아오면서, 누군가가 내가 해야 할 옳은 일을 간단히 알려준다면 힘을 내어 일어나 그 일을 할 수 있을 것 같다고 생각한 적이 많았다. 제인의 헌신은 리드 외숙모와 브로클허스트 씨의 괴롭힘 속에서 살아남는 일이었다. 하지만 그것은 자신에게 더 정의로운 세상을 찾는 일이기도 했다. 내세를 의지하지 않아도 현재로 충분히 만족스럽고 그런 만족스러운 상태에서 그 너머를 바라볼 준비를 할 수 있는 세상 말이다.

나는 내 헌신이 프리사이즈 옷처럼 모든 곳에 들어맞기를 바란다. 브로클허스트 같은 사람에게 맞설 때도, 힘든 하루를 보낸 친구를 만날 때도, 나치의 위협 아래 있을 때도 똑같이 적용되는 헌신을 하고 싶다. 이 말이 극단적이거나 게으르게 들릴 수도 있겠다. 하지만 내가 하려는 건 훈련이다. 힘든 순간에 내가 원하는 인간이 되겠다는 큰 목표를 위해 노력하고 싶다. 그래서 중요한 날을 위해 지금부터 훈련할 수 있도록, 내 헌신은 끊임없는 것이어야 한다. 르 샹봉-쉬르-리뇽 주민들이 바로 그런 사람들이었다. 모든 상황에서 그들은 급진적 환대에 헌신했다.

제인의 헌신은 무척 작은 일에서 출발한다. 마지막에 그는 놀라울 정도로 고결한 여성이 되어 있다. 그는 해를 끼친 자를 불쌍히 여기고, 용서하기 힘든 자를 용서한다. 이런 그가 헌신한 훈련은 '나는 죽으면 안 된다'였다. 이를 보면서 나는 살아남기 위해 노력하는 헌신만으로 정말 충분한 것일까 하는 궁금증이 생긴다.

나는 우리 조부모님의 생존 의지를 보며 늘 감탄하곤 했다. 그분들은 수년 동안 자살 충동을 불러일으키는 전기 철조망 안에서 생활하셨다. 나는 버지니아 울프를 자살로 몰고 간 것이 전쟁이었다고 믿는데 그는 독일의 영국 침공 당시 나치의 명부에 자신의 이름이 올라가 있다는 사실을 알고 있었다. 그리고 1941년 그가 자살한 이후 독일의 침공은 가능성이 아니라 확실성이 되어 있었다. 나는 주머니에 돌을 넣고 강으로 걸어 들어간 그를 존경한다.

나는 생존이 그 자체만으로 미덕이라는 생각을 해 본 적이 없다. 하지만 제인의 유일한 헌신이 생존이었다는 사실 앞에서 궁금해지는 건, 저 반대편에 무엇이 있는지 알려고 살아남고자 하는 의지가 왜 나에겐 없나 하는 것이다.

나는 우리 조부모님이 영웅이라는 이야기를 수없이 들어 왔다. 하지만 단순히 생존했기 때문에 영웅이라고 말할 수는 없다. 생존은 자격 있는 사람이나 고귀한 사람들에게 주어지는 보상이 아니라 전적으로 운에 달린 것이다. 만약 당신이 미국에서 백인으로 태어났다면, 당신이 마시는 식수가 오염되지 않았다면, 당신이 다리를 완전히 건너고 나서 그 다리가 무너졌다면, 백 년 전이 아니라 바로 지금 암에 걸렸다면, 당신이 살아 있는 것은 그렇지 않은 사람보다 운이 좋기 때문이다.

외할아버지가 생존하실 수 있었던 것은 벙커의 포로들이 가스실로 이송되기 직전에 우편실로 자원해서 옮겨 갔기 때문이었다. 러시아인 벙커에 질병이 돌아 우편실에서 일할 러시아인 인력이 부족해졌던 것이다. 이것이 바로 외할아버지가 누렸던 몇 가지 행운 중 하나였다. 그분은 영웅이 아니라 운이 좋은 사람이었다.

도대체 그들 안에 무엇이 있어서 그 끔찍한 시간을 견디며 통과해 나올 수 있었을까? 내가 도출해 낸 것은 그분들이 어떤 타협도 하지 않고 인간성을 온전히 지킨 채 살아남았다는 답안이 아니다. 그리고 이런 솔깃한 질문을 던져 보고 싶어진다. 우리 중에서 살아남은 사람들에게 뭔가 문제가 있는 것은 아닐까? 생존은 결코 미덕이 아니다.

하지만 제인은 생존이 비록 미덕이 아닐지라도 헌신할 가치가 있는 것이 아닐까 하는 질문을 던지게 만든다. 그래서 처음으로 나는 우리 조부모님이 생존을 위해 헌신하신 것 역시 존경받을 최소한의 여지가 있다는 점을 깨닫는다. 현재 지구에는 75억 인구가 살고, 생존(생존하려는 고집 그리고 투지)이 기적이라는 사실을 받아들이기는 꽤 힘들 것이다. 하지만 아우슈비츠에서 오직 13퍼센트의 포로만이 살아남았음을 생각해 보자. 나치는 결코 낙제하지 않았다. 그들은 B+의 점수를 얻었다. 절망 한가운데서 그래도 살아가야 한다고 우리 조부모님을 설득했던 동기는 제인과 같았을 것이다. "나는 **당신**이 바라는 대로 죽지 않을 것이다." 그리고 또 하나의 동기는 미래에 대한 믿음이었을 것이다. 이후의 삶이 지금과 같다고 한다면 살아남아야 할 이유가 무엇이겠는가? 생존 의지는 더 나은 미래의 가능성에 대한 믿음에서 나온다. 생존은 희망과 관계가 있으며, 절망의 순간에 가지는 희망은 훌륭한 미덕이다. 제인은 자신을 억압하는 두 어른 앞에서 "나는 살아남을 거예요"라고 말한다. 그것은 희망에 헌신한 행동이다.

강자 앞에서 약자가 외치는 "나는 살아남을 거예요"는 현상 유지에 대한 위협이기도 하다. "나는 살아남을 거예요"는 변화에 대한 약속이다. 웰니스 산업이 자기 돌봄이라는 개념을 설파하고 자본주의가 우리 몸을 끊임없는 생산의 기계로 전환시키려 하는 시대에, "나는 살아남을 거예요"는 우리 모두가 외쳐야 하는 구호다. 우리는 우리 안의 불꽃을 꺼뜨리지 않고 살아남기 위해 스스로를 돌보아야 한다. 우리는 증인이 되고 변화의 동인이 되기 위해 살아남아야 한다. 이따금 생존에 대한 열망 그 자체로도 충분할 때가 있다는 사실을 우리는 믿어야 한다. 우리는 충분한 존재이기 때문이다. 생존에 대한 헌신을 말하는 것은 기대를 너무 낮추는 것 같기도 하지만, 때로 우리에게는 낮은 장애물도 필요하다. 그래야만 힘을 모아 더 높은 장애물을 뛰어넘을 수 있다.

4.

경계의 삶에
대하여

"현재는 막연하고 낯설었다.
미래에 대해서는 어떤 것도 예측할 수 없었다."

《제인 에어》 5장 중에서

유치원에 들어간 첫날, 종이 한 장을 받았다. 선생님은 그 종이 맨 위에다 고무도장으로 '숙제'라는 글자를 찍어 주셨다. 내 기억에는 인생에서 거대한 공포의 물결에 압도당한 첫 경험이었다.

여덟 번째 생일날 나는 내가 정확히 원하는 선물들을 받았다. 예쁜 스케치북과 잘 깎아서 바로 쓸 수 있도록 구성된 근사한 색연필 세트였다. 하지만 책상에 앉아 있던 내 마음은 비참했고 그 비참함을 느끼는 내 모습을 초상화로 그려 아무도 모르게 숨겨 두었다. 나는 생일에도 행복하지 않은 나 자신이 싫었다. '난 어린아이야. 어린아이가 행복하지 않다는 건 이상한 일이야.'

열두 살 때는 매일 커다란 달력을 쳐다보며 학년 말까지 남아 있는 일수를 세었다. 나는 한 시간 동안 메모지를 여러 조각으로 잘라 백 몇 십 개에 달하는 숫자(학년 말까지 남은 일수)를 써 넣고, 평일 아침이면 그 전날에 해당하는 숫자를 쓰레기통에 버렸다. 그렇게 또 하나의 하루가 끝났다. 금요일 오후는 내게 축복이었다. 하지만 토요일 아침에는 새로운 한 주가 나를 기다린다는 생각에 미리 절망에 빠져들었고 월요일을 기다리는 비참한 마음으로 동생이 토요 축구를 하는 경기장 관람석에 앉아 있었다.

열다섯 살에는 도저히 학교에 몸을 끌고 갈 수가 없어서 엄마에게 애원했다. "내일은 갈게요. 제발요." 그러면 엄마는 마지못해 묵인해 주셨다. 내가 좋아하는 유일한 학교 활동이 었던 연극 연습 때문에 학교에 가고 싶기도 했지만 나는 가지 않았다. 아니, 가지 못했다. 내가 일주일이나 결석하자 연극반 라이언즈 선생님이 전화를 하셨다. 전화를 받은 엄마가 전화를 억지로 바꿔 주셨고 간단한 인사말 후에 선생님이 물으셨다. "바네사, 너 우울하니?" 그 말에 곧장 눈물이 터져 나왔다. 네, 우울해요. 하지만 그때는 1990년대였고 우울증에 어떤 조치를 취해야 할지 누구도 알지 못했던 시절이었다. 어쨌든 나는 다음 날 다시 학교에 나갔다. 적어도 문제에 이름을 붙였고 그게 도움이 되었던 것이다.

대학 시절 내 룸메이트들은 책상 위 컴퓨터로 DVD를 틀어놓고 잠드는 나 때문에 애를 먹어야 했다. 〈섹스 앤 더 시티Sex and the City〉 DVD는 에피소드가 모두 끝난 후 몇 시간 동안 음악을 재생하고는 메뉴 화면으로 돌아갔다. 그러면 나는 잠에서 깨어 쿵쿵거리며 책상으로 가서 '모두 재생'을 누르고 다시 침대에 누워 드라마를 들으며 잠이 들곤 했다. 한번은 룸메이트에게 〈섹스 앤 더 시티〉보다는 〈프렌즈〉를 들으며 잠드는 것이 더 좋다고 말했더니 그가 이렇게 되물었다.

"〈프렌즈〉는 메뉴로 돌아가지 않고 계속 반복하니까?" 바로 그거였다. 친구도 말은 안 했지만 그쪽이 더 좋은 것 같았다.

좋았던 시절도 있었다. 스물두 살 무렵, 미주리 주 클레이턴에 친한 친구와 월세 425달러짜리 근사한 아파트를 구했고 복도 맞은편에 다른 친구 두 명도 집을 구해 함께 어울려 살던 행복한 시절이었다. 그때는 막 대학교를 졸업해서 글쓰기, 식당 보조, 아이 보는 일 등 닥치는 대로 즐겁게 일을 하고 있었다. 나는 낡은 화장품 파우치에 돈을 모았는데 주로 1달러나 5달러짜리 지폐들이었고 돈을 입금하러 갈 때마다 은행 직원에게 내가 스트립 댄서가 아님을 확실히 해 두곤 했다. 물론 그 일을 하는 분들을 지지하기에 그 직업을 폄하하지 않으려고 조심하면서 말이다. 그때 기적적이게도 15년이 지난 지금 읽어도 창피하지 않은 연극 대본 하나를 완성했는데, 직후에 우울증이 나를 강타했다. 나는 이렇게 주문을 걸었다. "일어나. 일어나. 일어나." 하지만 그 정도 주문으로는 샤워조차 할 수 없었고, 체중이 갈수록 줄어들었다. 하루에 시리얼 한 그릇으로 연명하고 있었기 때문이다. 결국 엄마가 나를 로스앤젤레스로 데려가려고 오셨다. 뭔가 조치가 필요했던 것이다.

그날 내 병에 진단을 내려 준 그 의사를 나는 결코 잊지 못할 것이다. 45도 각도로 몸을 구부정하게 숙이고 있던 그가 이렇게 말했다. "좋은 소식이 있어요. 환자분은 전혀 특이할 게 없네요. 그냥 교과서에 나와 있는 병이에요." 그리고 알약 꾸러미와 함께 나를 집으로 돌려보냈다. 그리고 나는 6주 동안 조금씩 용량을 늘려 가며 약을 먹었다.

이후로 지금까지 약 처방에 조금씩 변화가 있었다. 우울증은 여전히 있지만 우울함에 거리를 둘 수도 있게 되었다. 그리고 다행히 우울증을 다루는 법을 잘 알고 있는 넷플릭스는 내게 이렇게 묻곤 한다. "아직 시청 중인가요? 아니면 우울증 때문에 달콤한 잠이 더 필요한가요?" 약을 더 늘리는 것보다 테크놀로지가 더 도움이 될 때가 있다.

이제 내 우울증은 희미한 메아리 같은 것이 되었다. 하지만 보스턴 당밀 홍수*처럼 엄청난 강도로 타격을 가해 올 때면 나는 소스라치게 놀라다 이내 익숙함을 느낀다. 무언가가 빠르게 닥쳐오는 것은 나를 느림 속에 가둬 놓기 위해서다.

제인이 리드의 집을 나갈 준비를 마치는 데는 시간이 좀 필요했다. 하지만 브로클허스트 씨의 방문 이후 리드 외숙모

---

* 1919년 1월 15일에 미국 보스턴에서 일어난 재해로, 총 1만4천 톤의 당밀이 담긴 탱크가 폭발하여 21명이 사망하고 150여 명이 부상당한 사건.

는 마침내 자신이 원하던 것을 얻었다. 바로 제인을 게이츠헤드 저택에서 쫓아내는 일이었다. 제인은 브로클허스트 씨가 운영하는 로우드 기숙학교로 가게 되고, 학교에는 방학 때도 돌아갈 집이 없는 학생으로 등록된다. 이제 로우드가 그가 살게 될 새로운 집이 된 것이다.

제인은 게이츠헤드에서 로우드까지 마차를 타고 홀로 여행한다. 그곳에 도착한 제인은 입고 있던 옷을 벗고 다른 학생들과 같은 작업용 덧옷을 걸친다. 도착한 지 열두 시간이 지나도 제인은 여전히 혼란스럽고 주눅이 들어 있다. 그는 입도 거의 열지 않는다. 그러나 새로운 환경에 대해 대략 파악할 축은 있다. 그는 이 공간이 철저한 규칙과 기계적인 일상을 바탕으로 돌아가고 있음을 관찰한다. 그리고 템플 선생님은 매우 친절한 분이다. 음식은 정말 고역이고, 이따금 먹을 만한 음식이 나오면 너무 양이 적어서 배를 주려야 한다.

1월의 혹독한 추위에도 학생들은 야외 활동을 위해 작은 정원으로 나가야 했다. 그리고 제인은 구석에 서서 너무도 얇은 망토를 바싹 잡아당겨 몸을 최대한 감싸고 처음으로 깊은 생각에 잠길 기회를 얻는다. 그 전까지는 끊임없이 교실들을 오가며 연이은 활동을 하느라 분주했던 것이다. 마침내 멈출 기회를 얻은 그는 다음과 같이 깨닫게 된다. "내가 어디에 있는지 아직도 분명히 와 닿지 않았다. 게이츠헤드와 내 과거의 삶은 헤아릴 수 없이 먼 곳으로 흘러가 버렸다. 현재는 막연하고 낯설었다. 미래에 대해서는 어떤 것도 예측할 수 없었다."

나는 하버드 대학교 기숙사에서 7년 동안 사감으로 지내면서, 신입생들이 들어오고 바쁘게 생활하고 피곤과 불안에 빠지는 모습들을 하나하나 지켜볼 수 있었다. 그들에게는 제각각 여러 세대를 통해 전해 받은 자랑스러운 가문의 영광이 있었을 것이고, 어떤 이들은 그 가문에서 하버드에 입학한 첫 번째 인물이었을지도 모른다. 하지만 그들의 유년은 헤아릴 수 없이 먼 곳으로 흘러가 버렸고 미래는 너무도 불확실했다. 수년의 고된 일상을 수행한 이후 그들은 전적으로 새로운 상황으로 던져졌다. 어떤 이들은 끈기 있게, 어떤 이들은 열심히, 저마다 다른 모습으로 그 상황에 대처해 나갔다.

현재가 펼쳐지기를 가만히 기다리고 있는 제인은 내가 보았던 가장 얼떨떨한 모습의 학생들을 떠올리게 한다. 먼 나라에서 처음으로 비행기를 타고 날아와 두 달 동안이나 땅에 눈이 쌓여 있는 광경에 놀라고 교수와 조교를 구분하기 어려워했던 학생들 말이다. 적도 근처에서 온 어떤 학생은 (문이 자동으로 잠기는 바람에) 방으로 들어가지 못해 곤욕을 치렀다. 그가 살던 세상은 열쇠가 없는 곳이었기 때문이다. 겨울철 방한구 구매를 위해 500달러씩이나 지급되는 이유도 알지 못했던 그 학생에게 나는 부츠와 코트, 모자와 장갑 등의 품목을 조목조목 일러 주어야 했다. 그의 과거는 헤아릴 수 없이 멀리 흘러가 버렸고, 미래에 대해서는 어떤 것도 예측할 수 없었다. 나는 그 심정을 이해했지만, 제인처럼 그에게도 과거나 미래의 불확실함보다는 현재의 막연함이 더 중요한 문제였음을 알아차리지는 못했던 것 같다.

현재가 막연하다는 것이 이상하게 들릴 수도 있겠다. 우리는 현재를 붙잡기 위해 마음 챙김이나 호흡 수련, 발밑의 땅을 느끼기, '순간에' 머무르기 같은 훈련들을 해 볼 수 있다. 하지만 이런 훈련들과 현재 무엇이 일어나고 있는지를 아는 것은 별개의 일이다. 현재가 막연하다는 것은, 바로 앞에 있는 것을 보고 일어나는 일을 목격하고 그것이 자신의 몸 안에 완전히 존재하고 있음에도 불구하고, 자신이 목격하고 있는 것이 무엇인지 여전히 이해하지 못한다는 뜻이다. 충격적인 상황이다. 이 장면에 등장하는 제인은 충격에 빠져 있다. 추위와 배고픔을 느끼고 눈으로 모든 것을 관찰하며 최선을 다해 상황을 분석하는 그는 자신의 몸 안에 완전히 존재하고 있다. 하지만 그는 여전히 자신이 보고 있는 것이 무엇인지 이해하지 못한다.

내 경우에는 우울증에 빠져 있는 때가 그런 복잡한 순간이다. 우울에 휩싸여 있지만 내가 신경 쓰던 일들을 기억할 수는 있는 그런 순간 말이다. 책상 위에 펼쳐 놓은 잡지를 보며 나는 생각한다. '바로 어제만 해도 이 페이지의 내용에 관심이 있었지.' 하지만 어제의 관심사는 헤아릴 수 없이 멀어져 버렸다. 이 잡지는 아마도 며칠 혹은 몇 주 동안 이 상태로 펼쳐져 있을 것이다. 하지만 지금 이 순간에는 미래를 좀처럼 파악할 수 없다. 나는 오랜 경험을 통해 이 우울증이 지나가리라는 것을 알지만, 이 순간에는 그것이 불가능하게 느껴질 뿐 아니라 그것을 원하지도 않는다. 만약 내게 미래가 있다면 지금 이 순간에 느끼는 내 감정은 진실이 아닐 것이다. 하지만 지금 당장은 그것이 정말 **사실**로 느껴진다. 그러니까 내 미래가 현재를 조롱하고 있는 것이다.

우울증의 가장 이상한 특징 중 하나는, 그것이 세상을 살아 나가는 가장 건강하지 못한 방식인 동시에 우울이 없는 상태보다 여러 면에서 진실한 방식이라는 점이다. 우울증을 겪을 때 나는 그렇지 않을 때보다 훨씬 분명하게 세상을 바라볼 수 있다. 이 글을 쓰고 있는 지금 나는 우울증이 없는 상태지만 우울할 때의 내 생각이 훨씬 진실하다고 믿는다. 나는 미래에 대해 낙담한다(기후 변화가 극심해지고 있는 시대에 이런 낙담은 정당한 것이다). 나는 대체로 사람들이 나를 좋아한다고 생각하지만 몇몇을 제외하고는 내가 사라져도 별로 개의치 않는다는 걸 알고 있다. 내 고유한 본능을 참고해 볼 때 사람들은 본질적으로 이기적이다. 나는 기분 좋은 상태를 두려워하는데 모든 좋은 느낌이란 사실상 머리를 산만하게 하는 화학작용의 결과라는 사실을 알기 때문이다. 건강한 상태일지라도 어쨌든 화학작용의 산물인 것이다. 그렇다 하더라도 나는 이런 상투적인 문구를 되뇌곤 한다. "이 또한 지나갈 것이다." 그렇게 하는 이유는 고통을 누그러뜨리기 위해서가 아니라 우울한 상태를 즐기기 위해서다. "이 고통을 즐겨라. 이 또한 지나갈 것이기에."

"이 고통을 즐겨라. 이 또한 지나갈 것이기에."

나에게 우울증이란 제인처럼 로우드 학교에서의 첫날 바깥에 서 있는 것과 같다. 얼어붙을 정도로 추운 이 장소는 솔직한 성찰이 이루어지는 곳이다. 이곳은 두 개의 다른 공간 사이에 놓인 공간, 바로 경계 공간liminal space이다. 어제까지의 삶은 비현실적으로 멀어졌고 미래는 아직 상상하기 힘든 그런 공간. 그래서 현재역시 극단적으로 고립되어 있다. 공항이 바로 그런 장소인데 그곳 자체가 목적이 아니라 다른 곳에 가기 위해 잠시 머무르는 곳이기 때문이다. 병원 대기실도 또 하나의 예가 될 수 있겠다. 그리고 이 경계 공간이 영원히 머물러야 할 곳이 되어 버리는 상황보다 기괴한 일은 없을 것이다. 그래서 우리는 그런 상황에 최선을 다해 저항한다. 버스 정류장 벤치는 우리의 침대가 될 수 없고, 차는 집이 될 수 없다. 이것들은 사이에 있는 공간이며, 장기적으로 머무르는 곳이 아니다.

어렸을 때 우리 가족은 금요일마다 안식일 식사를 위해 10킬로미터 떨어진 캘리포니아 노스리지의 조부모님 댁을 방문했다. 1994년 1월 어느 금요일, 여느 때처럼 안식일 식사를 하러 갔을 때 외할머니가 내게 연필과 종이를 갖다 달라고 부탁하셨다. 나는 스펀지 재질의 발톱이 붙어 있는 신기한 모양의 빨간 연필꽂이에서 연필 한 자루를 꺼내고, 부동산 광고가 찍힌 메모장을 집어 외할머니께 드렸다. 외할머니가 할 일을 마치시자 나는 두 물건을 제자리에 갖다 놓았다.

그로부터 72시간이 채 흐르지 않은 월요일 오후, 우리는 노스리지 지진의 여파를 추스르고 있었다. 이 지진은 아직도 북미의 도시 지역에서 일어난 것 중 가장 강력한 지진으로 기록되어 있다. 냉장고는 반대편 벽으로 이동해 있었고, 연필들을 가지런히 꽂은 채 전화기 옆에 의기양양하게 놓여 있던 연필꽂이는 반대편 바닥에 내팽개쳐져 있었다.

그 월요일 오후, 지진을 겪은 조부모님의 집은 경계에 놓여 있었다. 모든 게 엉망이었지만 우리는 곧 모든 것을 제자리로 돌려놓았다. 냉장고를 제자리로 옮기고 심지어 연필꽂이도 제자리에 가져다 놓았다.

하지만 급작스럽게 만들어진 그 새로운 공간은 사실 경계 공간이 아니었다. 지진이 모든 것을 바꾸어 놓았고, 그 집도 영원히 변해 버렸다. 그것은 경계 공간이 아니라 새로운 현실이 되고 만 것이다. 외할머니는 그때부터 10년을 더 사셨지만, 지진이 그분의 생명을 급격히 단축시킨 것은 분명하다(외할머니는 지진으로 발목을 다치셨다). 조부모님의 집은 결코 이전의 영광을 회복하지 못했다. 이후로 우리는 안식일 식사를 하러 그 집에 가지 않았고, 내가 외할머니께 연필을 가져다드리던 그 금요일 밤이 그 집에서 온 가족이 함께 모인 마지막 밤이 되었다. 그렇게 내 유년기가 지진과 함께 끝이 났다.

금요일에는 모든 것이 정상이었지만, 월요일에는 모든 것이 파괴되었다. 제인이 맞이한 새로운 현실은 고작 마차를 타고 갈 수 있는 곳에 있었다. 이런 유형의 재난도 지극히 국지적인 것일 수 있다. 내가 다닌 중학교는 겨우 30킬로미터 떨어진 곳에 있었지만, 단층선에서는 벗어나 있었다. 우리는 모두 제2차 세계대전을 배경으로 한 영화의 불타버린 도시에 있는 기분이었지만, 학교는 나를 무단 결석자 취급했을 뿐이다. 그리고 제인에게 일어난 변화는 완전히 개인적인 것이어서 한 살 때부터 같이 지냈던 사촌들도 그와 운명을 공유하지 않았다.

정원에 서서 현재의 막연함을 느끼는 제인은 이 경계 공간이 자신의 새로운 삶이 될 것임을 깨닫는다. 그리고 그 깨달음에 점차 익숙해지고, 눈앞에서 펼쳐지는 것들과 그곳의 규칙을 이해하기 위해 노력한다. 작가이자 프란치스코회 수사인 리처드 로어Richard Rohr는 로우드의 쓸쓸한 정원과 같은 경계 공간에 대해 이렇게 말한다. "그것은 자신이 신뢰하던 진실한 어떤 것을 상실한 후 아직 새로운 대체물을 찾지 못한 상태, 이전의 안전지대와 새로운 가능성 있는 해답 사이에 놓인 공간이다."

어쨌든 제인은 거기 꿋꿋이 서 있다. 그는 끊임없이 주변을 둘러보고 그것들을 받아들이기 위해 노력한다. 건물 벽에 새겨진 글을 읽고 또 읽는다. 그는 뛰지 않고, 부동의 자세로서 있다. 자기 앞에 놓인 것들을 어떤 식으로든 이해하기 위해, 읽고 또 읽으면서. 그리고 근처에 있던 한 소녀의 기침 소리가 서 있는 그를 끌어당긴다. 그 소녀는 세상에서 처음으로 만난 진실한 친구가 될, 헬렌 번스다.

뛰지 않고 가만히 있었기에 제인은 다음 장면으로 초대받는다. 경계 공간은 고통스럽고 불편한 공간이다. 하지만 그것은 초대이기도 하며, 이 점이 가장 중요하다. 우리는 사이에 끼는 것을 최대한 모면하려고 한다. 하나의 관계가 끝나면 새로운 관계를 맺고, 학교를 졸업하기도 전에 직장을 구해 두고 싶어 한다. 하지만 우리에게는 자신이 어디에 있는지를 확인하고, 평가하고, 의도를 가지고 다음 단계를 선택할 수 있는 사이의 공간이 필요하다.

5.
친절에 대하여

"일부러 널 찾아왔단다, 제인 에어."

《제인 에어》 8장 중에서

아빠는 1970년 11월에 이스라엘 홀론에서 로스앤젤레스로 왔다. 그전까지는 이스라엘 방위군에 소속되어 6일 전쟁의 최전선에서 싸우셨는데 할아버지는 이스라엘이라는 나라가 아빠와 할머니(안뉴)가 평화롭게 공존하기에는 충분히 크지 않다고 여기셨다. 한편으로는 아우슈비츠와 공산주의를 경험한 할아버지에게는 이스라엘이 유일하게 살고 싶은 나라였지만 그분은 아빠에게 좀 더 큰 경험이 필요하다고 생각하셨다. 그래서 할아버지는 아빠를 수습 사진작가 자격으로 1년 동안 오스트레일리아에 보내기로 하셨다. 할아버지는 아빠가 그곳에서 인생을, 열정을, 혹은 멀리 떠나고 싶게 만드는 어떤 것이든 발견하길 바라셨던 것 같다. 그분은 아빠를 그 정도로 사랑하셨던 것이다.

아빠는 오스트레일리아로 가는 여정 중간에 몇 주 동안 로스앤젤레스에 체류했고, 어느 저녁 파티에서 엄마를 만났다. 엄마는 며칠 동안 아빠의 시내 관광을 안내하기로 했다. 그러고 나서 아빠는 아프셨는데 증세가 심각했다. 단핵구증이 간염으로 발전한 것이다. 아빠가 묵고 있던 집에는 노인들이 계셔서 염려스러운 상황이라 아빠는 그 집에서 쫓겨나야 했고, 그때 외할아버지가 아빠를 받아 주셨다. 도대체 어떤 식으로, 어떤 이야기들이 오가며 일이 그렇게 됐는지 물으면 아빠는 이렇게 대답하셨다. "별다르게 이야기가 오간 게 아니야. 너도 할아버지를 잘 알잖아. 그냥… 그렇게 된 거야."

내가 늘 들어서 잘 알고 있는 이 이야기가 바로 우리 엄마와 아빠가 사랑에 빠지게 된 배경이다. 어떤 이유로 들려주든 상관없이 아빠가 빠뜨리지 않는 장면이 있다. 아픈 아빠가 엄마네 집에 묵는 동안 외할아버지는 매일 저녁 퇴근을 하고 집에 오자마자 곧장 아빠에게 가서 이마를 만지고 열을 재셨다. 벗어서 팔에 걸고 있던 재킷을 옷걸이에 걸지도 않은 채 말이다. 아빠가 그런 외할아버지 얘기를 할 때마다 사용하는 단어는 바로 **다정함**tender이다.

미래의 장인에 대한 이 이야기는 아빠에게 일종의 러브스토리다. 아빠는 로스앤젤레스에 머물던 그 몇 주 동안 엄마뿐 아니라 외할아버지와도 사랑에 빠진 것이다. 아빠는 엄마네 집에서 있었던 이후의 일들을 상세히 기억하지 못한다. 다만 우리 집을 찾아오는 모든 사람을 기꺼이 받아 주는 사람이 되어 있을 뿐이다. 하지만 하루 종일 일하다 집에 와서 가장 먼저, 재킷도 미처 걸지 않고 낯선 남자의 이마를 짚어 보는 행동은… 깊은 인상을 남겼다. 그것은 친절이었다. 그리고 친절은 다른 무엇보다 특별한 것이다.

우리는 보통 **공손함**nice보다 **친절함**kindness을 더 좋게 여긴다.

조지 손더스George Saunders는 시러큐스 대학교의 유명한 졸업 연설에서 이런 말을 했다. "제 인생에서 가장 큰 후회는 친절을 베풀지 못했다는 것입니다." 나는 거기서 일말의 지혜를 발견한다. 정중함은 중요하다. 그것은 우리가 업무상 대하는 사람들의 인간성을 존중하고 우리가 특권을 가지지 않았음을 인정하는 몸짓이기 때문이다. 만약 우리가 식당 웨이터에게 공손하다면 그것은 이렇게 말하는 것과 같다. '나는 당신이라는 사람을 결코 완전히 알 수 없으니 당신을 공손히 대하고 공손하게 말하겠습니다.' 당신이 부모님께 공손한 표현을 쓰는 것은 당신의 이해를 뛰어넘는 그분들의 희생 때문일 것이다. 하지만 더 중요한 이유는 그렇게 세상에서 살아갈 삶을 연습하는 것이고, 그분들이 보지 않을 때 당신이 어떻게 행동할 것인지를 보여 주기 위해서다.

이런 공손함은 어느 정도는 자기를 위한 것이다. 그렇지 않은가? 그리 나쁘지 않은 방식으로 말이다. 티머시 스나이더Timothy Snyder는 《폭정On Tyranny》(열린책들)이라는 훌륭하고도 긴 책에서, 공손한 태도를 옹호하며 그것이 파시즘에 대항하는 하나의 방법이라고 주장한다. 눈을 맞추고 사교적인 한담을 나누는 것은 "단순히 공손한 태도일 뿐 아니라…주변 환경과 연결을 유지하고, 사회적 장벽을 부수고, 누구를 신뢰하고 또 신뢰하지 말아야 할지를 이해하는 하나의 방법이다." 스나이더는 파시즘이 부상하던 시기의 경험을 증언한 여러 회고록을 통해, 사람들이 서로 인사를 나누는 일이 사라지는 즈음에 사회의 약자들이 시대적 위험을 감지했다는 사실에 주목한다.

공손한 태도에는 아무런 비용이 들지 않는다. 편의점 직원에게 건네는 "좋은 하루 보내세요"라는 인사는 어떤 비용도 들지 않을 뿐 아니라 하루하루가 더 빨리 지나가게 해 준다. 스나이더는 공손함의 중요성을 강력하게 논증하고 다음과 같은 멋진 문장으로 그 장을 마무리한다. "오래된 친구와 관계를 유지하는 것은 최후 수단의 정치학이다. 그리고 새로운 관계를 시작하는 것은 변화를 향한 첫걸음이다."

스나이더는 공손함이 분명한 한계를 가지고 있음에도 불구하고 어떤 상황에서는 압제에 맞서는 실제적인 방식일 수 있다고 주장한다.

제인의 새로운 집이 된 로우드 학교 역시 압제 아래 있었다. 상급생이 하급생의 음식을 빼앗는 일이 다반사였는데 그들 역시 늘 굶주려 있었기 때문이다. 교사는 학생의 더러운 손톱을 보고 체벌을 하지만 손이 더러운 이유는 아침에 물이 얼어 세면대에 물이 나오지 않기 때문이다. 학생들은 일요일마다 예배에 참석하기 위해 얼어붙은 날씨에도 장거리를 걸어가 추위를 견디며 예배당에 서 있어야 했다. 돌아오는 길에는 교사들도 "너무 기진맥진해서 다른 사람의 기운을 북돋워 줄 엄두도 내지 못했다."

이런 압제는 어떤 보이지 않는 힘에서 나오는 것 같았다. 그곳에서 석 주를 보낸 제인은 마침내 로우드를 방문한 브로클허스트 씨를 보게 된다. 리드의 저택에서 자신에게 지옥이 어떤 곳이냐고 물었던, 로우드의 운영자 브로클허스트 씨를 드디어 만나게 된 것이다. 학생들 앞에서 그가 보이는 모습은 타락한 권력과 독단적 전횡 그 자체였다.

게이츠헤드에서 제인이 브로클허스트 씨에게 자신은 반드시 살아남을 것이라고 말했던 날, 그는 제인이 거짓말쟁이라고 로우드의 모든 사람에게 말해 둘 것이라고 응답했다. 몇 주 동안 굶주리고 추위에 떨면서도 제인이 가장 두려워했던 것은 그가 학교를 방문해 템플 선생님과 모든 사람들에게 제인의 '사악한 본성'을 폭로하겠다는 말이 실현되는 일이었다.

제인은 그가 자신을 보지 못한다면 망신을 주겠다는 약속도 기억하지 못할 것이라는 희망으로 몸을 숨겨 보았지만 허사였다. 나중에 망신을 주겠다는 것은 그날의 대화에서 별생각 없이 덧붙인 말이라는 사실을 제인은 알고 있었다. 하지만 그 말이 실현된다면 앞으로 외숙모네 집보다 더 불편한 그곳에서 예전과 같은 선입견에 둘러싸인 채 살아가야 한다. 잔인함은 그것을 행사하는 사람 쪽에서는 큰 노력이 들지 않는다. 하지만 희생자에게는 큰 트라우마를 남긴다. 사실상 상대방은 자신에게 별로 관심이 없다는 사실을 알면서도 제인은 숨기 위해 필사적으로 노력한다.

하지만 제인이 석판을 떨어뜨리고 큰 소리가 나면서 결국 그가 제인을 알아본다. "새로 온 학생인 것 같군. 저 애에 대해 할 말이 있다는 걸 잊어서는 안 되지." 그리고 제인을 의자에 앉히고서 그곳에 있는 모든 교사와 학생과 일꾼들에게 "저 아이가 비록 보통 아이 같아 보여도…악마가 이미 저 애를 자신의 종이자 심부름꾼으로 삼았다"라고 말한다. 그러고 나서 제인에게는 30분 더 의자 위에 서 있도록 지시하고, 학생들에게는 제인과 떨어져 있도록 그리고 교사들에게는 제인의 영혼을 구하기 위해 체벌을 지시한다.

제인은 큰 굴욕감을 느낀다. 이때 정원에서 기침 소리로 자기 존재를 알렸던 헬렌 번스가 그에게 다가온다. 다른 학생들은 감히 다가올 엄두도 못 내고 있는데 헬렌은 제인을 향해 미소를 지어 준다. 이후 의자에서 내려온 제인은 자신은 이제 끝났다고, 거짓말쟁이에 악마의 도구로 낙인찍힌 이상 모두가 자기를 싫어할 거라고 울부짖는다. 하지만 헬렌은 동의하지 않고 이렇게 말한다. "사실, 많은 사람들이 용기만 있다면 너에게 동정을 표시할 거야."

여기서 '용기만 있다면'은 굉장히 중요한 표현이다. 그 말은 평화로울 때 인사를 건네는 것과 압제 아래에서 인사를 중단하는 것 사이의 경계를 분명히 보여 준다. '용기만 있다면'은 공손과 친절의 경계를 넘어가는 단초가 된다. 친절은 희생을 요구하고, 일종의 용기를 필요로 한다. 친절은 압제라는 괴물을 견뎌 낸 공손함이다. 그리고 때로는 그 괴물을 죽이기도 한다.

친절은 일종의 용기를 필요로 한다.

제인이 사랑받는 이유 중 하나는 그가 연약한 인간성을 인정한다는 데 있다. 그는 헬렌에게 이렇게 말한다. "사람들에게 사랑받지 못한다면 차라리 죽는 게 나아." 그는 자긍심만으로는 부족하다는 점을 인정하는데, 바로 이런 취약성이 그의 사랑스러운 면모다. 그는 이후의 다른 장면에서 자신을 "가난하고 소박하고 평범하고 작은" 존재라고 표현하기도 한다. 이렇게 불완전한 그의 모습 안에서 우리는 우리 자신을 발견하도록 초대받는다. 헬렌이 제인은 미움받고 있지 않으며 브로클허스트 씨가 들어와 제인을 칭찬했다면 적이 생겼을 거라고 말할 때, 그것은 제인에게 필요한 격려였지만, 그것으로 충분하지는 않았다. 그리고 다행히도 템플 선생님이 제인을 찾아온다.

"일부러 널 찾아왔단다, 제인 에어." 여기서 '일부러'는 친절함의 중요한 요소다. 돌발적인 행동이라면 그것은 친절이 아니다. 친절은 용감한 행동이며, 의도를 가지고 행해진다. 템플 선생님은 제인을 자신의 방으로 부르는데, 헬렌이 함께 있는 것을 보고는 함께 와도 좋다고 말한다. 헬렌도 같이 와도 좋다는 이 말은 공손과 친절의 완벽한 대조를 보여 준다. 그렇게 헬렌이 동행함으로써 두 소녀 사이에는 더 강력한 약자 동맹이 결성된다. 물론 여기서 템플 선생님은 헬렌에게도 (그가 아픈 아이라는 사실은 나중에 밝혀지지만) 애정 어린 관심을 기울인다. 템플 선생님이 헬렌 번스도 같이 부른 것은 '선한' 일이었다. 그러나 그것이 친절의 엄격한 기준은 만족시키지 못했다. 기회를 적절히 사용했고, 아름답고 능숙하고 현명한 행동이었다. 하지만 '친절'은 아니었다.

템플 선생님은 제인을 혹독하게 다루라는 지시를 받았지만, 반대로 제인을 긍정적으로 대하고 있다. 그로서는 큰 모험일 수밖에 없는데, 학교 내의 스파이가 브로클허스트 씨에게 일러바칠 가능성도 배제할 수 없기 때문이다. 그렇게 되면 템플 선생님은 일자리와 거처를 동시에 잃게 될 것이다. 가능성이 그리 크지 않겠지만, 그렇게 될 수도 있다. 어쨌든 그는 제인과 헬렌을 자신의 방으로 부른다.

거기서 템플 선생님은 제인의 염려와 절망적인 마음에 대해 듣는다. 제인은 동급생들과 교사들이 허위 사실을 듣고 자신을 악한 사람이라 생각할 거라며 낙담한다. 하지만 템플 선생님은 동의하지 않는다. "얘야, 우린 네가 보여 주는 모습을 통해 네가 어떤 사람인지 판단할 거야." 그리고 제인에게 그동안 경험한 일들을 들려 달라고 하며 이렇게 덧붙인다. "네가 진실이라고 기억하는 것이면 무엇이든 말해 보렴. 어떤 것도 보태거나 과장하지 말고."

제인은 최대한 단순하고 침착하게, 게이츠헤드에서 학대와 무시를 당하던 시절의 이야기를 들려준다. 그리고 그 순간을 이렇게 회고한다. "이야기를 하면서, 템플 선생님이 진정으로 날 믿어 주신다는 느낌이 들었다." 이어서 템플 선생님은 제인의 이야기를 입증해 줄 수 있는 사람에게 편지를 쓰겠다고 말한다. 자신의 개인적인 신뢰만으로는 충분치 않다는 생각 때문이었다. 그는 자신이 인정 많은 사람이라는 평을 받고 있다는 사실을 잘 알고 있었기 때문에 다른 교사들이 자신의 직감을 믿기 힘들 것이라 생각했다. 그래서 직감을 뒷받침할 사실들을 수집하기 위해 애써 편지를 쓴 것이다.

처음에는 공식적인 목적으로 두 소녀를 불렀던 템플 선생님의 태도가 바뀐다. "너희 둘은 오늘 밤 내 방에 온 손님이니까 잘 대접해 주고 싶구나." 그는 소녀들과 차를 마시며 먹을 음식이 있는지 주방에 알아보지만, 주방장은 압제자의 마음을 지닌 인물로, 정해진 분량의 음식을 이미 올려 보냈으니 더 이상 보낼 수 없다는 말을 전한다. 템플 선생님은 두 소녀를 방으로 돌려보낼 때 자신이 받아 둔 시드 케이크를 선물로 주려던 계획을 포기하고, 케이크를 넉넉히 탁자에 올린다. 이렇게 그는 학생들과의 사무적인 만남을, 함께 빵을 나누는 성찬의 순간으로 변화시킨다.

나는 이 모든 과정 속에 진정한 친절이 깃들어 있다고 생각한다. 압제와 싸우기 위해 우리는 이웃에게 인사를 건네야 한다. 하지만 더 나아가 우리 안에 있는 인간성의 불꽃이 더 강렬하게 타오르게 하기 위해서는 친절을 베풀어야 한다. 진정한 친절은 용감하고, 의도적이고, 희생한다. 그리고 절대적으로 타인과 우리 자신을 인간적인 존재로 대한다.

조지 손더스는 이 점을 잘 알고 있었다. 그는 자신이 잔학 행위를 했다고 고백한 것이 아니었다. 사실 우리 중에 대놓고 잔인한 행동을 하는 사람들은 별로 없다. 그는 케니언 칼리지의 졸업 연설에서 자신이 정확히 무엇을 후회하고 있는지를 이야기했다. "내 앞에 있는 어떤 고통받는 사람에게… 합리적으로 응답했습니다. 소극적이고 조심스럽게 말입니다." 친절은 대담하고 또 상처 입기 쉬운 것이다. 친절은 합리적인 것이 아니며 그렇게 될 수도 없다.

우리 외할아버지는 아빠의 다른 친구들과 마찬가지로 간염에 전염될 위험을 알고 있었을 것이다. 하지만 그분은 아빠를 집으로 받아들였을 뿐 아니라 아빠의 이마를 부드럽게 만져 주셨다. 물론 이 친절을 템플 선생님의 것과 비교할 수 없다는 사실을 나는 잘 알고 있다. 하지만 이 행동은, 우리가 서로에게 할 수 있는 한 인간적인 존재가 되기 위해 늘 조금 더 많이 행동할 필요가 있다는 동일한 메시지를 전해 준다. 마치 제인이 자신의 삶 이야기를 들려줄 때 자신을 미화하기보다 우리를 그 이야기 안으로 초대함으로써 우리에게 인간적인 존재가 되어 준 것처럼. 우리는 이런 행동의 선례를 유월절 이야기에서 찾아볼 수 있다. 유대인들이 매해 유월절에 고백하는 '다예누'는 '그것으로 충분하다'라는 뜻이다. 하지만 하느님은 더 많은 것을 주신다. 우리는 친절을 통해 신처럼 될 기회를 얻는다. 당신이 경험한 일들을 들려 달라고 요청할 뿐 아니라, 증거를 요청하는 편지를 보내는 데까지 나아가는 일이다. 아픈 남자를 집에 들일 뿐 아니라, 퇴근하고 오자마자 그 남자의 이마를 짚어 보는 일이다.

6.

운명에 대하여

"어느 친절한 요정이 내가 없을 때를 틈타,
베개 위에 필요한 생각을 떨어뜨려 놓고 간 것이 틀림없었다."

《제인 에어》10장 중에서

그곳이 어디였는지 지금은 기억나지 않는다. 여기저기 많이 걸어 다녔는데, 팔짱을 끼고 있었던 것 같고 걷는 속도는 무척 느렸을 것이다. 이미 외할아버지가 90세가 넘으셨을 때였기 때문이다.

또 나의 어떤 말 때문에 외할아버지가 이런 얘기를 하셨는지도 기억하지 못한다. 아마도 너무나 단순하고 멍청한 말이었을 것이다. 그분은 이렇게 말씀하셨다. "넌 홀로코스트에 감사해야 해. 그게 아니었으면 넌 여기 있지도 못했을 테니 말이다." 그날의 대화에서 유일하게 기억나는 것은 내가 중간에 이런 말을 했다는 사실이다. "저는 별로 납득이 안 되는데요."

외할아버지가 대체 무슨 뜻으로 그 말씀을 하셨는지는 모르겠다. 그러나 그분이 나를 홀로코스트 없이는 존재할 수 없었던, 홀로코스트가 낳은 진정한 자식으로 바라보며 그 사건에 가치를 부여하고 있었다는 생각은 결코 할 수 없다. 그분은 도덕적인 미적분을 하신 게 아니다. 내가 떠올릴 수 있는 가장 그럴듯한 가설은, 지금과 같은 삶을 살 수 있게 된 나는 홀로코스트와 충분히 거리를 두고 태어난 덕분에 그것에 감사할 수도 있는 세대라고 그분이 진심으로 생각했다는 것이다. 이런 삶을 얼마간 외할아버지 덕에 살 수 있게 되었음을 생각한다면, 어느 정도 말이 되는 이야기인 것 같다. 또한 나는 그 말이 농담이었을 거라고도 생각한다. 그러니까 할아버지가 그렇게 뜻하신 것이기도 하고, 아니기도 하다고 생각한다.

하지만 외할아버지의 말을 액면 그대로 받아들인다면(사실 이렇게 하면 늘 그분의 말을 오해하게 된다), 그것은 이런 뜻이다. '너는 이 땅에 존재할 운명이었고, 여기까지 오는 데 홀로코스트도 한 몫을 했다.' 진실이 아니지만, 숙고해 볼 가치가 있는 생각이다. 이것은 많은 이들의 생각과 결정 속에, 그리고 심지어 언어 속에 내재한 논리이기 때문이다. '다 잘 될 거야.' 사람들이 즐겨 하는 말이지만, 이것은 진실이 아니다. 모든 일이 어떤 식으로든 펼쳐질 것이다. 하지만 반드시 좋은 방향으로 펼쳐지지는 않는다.

나는 운명을 믿지 않는다. 그럴 수가 없다. 만약 내가 운명을 믿는다면, 우리 조부모님은 지옥을 통과해야 하고 나는 특권을 누리기로 예정되어 있었음을 믿어야 하기 때문이다. 나는 엘리자베스 스마트Elizabeth Smart나 나이지리아 치복의 여학생들처럼, 납치된 여성들 이야기에 강박적으로 사로잡힌다. 그리고 이 강박은 매우 복잡한 형태로 내 삶에 얽혀 있다. 나는 이들을 내 삶에서 배제시키는 어떤 교의도 채택하고 싶지 않다. 그래서 그들을 내 삶에 개입시키려 하면, 그들을 희생자라는 틀로 객관화하고 축소하고 만다.

내가 볼 때 운명이란 행운을 거머쥔 자들이나 절망에 빠진 자들이 가지는 믿음인 것 같다. 우리는 곤경 속에서 의미를 찾을 수 있다. 우리는 그 곤경 자체에 감사하지 않고도, 그 곤경을 통과하며 얻은 교훈과 우리가 만나게 된 사람들의 존재를 두고 감사할 수 있다.

행복한 결혼 생활을 하는 사람들은 그들이 서로를 만날 운명이었다고 믿는다. 깊은 우울에 빠져 있거나 자기를 혐오하는 사람들(나는 이들이야말로 사랑하고 바깥으로 손을 뻗을 자격이 있다고 믿는다)은, 자신이 혼자 있기로 선택하지 않을지라도 외롭게 살아갈 운명을 타고났다고 믿는다. 정신과 의사는 이들이 가진 운명에 대한 믿음을 두고 일종의 장애 진단을 내릴 것이다. 심리학자들은 이들이 너무 높은 수준의 위대함에 도달하려는 신념을 지녔다고 판단할 것이다. 운명에 대한 믿음은 왕이 앓는 병, 일종의 통풍痛風과 같은 것이다. 나는 운명을 믿거나 통풍에 걸리지 않고 그냥 부자가 되고 싶다.

그래서 나는 내게 좋은 일이 생길수록 세상사의 자의성에 대한 믿음, 그러니까 행운과 몇 가지 선택, 성격, 특권, 환경 등이 융합되어 삶이 형성된다는 믿음을 붙잡는다. 여전히 소녀들이 지하실에 갇히고, 남자들이 무고하게 교도소에 가고, 성전환자들이 자신의 정체성 때문에 차별받는 한, 나는 운명을 믿어서는 안 된다.

우리가 소설 속 제인의 신학이나 신념을 간단히 정리하기는 힘들 것 같다. 그가 들려주는 이야기는 무려 20년에 걸쳐 일어난 일이고, 그 과정에서 그의 신념도 변해 가기 때문이다. 물론, 그런 변화는 좋은 것이다. 우리는 그의 행동이 신념과 상충하는 모습을 꽤 자주 목격하는데, 가장 많이 인용되는 구절 중에 이런 것이 있다. "나는 존엄한 삶보다는 행복한 삶이 좋아." 그리고 나는 이 문장이 유명하다는 사실에 씁쓸함을 느낀다. 그는 수없이 많은 국면에서, 그리고 끔찍하게 상처 입는 숱한 시간을 지날 때마다 이렇게 말한다. 다음과 같은 말을 해 놓고 난 이후에도 말이다. "법과 원칙은 유혹이 없는 때를 위해 존재하는 게 아니야. 그것은 바로 이런 순간, 몸과 영혼이 그 엄격함에 반란을 일으키는 이런 순간을 위해 존재해." 그는 이 두 감정 사이에서 번뇌하며 아사 직전까지 이른다. 물론 나는 사람들이 왜 앞의 문장에서 영감을 얻는지도 잘 알고 있다. 우리는 주인공을 잠시 혼란스럽게 했던 어리석은 생각이 아닌, 그가 마침내 도달한 결론에서 마땅히 교훈을 얻어야 할 것이다. 하지만 그가 그런 말을 할 수밖에 없었던 전후 사정도 생각해 보아야 한다. 제인은 많은 경험을 하면서 존엄 대신 행복을 선택할 수도 있어야 한다는 교훈을 얻었고, 누구도 고통받기를 바라지 않는 나는 우리 역시 얼마간은 그런 교훈을 습득하는 것이 필요하다고 믿는다. 게다가 이 책의 결말 이후 20년이 지난 뒤에도 제인이 그렇게 생각하리라고 누가 장담하겠는가? 이후로 안정적인 삶을 산 그는 아마도 다시금 존엄을 선택할 것이다.

그의 개인적인 신학을 최대한 규명해 보자면, 아무래도 여러 신앙이 섞여 있었다는 말이 정확한 표현일 것이다. 그는 유대 기독교의 천사를 의지하면서 동시에 이교의 요정과 도깨비에 대해서도 언급한다. 그는 로체스터가 사 준 값비싼 옷을 그다지 좋아하지 않지만, 이후 부를 얻게 되면서 자신이 싫어한 것은 좋은 옷이 아니라 누군가가 자신에게 옷을 사 주는 상황이었음을 알게 된다. 제인은 시간이 가면서 자신에 대해 더 많이 알게 되고, 신념도 그와 함께 변해 간다.

운명, 숙명 같은 거대한 개념에 대한 이 소설의 태도는 그리 명확하지 않다. 거의 아사 상태에 빠진 제인은, (전적인 행운으로) 존재하는지도 몰랐던 사촌들의 집 앞에 다다르게 된다(여기서 그들이 사촌지간임을 알게 되는 것은 몇 백 페이지를 넘어간 이후다). 이것이 바로 운명을 명확하게 지지하는 듯 보이는 대목이다. 제인은 순수하게 자신의 원칙이 인도하는 대로 행동했고, 마침내 지낼 곳과 음식과 가족을 보상으로 얻는다.

하지만 제인이 운명을 명백히 불신하는 대목도 있다. 그는 리드 외숙모에게 끔찍한 대우를 받은 것이 운명이었다고 생각하지 않는다. 제인은 만약 외삼촌이 살아 계셨다면 자신이 편안한 어린 시절을 보냈을 것이고, 로우드에도 가지 않았을 것이며, 가정교사가 되거나 로체스터 씨를 만나는 일도 없었을 것이라고 생각한다. 리드 외숙모는 제인을 싫어하기로 선택했으며, 만약 외숙모가 제인에게 사랑을 주었다면 자신은 그 사랑을 받아들였을 것이라고 믿는다. 이 소설에서는 운명과 숙명이 어떤 순간에는 나타났다가 다시 사라지기를 반복한다.

그런데 이 소설과 주인공 제인에게서 일관되게 보이는 것은 마법에 대한 믿음이다.

이 변하지 않는 믿음은 소설의 초반부터 드러난다. 제인이 로우드에서 학업을 마칠 무렵은, 학생 학대에 대한 감사가 이루어지면서 학교의 상황이 매우 좋아진 상황이었다. 그 사이 제인의 둘도 없는 친구 헬렌을 포함해 몇몇 학생들이 결핵으로 사망했는데, 그렇게 인원이 줄면서 오히려 남은 학생들의 삶의 질은 대폭 개선될 수 있었다. 제인 역시 큰 발전을 이루어 교사로 일하게 되고, 학업이 끝났을 때도 교사로서 학교에 몇 년간 더 머무를 수 있었다. 사실 그는 어디에도 갈 데가 없는 처지였던 것이다.

마침내 템플 선생님이 결혼을 하면서 로우드를 떠나게 되었을 때, 제인은 선생님의 남편을 '운명'이라고 부른다. 그 사람이 선생님을 자신과 떼어 놓음으로써 결국 자신이 로우드를 떠나게 만들었기 때문이다. 제인은 템플 선생님이 없는 로우드를 결코 집이라 느낄 수 없었다. 그래서 갈 곳이 없는 상황에서도 그곳을 일단 떠나야 한다고 생각한다.

자신도 떠나야 한다는 사실을 깨달은 것은, 선생님이 결혼식을 마치고 학교를 떠난 바로 그날이었다. 갑자기 로우드가 감옥처럼 느껴지고 유배지에 갇혔다는 느낌이 들었다. 자신이 게이츠헤드와 리드 가족을 떠나 로우드에 살며 공부를 했던 것은 불가피한 일이었다. 그리고 학교에 더 머무르면서 학생들을 가르친 것은 매우 행복한 시간이었다. 하지만 그저 갈 데가 없다는 사실 외에 아무런 이유도 없이 그곳에 머무른다는 것은 정말 숨 막히는 일이었다. 그는 떠나야 한다는 긴박감을 느끼고, 결심을 즉각 행동에 옮긴다.

그는 어디로 가서 어떻게 먹고살지 잠시 동안 실제적인 고민을 한다. 룸메이트가 잠들 때까지 기다렸다가 완전히 혼자가 된 순간, 누웠다 일어났다 방 안을 서성거리며 온통 한 가지 생각에 골몰한다. 이제 어디로 가야 하는가?

"더 나은 것을 원해 봐야 소용이 없음"을 잘 아는 제인은, 그렇다면 자신이 무엇을 할 수 있을지를 알고 싶어 한다. 그의 꿈은 이미 결박당했다. 그는 다음 단계의 삶에 대해 최고의 선택지를 떠올리며 환상에 빠지는 데 시간을 허비하지 않는다. 모든 꿈을 건너뛰고, 실제적인 생각으로 곧장 나아간다.

꽤 긴 시간 동안 어떤 생각도 떠오르지 않는다. 침대에서 일어나 앉았다가 다시 눕고, 초조함에 빠지고, 결국 기진맥진해진다. 바로 그때 어떤 생각 하나가 떠오르는데 그 상황을 제인은 이렇게 표현한다. "어느 친절한 요정이 내가 없을 때를 틈타, 베개 위에 필요한 생각을 떨어뜨려 놓고 간 것이 틀림없었다. 자리에 눕는 순간 그것이 조용히 자연스럽게 마음속에 떠올랐으니 말이다."

이 장면에서 마음에 드는 부분은, 제인이 필요한 아이디어를 얻게 된 것이 일정 부분 자신의 노력에서 온 것이라는 점이다. 그는 말 그대로 자신만의 속도로 좋은 아이디어를 향해 나아갔다. 마치 세상이 여성을 가두는 방식을 곰곰이 생각하며 걷는 일에 심취한 사람처럼, 제인은 심지어 곁에서 누군가가 코를 골며 자고 있는 조그만 방에 갇힌 상태에서도 우아한 걸음걸이로 깨달음의 순간을 향해 나아가고 있다. 나는 이 장면에서 늘 기쁨을 느낀다. 그는 이 순간 마음의 짧은 순례를 떠나, 자신을 가두고 있는 작은 감옥에서의 탈출을 상상하고 있다.

이와 같이 내면에서 일어나는 상상의 순례를 우리보다 앞서 떠난 이들 중 아빌라의 테레사가 있다. 16세기 가르멜 수도회의 수녀였던 그는, 종교재판이 극에 달했던 시대에 스페인에 있었던 자신의 수녀원 동료들에게 영혼의 성城으로 마음의 순례를 떠날 것을 독려했다. 수녀들에게는 남성 수사들이 수행하던 방식의 경건 훈련이 허락되지 않았기 때문에, 테레사는 여성들이 중요한 영적 훈련을 내면에서 수행할 수 있다는 아이디어를 떠올린 것이다.

하지만 우리에게 필요한 모든 것을 내면에서 불러일으킬 수 있다고 받아들이기에는 문제가 좀 복잡하다. 나는 여행의 자유나 원하는 직업을 가질 자유처럼 구체적인 것들이 그다지 필요하지 않다는 이런 종류의 생각에 우려를 느낀다. 물론 그런 생각이 위안을 주기도 하고 제인의 경우처럼 대담하고 실제적인 결정으로 이끌기도 하지만, 사람들을 현실에 안주하게 만든다는 사실 또한 부정할 수 없다. 사실 나는 그 시대의 수녀들이 충분한 힘을 갖고서 가톨릭교회를 떠나, 원한다면 사제가 되었으면 더 좋았으리라 생각한다. 그래서 테레사 수녀가 제안한 영혼의 성 순례가 수녀들에 대한 독려인 동시에 회유책은 아니었을까 의심이 든다. 영적 탈출은 능력을 부여하는 중요한 훈련이지만, 나는 이것에 만족할 수 없다.

그리고 마법이 도움을 주러 찾아온 이 장면에서 제인은 영혼의 자유를 가두는 벽을 문자적으로, 물리적으로 격파하고 영혼의 여정을 떠나는 내적 능력을 구체적으로 실현하는 듯 보인다. 그는 자신의 속도로 탈출에 대한 깨달음의 순간을 향해 나아간다. 이 깨달음은 타협 위에서 이루어졌지만 행동이라는 필수 요소를 지니고 있었다.

자유를 쟁취하기 위한 노력(재정적 독립이든, 차별을 극복하고 거두는 어떤 성공이든, 심지어 조기 석방을 위해 성실하게 수감 생활을 하는 것이든)이라는 개념은 매우 미국적인 것이다. 어둠 속에 갇혔더라도 열심히 노력해서 더 나은 운명을 향해 전진한다는 이 개념은 꽤 매혹적이다. 우리 문화가 이 개념을 고수하는 이유는, 결국 운명이 자기 손에 달렸다는 뜻이기 때문이다. 하지만 우리는 운명이 실제로 무엇에 의해 결정되는지 알고 있다. 40년간의 고된 노력에 의해 결정되기보다는, 오히려 기어 다니며 입에 손을 넣었던 아기 시절 방바닥의 페인트에 납 성분이 있었는지 여부로 결정될 가능성이 훨씬 크다. 우리 미국인들은 고된 노력이 우리 운명이라고 생각하지만, 그것이 진실이 아니라는 것 또한 알고 있다. 우리는 누군가가 승리를 거머쥐었다고 해서 반드시 그럴 자격을 갖추었다는 뜻이 아님을, 게으르거나 나쁜 사람들이 종종 번영을 누린다는 사실을 잘 알고 있다.

그래서 요정에게서 기다리던 해답을 얻은 제인의 이야기에서 정말로 마음에 드는 부분은, 노력도 필요하지만 그것으로는 충분치 않다는 점이다. 심지어 행운도 충분치 않다. 그것은 그저 설명이 불가능한 어떤 것이다.

나는 스물두 살 때 1년 동안 영화 〈악마는 프라다를 입는다〉의 보조 스태프로 일한 적이 있다. 내 무지막지한 상사가 하루는 밀워키에서 비행기를 타면서 그날 밤 공증을 끝내야 할 서류가 있다고 연락을 해 왔다. 뉴욕에 있던 내가 미친 듯이 전화를 돌려 공증인을 찾던 때는 밀워키 시간으로 이미 오후 5시였다. 서른 군데 넘게 전화를 했지만 5시 이후에도 업무를 보는 곳은 없었다. 하지만 상사는 다음 날 아침 9시까지 반드시 필요하다고 우기고 있었다. 나는 킨코스Kinko's에 전화를 걸었다. 그때 직원이 이렇게 말했다. "믿기 힘드시겠지만, 우리가 위스콘신에서 처음으로 24시간 운영되는 공증 사무소 명함을 만든 적이 있어요. 전화번호 드릴까요?"

위스콘신에서 돌아온 상사는 그때 일어난 일을 가지고 끊임없이 설교를 했다. 마치 자신의 높은 기대치와 나의 수고가 결합해 우리에게 마땅한 결과를 가져다준 것처럼 말이다. 그런 그를 쳐다보며 화가 들끓던 것이 기억난다. 조수를 둔 남성들은 운명과 노력이 일대일로 상응하는 관계라고 믿는 경향이 있다. 하지만 나는 진실을 알고 있다. 그것은 친절한 요정의 도움 때문이었다는 것을.

제인은 소설이 끝날 때까지 요정을 믿는다. 이것은 그의 변하지 않는 몇 안 되는 믿음 중 하나다. 하지만 그는 결코 요정들에게 **의존**하지 않는다. 다만 어떤 좋은 일이 일어난 이후에 그들을 언급할 뿐이다. 이 장면에서는, 생각하고 별을 바라보고 걷고 적당한 불면을 겪으면서 몇 시간을 정신력으로 씨름한 후에 요정을 믿었다고 해야 적절할 것이다. 하지만 어쨌든 그는 요정을 믿는다. 여기서 생겨나는 질문은 이런 것이다. 그렇다면 요정이란 무엇인가?

요정과 관계 없는 것부터 생각해 보면 좋을 것 같다. 그것은 우리가 운명지어졌다고 믿는 모든 것과 상관이 없다. 요정은 노력이나 돈, 행운, 인종, 종교, 젠더, 출생지, 건강, 영감 같은 것들이 아니며, 기어다니던 시절 방바닥 페인트에 납 성분이 있었는지 여부와도 별 상관이 없다.

**요정은 쉽게 불러낼 수
있지만 동의를 요구한다.
요정은 조리 있는 상상이다.**

요정은 쉽게 불러낼 수 있지만 동의를 요구한다. 요정은 조리 있는 상상이다. 붉은 방에 갇힌 제인이 상상해 낸 것은 유령이 자신을 덮치리라는 것이었고, 그것이 그 방에서 불러낼 수 있는 최선의 상상이었다. 그리고 이제 그는 로우드를 벗어나 "새로운 예속"으로 나아가게 할 아이디어를 불러낸다. 요정은 공주가 된다거나 제인이 열망하는 대단한 모험을 할 수 있는 아이디어를 주지 않는다. 다만 제인에게 한 번의 도약을 선물할 뿐이다. 요정은 우리가 현재 어떤 벽에 갇혀 있든 그 벽 바로 너머에 무엇이 있는지를 보여 준다.

나는 무신론을 고수하지만, 모든 것이 과학으로 설명될 수 있다고 생각하는 무신론자는 아니다. 제인의 요정은 운명을 이따금 과감하게 다룰 수 있는 가능성으로 생각해 볼 기회를 내게 준다. 나는 요정, 즉 조리 있는 상상이 치복의 여학생들이 갇힌 지하실을 찾아낼 길을 열어 준다고 생각하기 때문이다. 그리고 나는 아우슈비츠가 아무리 끔찍했어도 몇몇 사람들은(살아남았든 아니든) 요정이 출현하는 짧은 순간을 목격했을 것이라 생각한다. 요정은 운명이 아니다. 운명은 템플 선생님을 데려간 그 남자다. 운명은 전장으로 밀고 들어오는 탱크다. 운명은 사람과 체제가 내리는 큰 선택들이다. 요정은 신문광고를 내서 가정교사 자리를 구하라는 아이디어를 제인에게 가져다준 상상이다. 그리고 제인은 이러한 힘과 요정 사이의 타협 위에서 이후의 삶을 살아나갈 것이다.

모든 사람이 요정을 불러낼 수 있는 것은 아니다. 하지만 그것은 그들의 잘못이 아니다. 뿐만 아니라 아우슈비츠나 감옥, 학대 가정, 화학치료 병동, 그리고 솔직히 지구상의 모든 곳에서 요정같이 단순한 개념을 떠올리지 않았다는 사실로 그들은 박수를 받아 마땅하다. 하지만 어떤 사람들은 지구상의 가장 암울한 장소에서 요정을 떠올릴 수 있다. 우리 조부모님은 수용소에서 살아남으셨다. 나는 그분들이 요정의 도움을 받았는지 아닌지 잘 알지 못한다.

나는 혹독한 우울증을 앓으며 살고 있고, 우리는 트라우마가 상속된다는 것을 잘 안다. 나는 이 우울증의 원인이 어느 정도는 내 존재가 그 끔찍한 사건과 연결되어 있다는 사실을 아는 데 있지 않을까 생각한다. 부당하게 얻은 삶에 어떻게 감사하는 마음을 가질 수 있겠는가? 나는 독이 있는 나무에서 맺힌 열매다. 폴란드에서 날아온 나의 요정들은 온통 지하실에 갇힌 여성들 이야기만을 전해 준다. 내 운명인 가부장제는 지금까지 내게 꽤 친절했지만, 나는 조금 다른 종류

의 요정들을 불러내기 위해 내게 맞는 속도로 계속 나아가야
할 것이다.

7.
가슴이 찢어지는 아픔에 대하여

"내 자존심과 상황이 요구한다면,
나는 혼자 살아갈 수 있어."

《제인 에어》 19장 중에서

제인은 손필드 저택에서 한 프랑스 여자아이를 가르치는 가정교사가 되고, 바로 여기서 주인 로체스터 씨를 만나 사랑에 빠지게 된다.

나는 열네 살 때 이 소설을 처음 읽고 로체스터 씨와 사랑에 빠지고 말았다. 사랑하지 않을 도리가 없었기 때문이다. 지금도 그를 사랑하지만, 어떤 면에서 그 이유는 좀 더 복잡해진 것 같다. 하지만 다른 한편으로는 여전히 그에 대한 맹목적 사랑을 느낀다. 그는 매우 낭만적인 사람이다. 처음 만난 그는 상처가 있는 남자였고, 이후에는 그를 지속적으로 괴롭히는 문제가 드러났다. 그는 음울하고, 감정 기복이 심하고, 다소 '복잡한' 사람이었다. 그리고 여성들은 바로 이런 타입의 멋있고도 괴짜 같은 남성을 동경하고 참아 내도록 길들여진다. 〈베벌리힐스 아이들Beverly Hills 90210〉의 딜런이나 〈길모어 걸스Gilmore Girls〉의 제스 같은 남성들 말이다. 이 사회는 종종 젊은 여성들에게 상처 입었지만 순수한 마음을 지닌 남성을 이상적인 남성상으로 제시하고, 나 역시 그렇게 길들여졌다. 그런데 거기에 더해, 로체스터 씨는 제인을 극진히 아껴 주기까지 한다. 그는 재미있고 활기가 넘치는 너무도 사랑스러운 남자다. 관대하면서도 이상하다. 한마디로 그는 매력남이다.

제인이 로체스터 씨를 사랑하게 된 이유는, 적어도 부분적으로는 이전에 보았던 어떤 남성에게서도 경험하지 못한 두가지 특징 때문이다. 하나는 그가 곁에 있었다는 점이고, 다른 하나는 자신에게 보여 준 긍정적인 관심이다. 로체스터의 관심은 늘 친절하지는 않았지만 매우 예리한 것이었다. 그는 제인이 그린 모든 스케치와 그림들을 살펴보고, '특이하다'는 표현 이상의 칭찬을 하지 않는다. 그는 브로클허스트 씨나 사촌 존 리드처럼 제인을 지배하거나 굴욕을 주어야 할 대상으로 바라보지 않는다. 그가 제인을 바라보는 이유는 그녀를 이해하고 관계 맺기 위해서였다. 제인이 로체스터를 사랑하게 된 가장 큰 이유는, 태어나서 처음으로 자신에게 실제적인 방식으로 관심을 가져 준 사람이기 때문일 것이다. 그 관심은 마치 제인을 향해 내리쬐는 따스한 햇볕 같았다. 그리고 제인은 그것이 자신을 태워 버릴 불꽃이기도 하다는 사실을 미처 깨닫지 못했다.

로체스터라는 사람에 대해 계속 알아 갈수록, 그가 단순히 제인에게 관심을 기울이는 살아 있는 사람 정도가 아니라는 사실이 분명해진다. 소설의 결론부에 이르면, 우리는 두 사람이 수백 킬로미터나 떨어진 곳에서도 바람에 실려 온 서로의 목소리를 들을 수 있는 관계임을 알게 된다. 그 초자연적 사건 이후 그들은 서로에게 돌아가는 길을 찾아 나서고 마침내 결혼해서 완전한 행복을 이룬다. 그것을 운명 혹은 행운이라 불러도 좋겠지만(나는 후자라고 하겠다), 사실은 제인이 한 남자를 만났고 우연히도 그가 자신을 잘 대해 주는 사람이었으며 적어도 여러 방식으로 제인에게 걸맞은 사람이 되기 위해 노력을 한 것이다.

가부장제는 여성들이 남성에 대한 여러 가지 믿음을 갖기를 바란다. 이 체제는 우리가 행복한 일상을 영위하고 사회의 수용과 존중을 얻기 위해서는 남자가 필요하다고 믿기를 바란다. 여자들은 다른 수많은 거짓말과 함께 남자는 희소한 존재라는 거짓말을 믿도록 강요받고, 마침내 기꺼이 그들에 대해 타협하고자 하는 의지를 갖기에 이른다.

매일 나를 따라다니는 가장 어두운 공개적인 비밀은, 나는 반려자를 사랑하지만 그러면서도 그를 사랑하는 이유가 제인과 같은 것일까 봐 두렵다는 것이다. 로체스터처럼 그는 여기 있고, 나에게 관심을 가져 준다. 어떤 날은 이 특별한 남자를 보며, 내가 정말 행복한 사람이고 우리가 '바람에 실려 온 서로의 목소리를 듣는' 것보다 훨씬 세련된 방식으로 잘 어울리는 커플이라는 생각이 든다. 하지만 어떤 때는 제인의 경우처럼 피터와 내가 좋은 짝이라는 것도 단순히 운이라는 생각이 든다. 어찌 됐든 나는 그를 선택했을 것이다.

외할머니가 돌아가실 때까지 외조부모님은 총 59년간 결혼 생활을 하셨다. 그리고 마지막 10년 동안 외할아버지는 역사상 존재했던 그 어떤 간호사보다 극진하게 할머니를 돌보셨다. 하지만 외할머니가 편찮으시기 전에는 너무도 뻔뻔하게 바람을 피우셨는데, 여자친구를 안식일 식사 자리나 우리 가족의 생일 파티에 데려오실 정도였다. 가장 끔찍했던 기억은 동생의 성년 축하 기념촬영을 하는 자리에 여자친구를 데려왔던 날이었다.

그 자리에는 오직 직계가족만 모여 있었다. 부모님과 우리 남매, 세 분의 살아 계신 조부모님, 이렇게 여덟 명이 있어야 할 자리였다. 그런데 예상치 못하게 아홉 명이 되었다. 외할아버지의 여자친구 메리가 함께 온 것이었다.

외할아버지는 메리를 비서 혹은 친구라고 하셨다. 그들이 사귀는 관계라는 것은 공공연한 비밀이었다. 나는 1993년의 그날 이전까지는 비서/친구라는 말을 믿고 있었다. 그런데 그날 두 할머니는 평상시와는 달리 아이들에게 전혀 다정하지 않았고, 두 분이 꼭 붙어서 뭔가를 끊임없이 속삭이고 있었다. 메리에게는 물론 외할아버지에게도 아무런 말도 하지 않았다. 외할아버지만 다정하고 쾌활하게 우리를 대해 주셨기 때문에 우리는 그분을 끌어안고 함께 놀았다. 외할아버지만 기분이 좋아 보이는 유일한 어른이었기 때문이다. 어른들 사이에서 많은 이야기들이 오갔지만 다 헝가리어를 썼기 때문에 알아들을 수는 없었다. 하지만 문득 메리가 다른 시각으로 보이기 시작했다. 내가 메리를 데려온 사람의 팔에 안겨 있었음에도 말이다.

외할머니는 외할아버지에게 자살 위협을 하기도 했다. 똑같이 갚아 주겠다는 위협도 했다. 실제로 친구들 앞에서 그럴듯한 이벤트를 꾸미며 공개적으로 남자와 바람을 피운 적도 있다. 하지만 대체로는 현실을 받아들이셨다. 돈을 들여 코를 높이는 수술도 해보셨지만 결국은 체념했다. 그러다가 결혼 생활이 50년째 접어들 무렵 외할머니가 병을 얻었고, 외할아버지는 바람을 피우기에는 너무 늙어 버렸다. 그때부터 내 상상 속의 외할아버지는 외할머니의 발밑에 무릎을 꿇은 종, 성인聖人이 되었다.

사실 많은 여성들에게 이런 경험이 있을 것이다. 숱한 세대의 여자들은, 남자들이 사적이고 공적인 부분이 뒤섞인 이런 유의 무례함을 저지르는 모습을 그저 지켜보며 감내해 왔다. 그리고 나 같은 어린애들은 남자가 여자에게 저지르는 끔찍한 행동을 지켜보는 전통을 이어받을 뿐 절대로 이런 조언은 듣지 못한다. '애야, 난 좀 복잡한 이유 때문에 이 상황을 받아들이지만, 넌 절대 여기에 만족해선 안 돼.'

제인은 실제로 남녀 관계를 본 적이 없었고, 그런 개념을 고민해 볼 기회도 갖지 못했다. 외삼촌이 살아 있었다면 자신을 친절하게 대해 주었을 것이라는, 누구에게도 입증되지 못한 추측만 있을 따름이었다. 제인은 말 그대로, 살면서 남자와 관계를 맺어 본 적이 없었다. 사촌 존이나 브로클허스트 씨처럼 학대하는 남자를 제외하고서 말이다. 그래서 그에게 남자란 오직 때리고 굶기고 굴욕을 주는 존재로 각인되어 있으며, 머릿속에 있는 유일한 대항 서사 또한 실제적인 증거가 없다. 그래서 학대하지 않으면서 살아 있는 존재인 로체스터는 모든 이상적 남성들 중 가장 이상적인 남성이라 할 수 있다. 이 남자가 자신에게 말을 걸고 관심을 가져 준다. 당연히 제인은 사랑에 빠진다. 그런 상황에서라면 누구라도 그럴 것이다.

수 세기 동안 여자들은 남자와 관계를 맺으면서 겪은 것들에 대해 은밀한 대화를 나누어 왔다. 우리는 여러 가지 문제를 참아 내다가 친구에게 은밀하게 고백한다. 그런데 놀랍게도 친구 역시 똑같은 문제를 겪고 있다는 사실을 알게 된다. 실망이 덮쳐올 때 우리는 서로를 지지한다. 여성들은 우리 할머니들 같은 하나의 큰 무리를 형성한다. 어쩌다 우리는 같은 언어를 사용하며, 같이 팔짱을 끼고, 부끄러움도 모른 채 뻔뻔하게 손주들과 노닥거리는 남자를 곁눈질로 째려본다.

《제인 에어》같은 러브 스토리는 많은 여성들에게 문제의 일부다. 그래서 우리는 이런 책들을 읽고 또 읽어서, 결국 그 이야기들이 좋은 남성이란 어떤 사람인지에 대해 주의를 주는 비밀 대화라는 사실을 알아차려야 한다. 《제인 에어》는 로체스터와 사랑에 빠지는 제인이라는 여자에 관한 이야기가 아니다. 이 소설은 가부장제가 강요하는 신화를 폐기하고 자신에게 걸맞은 관계를 시작하기 위해서 여성들이 스스로 가슴을 찢는 아픔을 감내해야 함을 보여 주는 작품이다.

《제인 에어》같은 러브 스토리나 우리 조부모님의 이야기에 등장하는 남성들은, 그들 때문에 우리 가슴이 찢어지기엔 지나친 자기만족에 빠져 있고 너무 비겁하다. 이것들은 사이코 여성들을 등장시키는 가부장제의 각본이다. 남자들은 우리가 그들에게 유용하기 때문에 우리와 헤어지기를 원하지 않는다. 그들은 우리에게 아픔을 주고 수억 개의 자잘한 상처를 입혀 죽음에 이르게까지 한다. 그러나 가부장제는 남자들이 절대 고통을 겪지 않도록 장려한다. 따라서 《제인 에어》는 스스로 가슴을 찢는 법을 가르쳐 주는 수업이다.

**《제인 에어》는
스스로 가슴을 찢는 방법을
가르쳐 주는 수업이다.**

피터와 5개월 정도 사귀고 나서 관계를 지속할 수 없는 이유가 분명해진 때가 왔다. 그는 누군가와 다시 결혼을 한다거나 함께 살기를 원치 않았다. 아이를 더 낳는 것도 원치 않았다. 그리고 언제부터인가는, 조만간 유럽으로 돌아가겠다는 식의 말을 자주 꺼냈고, 내가 전혀 고려되지 않은 자신만의 미래를 대놓고 말하기 시작했다. 나는 그런 말들에 일절 토를 달지 않았고, 어느 날 그의 차에서 내리면서 이렇게 간단하게 통보했다. "이걸로 끝내자. 내 생각은 바뀌지 않을 거야. 넌 나를 충분히 원하지 않는 것 같아." 그렇게 그를 보내고, 길거리에서 참았던 눈물을 터뜨렸다.

나는 그렇게 스스로 내 가슴을 찢었고, 그것이 내가 지금껏 살아오면서 가장 잘한 일 중 하나였다. 나는 내가 도대체 뭘 하고 있는지 이해하지 못했고, 계산을 통해 한 결정이 아니었다. 그것은 지치고 상처 입은 사람의 발광 같은 것이었다. 명확한 어떤 계획을 정립한 후 실행했다기보다, 모든 것이 명확해지는 순간을 우연히 붙잡았다고 해야 할 것이다. 하지만 어쨌든 나는 가부장제라는 생태계에서 자란 한 남자에게 사로잡힌 여자라면 반드시 필요한 중요한 의식을 수행

신성한 제인 에어 북클럽

했는데, 바로 '자신의 가슴을 찢는 일'이었다. 일반적으로 이 표현은, 무엇인가를 사랑한다면 그것을 놓아주라는 의미로 통용된다. 하지만 나는 그 의미를 이렇게 바꿔야 한다고 생각한다. 자신을 사랑한다면, 관계를 단번에 끝장내라.

피터를 만나기 전에도 나는 몇 년 동안 누군가를 계속해서 찾고 있었다. 도저히 상대를 견딜 수 없는 수준이 되면 관계를 끝냈지만, 그 정도가 아닌 이상 그저 여자로서 존중받을 권리를 얻고 싶었다. 그 권리란 결국 다이아몬드나 학군에 대해 의견을 피력할 권리, 허리 사이즈와 상관없이 혹은 그것 때문에 매력적으로 보일 권리 같은 것을 뜻했다. 그때 내 모습이 어땠는지는 오직 신만이 아실 것이다. 하지만 그날 피터와 차를 타고 집으로 가면서, 나는 무슨 수를 써서라도 설득하거나 기다리는 일 같은 건 하지 않기로 마음먹었다. 대부분의 여성들은 이런 상황에서 최후통첩을 보내거나 우는 방식을 택한다는 것을 나는 잘 알고 있었지만, 나는 내 가슴을 스스로 찢어 버리고 차에서 내리는 쪽을 택했다. 그리고 이것은 제인에게 배운 것이다.

스테퍼니 교수님과 나는 《제인 에어》에서 발췌한 기도문 하나를 가지고 함께 작업한 적이 있다. 이 기도는 매우 여성적인 기도, 단순히 곁에 있고 자신에게 관심을 기울여 준다는 이유로 한 남자를 선택한 여자들이 드리는 기도 같았다. 세상이 시작된 이래로 숱한 여성들이 혼자 읊조렸을 그런 기도 말이다.

> 내 자존심과 상황이 요구한다면, 나는 혼자 살아갈 수 있어. 행복을 얻기 위해 영혼을 팔 필요는 없어. 나의 내면에는 태어나면서부터 지닌 보물이 있고, 모든 부수적인 즐거움이 사라지더라도 그 보물 때문에 살아갈 수 있는 거야.

"나는 혼자 살아갈 수 있어." 이 강렬한 문장은 자신이 지닌 힘과 취약성을 동시에 인정한다. 우리는 누구나 광활하고 끝없는 세상 속에서 혼자 살 수 있을 만큼 충분히 강하다는 사실을 이 문장은 일깨워 준다. 하지만 누구도 혼자 살기를 원치 않는다는 사실을 인정함으로써 취약성을 드러내기도 한다. 이 말은 우리 모두가 단 하나의 재앙만으로도 홀로 살아야 할 위험에 내던져질 수 있다는 사실을 알려준다. 그리고 비록 우리가 그 외로움을 딛고 생존할 수 있다 해도 그외로움은 견딜 수 없는 고통이라는 사실을 깨닫게 한다. 우리는 그렇게 살기 위해 태어난 것이 아니기 때문이다. "나는 혼자 살아갈 수 있어"라는 말은, 우리가 교감을 나누기 위해 살아가는 존재라는 사실을, 바로 그것이 우리가 무엇인가를 읽고 만나고 열망하는 이유라는 사실을 깨우쳐 준다. 우리는 혼자 살아갈 수 있지만, 더 분명한 것은 우리가 공동체 안에서 살아야 하는 존재라는 사실이다. 하지만 자존심과 상황이 요구한다면, 하느님의 도움으로 혼자 살 수 있고 그렇게 살아갈 것이다.

"나는 혼자 살아갈 수 있어"라는 말이 알려 주는 또 하나의 진실은, 만약 고독이 불가피한 것이라면 사실상 그 고독은 견딜 만하고 반드시 그래야 한다는 점이다. 우리는 고독을 연습해야 한다. 살면서 우리는 친구나 연인을 잃을 것이다. 우리는 모두 죽음이라는 외로운 길로 걸어 들어갈 것이다. 우리는 이런 외로움을 직면하는 연습을 해야 하며, "나는 혼자 살아갈 수 있어"라는 기도를 드리며 엄습한 외로움 앞에서도 자신에게 힘이 있다는 사실을 기억해야 할 것이다.

그리고 우리가 혼자 살아야 하는 이유는 이것이다. "내 자존심과 상황이 요구한다면." 이 말은 우리가 세상과 관계를 맺고 살아감을 보여 준다. 우리의 성격과 인격, 그리고 외부 세계가 함께 우리의 운명을 형성한다. 나는 이 문장으로 기도하면서, 이것이 우리가 인생을 통제할 수 없고 관계와 건강과 재산 같은 것들 역시 통제할 수 없다는 진실에 대한 겸손한 인정임을 알게 되었다. 우리는 더 높은 자존심을 가질 수 있는 여유로운 공간에서 태어날 수도 있고, 자존심을 기르기에는 턱없이 협소한 공간에서 태어날 수도 있다. 우리의 성격은 운명을 결정한다. 세상의 힘은 우리 운명을 결정한다. "내 자존심과 상황이 요구한다면"이라는 기도가 보여 주는 상호 연결된 개념을 통해, 우리는 삶을 형성하는 요인들과 우리 자신의 무력함을 인식하게 된다.

"행복을 얻기 위해 영혼을 팔 필요는 없어." 이 문장으로 기도할 때면, 나에게 영혼을 팔 기회들이 있으리란 것을 떠올린다. 행복처럼 느껴지는 임시변통의 해결책들, 예를 들어 기부하거나 먼 곳에 사는 친구를 만나러 가기 위해 저축하기보다 그 돈으로 필요하지도 않은 신발을 사는 식의 행동들. 그리고 한편으로는 나의 개입이 없다 해도 좋은 일은 일어난다는 사실도 떠올리게 된다. 행복은 늘 타협하고 마는 나 자신과는 별개로 주어지는 것이다. 나는 이 문장으로 기도할 때 희망을 떠올린다.

그리고 마지막 문장은 이렇다. "나의 내면에는 태어나면서부터 지닌 보물이 있고, 모든 부수적인 즐거움이 사라지더라도 그 보물 때문에 살아갈 수 있는 거야." 이것은 내 안의 어떤 신성한 이미지를 불러낸다. 그리고 그 동일한 신성함을 다른 모든 타인들, 내 눈에 보이는 모든 사람들과 심지어 내 머릿속에 떠오르지 않는 사람들 안에서까지 느끼게 된다. 나는 이 문장의 순수함에 감동을 받다가도, 마치 영혼이나 그 성스러움이 한 존재를 살아남게 할 수 있다는 듯 말하는 거짓으로 인해 절망한다. 그래서 나는 이 말이 진실이 될 수 있는 세상을 만들고 싶다는 열망을 느낀다. 오직 신성함만을 추구하는 것으로 충분한 세상을.

하지만 제인은 이 기도를 입 밖으로 표현하지 않는다.

제인은 이미 로체스터와 사랑에 빠져 있었기 때문이다. 어느 날 밤 수상한 그레이스 풀이 로체스터의 침대에 불을 지르고, 연기를 감지한 제인이 그의 목숨을 구해 준다. 이로 인해 두 사람이 극적으로 가까워지게 되고, 이때 로체스터는 제인의 손을 잡고 이렇게 말한다. "당신이 내 생명을 구해 주었소. 당신에게 이렇게 큰 빚을 졌다니 너무나 기쁜 일이오.…다른 존재가 내게 채권자의 모습으로 그런 엄청난 책임을 부과했다면 결코 견딜 수 없었을 것이오. 하지만 당신은 다르오. 당신이 부과하는 책임은 내게 결코 무겁지 않소, 제인."

그리고 다음 날 그가 홀연히 떠난다. 그가 부재한 동안 제인은 자신이 완전히 사랑에 빠졌음을 깨닫게 된다. 그리고 스스로 가슴을 찢는 과정을 차례차례 밟아 나간다. 제인은 가정부 페어팩스 부인으로부터 로체스터가 잉그램 양을 만나러 갔다는 이야기를 듣게 된다. 잉그램 양과 로체스터는 진지하게 결혼을 고려 중인 사이라는 소문이 돌고 있었다. 제인은 자신이 얼마나 로체스터를 사랑하고 애타게 기다리는지를 일기장에 적지 않는다. 유모인 소피에게도 자신이 로체스터와 사랑에 빠졌다는 사실을 털어놓지 않고, 로체스터에게 그리움의 편지를 보내지도 않는다. 그가 한 일은 애써 그림을 그리는 것이었다. 그는 상상력이 허락하는 한 최대한 아름다운 모습으로 잉그램 양의 얼굴을 그리고 또 최대한 볼품없고 못생기게 자신의 얼굴을 그리면서 자신의 가슴을 짓이기고 있었다. 몇 주 후 로체스터는 자신의 약혼녀로 소문난 잉그램 양을 포함한 일단의 사람들을 데리고 와 성대한 파티를 연다.

어느 날 밤 파티의 모든 손님이 잠시 일을 보러 나간 로체스터 씨를 응접실에서 기다리고 있는데, 점을 치는 집시가 저택을 방문한다. 집시는 모든 부자 손님들에게 점을 쳐 주었지만, 반드시 자기 운명을 보아야 할 한 사람이 남아 있다며 떠나기를 거부한다. 그래서 제인은 마지못해 집시가 있는 방으로 들어갔고, 그는 제인의 얼굴에서 앞에서 언급한 그 기도를 읽어 냈다. 물론, 그 집시는 변장한 로체스터였다.

제인의 얼굴을 읽는 것은 로체스터가 가진 놀라운 능력이었다. 그는 정확했다. 제인은 혼자 살아갈 수 있고, 상황이 요구한다면 그렇게 할 것이다. '곁에 있는 것'과 '관심을 기울이는 것'만으로 충분치 않음을 깨닫는다면 즉시 차에서 뛰어내릴 것이다. 그런데 로체스터는 그런 결단을 실행에 옮길 상황이 생기기 전에 그것을 알아챘다. 여자로 변장한 로체스터, 책으로 기록된 남자들 중 가장 제멋대로인 이 남자는, 제인이 상황이 요구할 때 얼마든지 자신을 떠날 수 있는 사람이란 사실을 알아본다.

피터와의 이야기로 다시 돌아가자면, 나를 고려하지 않은 미래를 그리던 이 남자와 헤어지는 일은 그리 평범한 여정이 아니었다. 우리는 병석에 누워 죽음만을 기다리고 있던 그의 어머니를 함께 만난 적이 있었는데, 나는 그를 덮친 위기의 순간 속에서 단순히 일시적인 문제가 아닌 어떤 진실 하나를 보는 것 같았다. 그리고 그의 삶에서 너무도 중요한 이 영역에서 불성실한 태도로 그의 곁에 있는 것은 너무 잔인한 일 같다는 생각이 들었다. 그래서 나는 차에서 내려 스스로 내 가슴을 두 동강 냈던 것이다. 나를 두고 유럽으로 돌아가 다시는 결혼하지 않고 상처받지도 않을 그의 아름다운 삶을 끝없이 머릿속에 그리면서, 나는 옳은 일을 하고 있는 거라고 스스로에게 확신시키면서. 내가 자기혐오적인 행동을 하고 있는 것도, 사랑하는 남자의 어머니가 죽음을 기다리고 있는 순간에 그와 관계를 끝내 버린 것도 아니라면서.

가슴 찢어지는 경험은 일종의 선물이다. 극심한 고통은 결국에는 지나가기 마련이다. 그리고 여성들은 '곁에 있고 나에게 관심을 가져 주는 것'에 만족하지 않는다는 사실을 스스로 입증하기 위해 적어도 한 번은 자신의 가슴을 찢어야만 한다.

그렇게 헤어진 후 4개월이 지나, 나는 내가 단순히 남자를 그리워하는 것이 아니라 바로 이 남자를 그리워한다는 것을 깨닫게 되었다. 그리고 우리는 다시 만났다. 이 남자야말로 내가 처음으로 떠나고 싶어 했던 사람이었고, 처음으로 돌아가고 싶어졌던 사람이었다. 그리고 떠나겠다는 의지는 나에게 정말 중요했다. 그가 언제든 내 가슴을 찢어 놓을지라도 나는 살아남을 수 있음을 의미하기 때문이다. 만약 그가 자신의 정부를 내 손주의 성년 축하 기념식에 데려온다면 나는 결코 사돈과 팔짱을 끼고 앉아 있지만은 않을 것이며, 가차 없이 이렇게 말할 것이다. "우리 여기서 끝내."

말년의 외할머니는 혼자 살아가지 못했다. 이것이 바로 많은 여성들이 직면하는 잔인한 진실이다. 많은 여성들이 때에 따라 남편의 맥주에 독을 타거나 남편과 헤어지는 길을 선택해 왔다. 하지만 오랜 영양실조가 70대 초반에 외할머니의 발목을 붙잡아 버렸다. 허리가 바스라지고 만 것이다. 대대적인 수술도 별 효과가 없었다. 한번은 그분이 주방 탁자 위로 넘어지면서 내 손을 잡았는데, 마치 꾸지람을 듣는 초등학교 2학년 학생처럼 고개를 숙이고 나를 향해 웃으셨다. 괜찮으시냐는 내 물음에 할머니는 이렇게 속삭이셨다. "아니."

국가가 붕괴되고, 적들이 우리를 공격해 오고, 폭풍우가 몰아치고, 우리 몸도 결국 무너져 내린다. 그럴 때마다 우리는 서로가 필요하다. 내 생각에는 바로 그것이 우리가 스스로 마음을 찢어야 하는 가장 큰 이유다. 그렇게 함으로써 우리는 어떤 일이 벌어져도 살아남을 수 있음을 입증하는 동시에, 우리 마음을 찢어 놓은 그 사람(친구, 형제자매, 자식, 연인, 혹은 그 누구든)을 여전히 사랑할 수 있기 때문이다. 우리는 공동체가 필요하다. 동시에, 홀로 있을 때의 자신이 얼마나 강한 존재인지를 기억해야 한다.

우리는 우리 자신을 위해 누군가를 기꺼이 떠나야 한다. 그리고 같은 이유 때문에 기꺼이 돌아와야 한다.

8.

분개에 대하여

"그녀는 끝까지 나를 나쁜 사람으로 여기기로 작정했다.
나를 좋게 생각하는 것은 결코 즐겁지 않은 일이며
굴욕감만 일으킬 뿐이기 때문이다."

《제인 에어》 21장 중에서

제인은 열 살 때 게이츠헤드를 떠나 로우드 학교로 가면서 리드 외숙모에게 이렇게 선언했다.

> 분명히 말할게요. 나는 외숙모를 사랑하지 않아요. 세상 그 누구보다 외숙모가 미워요.…이제 우리가 아무런 관계도 아니라는 사실이 기뻐요. 그리고 내가 살아 있는 한 절대로 당신을 외숙모라고 부르지 않을 거예요. 나중에 커서도 절대 당신을 보러 오지 않을 거예요. 그리고 누군가가 나에게 당신을 좋아하는지, 당신이 나를 어떻게 대했는지 묻는다면, 당신을 떠올리는 것만으로도 머리가 지끈거리고 나를 끔찍하도록 잔인하게 대했다고 말할 거예요.

이 발언을 했을 때 제인은 어린아이였지만, 나는 이를 옹호한다. 그리고 내 이번 설교의 주제는 분개resentment에 대한 옹호다. 분개는 미덕이며, 이제부터 그 사실을 입증해 보겠다.

나를 깊이 분개하게 만드는 친척이 한 분 있다. 그분에 대한 생각은 내 정신을 과도하게 장악하고 있다.

분개를 옹호하기 전에 먼저 해야 할 작업은 그것을 증오hate와 구별하는 것이다. 때로 납득할 만한 경우도 있지만, 증오는 위험할 때가 너무 많다. 증오한다는 것은 대상을 제압하고 전멸시키기고 싶다는 뜻이다. 증오는 공격하는 행위다. 증오는 상대를 비인간화하고, 복잡성이 제거된 하나의 사물로 축소하는 능력이다. 물론 증오가 전적으로 정당화되는 순간이 있다. 희생자는 가해자를 보통 증오한다. 하지만 희생자라고 해서 가해자가 선 법정의 배심원석에 앉지는 않는다. 그리고 나는 도리어 나 자신과, 종종 누군가를 증오하는 우리 모두가 독약을 마시고는 타인이 죽기를 바란다는 격언처럼 될까 봐 염려한다. 증오가 납득할 만한 것일지라도, 최선은 증오를 다루고 보내 주는 것이다.

분개와 증오를 구분하는 또 다른 중요한 차이점은, 증오는 그 대상이 무한하다는 점이다. 상처 입은 자아, 누군가의 무례한 태도, 혹은 단순히 외모가 못생긴 사람 등 모두가 증오의 대상이 될 수 있다. 증오는 종종 인종, 종교, 두려움도 표적으로 삼는다. 그러므로 증오에는 불의가 너무도 쉽게 깃든다. 백인 우월주의자들이 유색인종을 바라보는 시선에는 증오가 담겨 있다. 그것은 억압하려는 욕망이다.

하지만 분개는 전적으로 다르다.

분개는 통제되고 있는 불꽃이다. 분개는 자신이 어딘가 불공정하게 대우받고 있다는 깊은 느낌이고, 그 느낌에 머물러 있는 것이다. 이 분개의 감정은 매우 중요한데, 그것이 불의를 감지하게 해 주기 때문이다. 분개는 자신이 목격한 것을 말로 표현하게 하고 그것으로부터 자신을 분리하도록 도와준다. 이는 자신과 대상 사이에 거리를 만들어 주는 감정이며, 바로 이 측면 때문에 증오보다 나은 것이라 할 수 있다. 증오는 강박이라는 적과 결탁하게 부추기지만, 분개는 휴전이 이루어지는 안전한 땅을 창조한다.

가장 순수한 형태의 분개는 불공정한 대우를 받았다는 느낌에 뿌리박고 있기에, 따라서 이는 당신의 고유한 인간성을 주장하는 것이며 그 인간성에 걸맞은 충분한 대우를 요구하는 것이다. 물론 불공정한 대우를 받았다는 느낌이 언제나 진실은 아닐 것이다. 우리는 어떤 것을 얻을 자격이 명백하지 않은 상황에서도 자격이 있다고 느낄 때가 있다. 그래서 식당에서 매니저를 불러 달라고 아우성치는 백인들에 대한 농담이 생길 정도이고, 트럼프 전 대통령은 《뉴욕타임스》가 자신에 대한 긍정적 헤드라인을 써 주는 것이 당연한 것처럼 큰소리를 쳤다. 하지만 나는 부당한 대우라는 그 감정이, 분개하는 그 감정이, 적어도 올바르고 신속하게 자기 치유적인 질문으로 이끄는 나침반이 될 수 있다고 본다. '나는 왜 이렇게 느끼는가?'라는 질문 말이다. 또 우리는 공개적이지는 않을지라도 개인적이고 의로운 분개를 통해 공정을 요구해야 한다.

만약 우리가 부당한 대우를 받아들인다면, 이 세상이 더 불공정해지도록 방치하는 셈이 된다. 우리는 늘 자신의 분개에 주파수를 잘 맞추어서, 세상에서 불공정한 일을 볼 때 우리의 안테나가 잘 작동하게 해야 한다. '잠시만! 난 지금 정말 화가 나! 어떤 부당한 일이 벌어지고 있는 게 틀림없어!' 마치 통증이 탁자 모서리에 부딪히지 않도록 교훈을 주는 것처럼, 감정은 주변에서 일어나는 일을 감지해서 그것을 변화시키도록 돕는다.

만약 어떤 사람에게서 건강하지 못한 면을 발견하거나 그가 우리에게 해를 끼치고 폭력을 행사할 수 있는 사람이라는 점을 간파한다면, 우리는 증오하지 않고도 그와 거리를 둘 수 있다. 증오는 건강하고 신속한 대응을 돕지 못한다. 증오는 오직 파괴적인 방식만을 '활성화'하는 감정이기에, 자신의 상황을 인지하고 좋은 선택으로 나아가게끔 이끌지 못한다. 물론 우리 안에 증오가 올라오는 것을 막을 길은 없지만, 그럴 때 가장 좋은 방법은 뺨에 키스를 해 주고 최대한 빨리 제 갈 길로 보내 주는 것이다.

물론 나 역시 '그 사람 정말 싫어'라는 말을 많이 하며 살아왔다. 그리고 분명히 짧은 순간일지언정 그런 증오의 감정을 실제로 느꼈을 것이다. 하지만 내 친척들에게 내가 느끼는 감정은 증오가 아니다. 그들에게 분개하는 나만의 방식은 사실 매우 단순하다. 나는 그들이 위해를 겪기를 바라지 않는다. 나는 그들이 교통사고를 당하거나 암 진단을 받기를 바라지 않는다. 이 둘은 너무 극단적으로 느껴지고, 게다가 그 사람들이 이런 사고를 당하면서 잘못된 교훈을 얻게 될까 염려되기 때문이다. 분명히 그들은 암이나 교통사고에 대한 시나리오를 쓰면서 어떤 식으로든 자신을 천사 같은 존재, 아름다운 희생자로 묘사할 것이다.

나는 그들이 나와 우리 가족을 대했던 것과 정확히 똑같은 방식으로 고통받기를 원한다. 나는 그들이 벌을 받아 그들이 얼마나 끔찍한지에 대한 내 진단과 정확히 부합하는 교훈을 얻기를 바란다. 그러니까 일종의 그리스식 징벌이 내려졌으면 하는데, 그들이 돌봐 주겠다고 약속해 놓고는 잃어버리고만 내 강아지 두 마리를 그리스의 신들이 다시 돌려주셔서 매일 밤 10시부터 새벽 2시까지 그들의 집 앞에서 짖는 모습을 보고 싶다. 바로 이것이 내가 그들에게 분개하는 방식이다. 나는 이 세상이 그들을 벌하지 않은 채 거리를 활보하게 내버려 두는 상황에 분개하며, 그들이 교훈을 얻고 자신들의 잘못 때문에 괴로워하는 모습을 보고 싶다. 내가 직접 벌을 주고 싶다는 말이 아니라, 세상이 제대로 되어서 그들에게 뭔가를 가르쳐 주었으면 한다.

우리가 세상에 대해 느끼는 분개는 우리 앞에 놓인 작은 것을 대상으로 표출되기도 한다. 의료 체계에 분개하는 우리는 그 안에 있는 간호사에게 분개한다. 주주 이익에 봉사한다는 명목으로 회사가 은밀하게 절차를 축소하여 우리가 서명도 하지 않은 서비스를 사용해야 하고 그것을 취소하기 위해 엄청나게 긴 시간을 대기해야 하는 상황에 우리는 분개한다. 그런데 그 분개는 결국 고객 서비스 팀장을 무례하게 대하는 방식으로 표출되고 만다. 분개는 중요하지만 제어가 필요하다. 우리가 적합한 방향으로 적절한 수준으로 분개하지 못한다면, 그 고객 서비스 팀장이 무례한 고객에 대한 분개를 품고 집으로 돌아가 악순환이 반복될 것이다.

분개가 내 안에서 작동하는 방식은, 분개의 대상이 되는 사람들을 내 삶에서 잘라 내고 상상 속의 그들에게 '당신은 나에게 너무 해로워. 난 당신이 무서워'라고 말하게 되는 것이다.(나는 너무 겁이 나서 이 말을 그들의 면전에다 하지 못한다.) 나는 분개함으로써 그 사람들을 상기시키는 모든 사람들과 거리를 두게 되었다. 더 구체적으로 말하자면, 친척들이 나에게 느끼게 한 감정을 불러일으키는 사람들을 멀리하게 되었다.

분개는 공감과 같이 온다는 점에서 꽤 복잡한 감정이다. 우리가 누군가를 증오하기보다 그에게 분개한다면, 공감과 관련한 대화를 하게 될 것이다. 가령, 다음과 같은 질문들이 머릿속에 끊임없이 솟아나는 것이다. 그 사람들이 나쁘다기보다 내가 오해하고 있는 것은 아닐까? 거리를 두기는 하겠지만, 그렇다고 분개하거나 영원히 집 앞에서 개가 짖어 대길 바랄 필요는 없지 않을까? 나는 종종 그들에게 공감을 느껴야 한다는 생각으로 문제를 회피해 왔는데, 그렇다고 전혀 공감하지 않는 태도 또한 위험하지 않을까? 그들이 나를 괴롭힐까?

물론 나 역시 공감의 힘을 믿고 싶고, 다양한 순간에, 특히 한 특별한 인물이 그것을 권유할 때 더더욱 공감을 실천하기 위해 노력했다. 버지니아 울프는 전쟁이란 상상력이 결핍된 상태이며, 우리가 상대의 내면을 상상할 수 있다면 결코 그에게 총부리를 겨누지 못할 것이라고 말했다. 그리고 나는 이 말이 전적으로 진실이라고 생각한다. 나는 감옥 폐지 운동에 진심으로 동의한다. 누군가를 가두는 것이 상상력의 심각한 결핍 때문이라고 보기 때문이다.

그리고 울프가 권유하는 바를 나의 친척에게도 적용할 수 있을 것이다. 바로, 상상하는 일 말이다. 나는 이 사람에 대한 이야기를 글로 써서 그의 행동을 납득 가능하게 만들어 볼 수 있을 것이다. 그러니까 그가 겪었을 법한 학대나 사물을 이해하는 방식, 스스로에게 들려주는 이야기 등, 여러 개연성 있는 내용들을 상상하는 것이다. 하지만 결국에는 내가 상상한 이 모든 내용이 사실일 거라는 보장은 없다. 그래서 진공 상태에서(스스로의 안전을 위해 이 진공 상태는 무척 중요하다) 이 모든 공감의 작업들을 수행하면서 사실상 내가 하고 있는 일은, 그를 내 삶에서 지우는 것이다.

제인과 외숙모의 관계는 나와 친척의 관계보다 훨씬 끔찍한 것이었다. 리드 외숙모는 제인을 학대하고, 로우드 학교에서 굶어 죽도록 쫓아내 버렸다.

손필드에서 새로운 삶을 시작하고 잉그램 양이 그곳에 머무르며 로체스터를 유혹하고 있을 무렵, 제인은 게이츠헤드로 와 달라는 전갈을 받는다. 다시는 외숙모라고 부르지 않겠다고 맹세했던 그 여자에게로 말이다.

제인은 그곳에서 자신을 끔찍하게 괴롭히던 사촌 존이 리드 가문의 전 재산을 도박과 술과 여자에 탕진한 후 죽었다는 소식을 듣는다. 리드 부인은 돈을 달라는 아들의 마지막 요청을 거절했고, 이후 아들은 죽어버렸다. 이 일은 말 그대로 그의 어머니를 죽이는 일이었다. 리드 부인은 그리스식 징벌을 받은 것이다.

제인은 외숙모에게 가 보기로 즉각 결정한다. 어떤 망설임도, 외숙모가 이번에도 자신에게 굴욕을 주고 매몰차게 대하면 어쩌나 하는 두려움도 없다. 제인은 로체스터 씨에게 짧은 휴가를 얻어 자신을 학대한 친척이 있는 곳으로 최대한 신속하게 출발한다.

그리고 자신에게 와 달라는 리드 부인의 부탁을 들어주기 위해 상당한 거리를 여행한다. 하지만 리드 부인은 그런 부탁을 한 사람이라고 믿기 힘들 만큼, 변화된 모습을 전혀 보이지 않는다. 용서를 구하지도 않고, '좀 과한 부탁이었다'는 식의 말도 없다. 오히려 어느 때보다 당당한 태도로 제인을 대하고, 그곳까지 오기 위해 제인이 겪어야 했던 어려움에 대해서도 전혀 상관하지 않는다. 제인은 이전에 외숙모라 불렀던 사람을 보러 간다는 이유로 생계가 달린 결정을 했고, 큰돈을 썼으며, 로체스터를 다른 여자와 함께 저택에 남겨두어야 했는데 말이다.

제인이 게이츠헤드로 가지 않는 다른 상황이 혹시 가능했을까? 만약 앞서 말한 힘든 상황이 아닌 그저 단순한 소환이었다면 제인이 그토록 신속하게 결정을 내리고 자신에 대한 아무런 염려 없이 떠날 수 있었을까? 어쨌든 제인에게는 이 상황이 주어졌고 그가 떠났다는 것이 우리가 아는 전부다. 그런데 제인이 리드 부인이 누워 있는 방으로 들어갔을 때 그에게 돌아온 것은 정중한 사과나 눈물 어린 후회가 아니었다. 화해는 끝내 이루어지지 않았고, 도리어 그 방에서 일어날 수 있는 최악의 상황이 펼쳐졌다.

제인은 외숙모와 화해하고 싶은 마음이 분명히 있었고, 외숙모가 병석에 누워 있는 이 상황을 계기로 자신의 과거 및 가족들과 화해하고 싶었다. 그는 자신과 외숙모 사이에 일어났던 모든 일들을 용서하고 잊고 싶었던 것이다. 그는 외숙모의 방으로 들어가면서 이렇게 인사한다. "안녕하세요, 외숙모?" 사실 그는 어렸을 적에 했던 맹세를 잊지 않았다. "나는 그를 다시는 외숙모라고 부르지 않겠다고 맹세했었다." 그리고 리드 외숙모의 손을 잡고서 독자들을 향해 고백한다. 외숙모가 그때 손을 맞잡아 주었다면 얼마나 기뻤을까. 하지만 외숙모는 고개를 돌리고 매정하게 제인의 손을 뿌리친다.

리드 외숙모는 제인이 "[나를] 괴롭히기 위해 태어난" 아이라고 말하면서 제인이 그간 받은 상처를 합리화하기도 한다. 만약 내 분노를 일으키는 친척에게 그런 말을 듣는다면 나는 기쁠 것 같다.

이제 리드 외숙모는 제인이 모르는 사이에 자신이 저지른 죄를 고백한다. 그녀는 제인이 존재하는지도 몰랐던 제인의 삼촌에게서 온 편지를 꺼내 읽게 하는데, 그 내용은 자신이 제인을 입양해서 보살펴 주겠다는 것이었다. 외숙모는 3년 전에 그 편지를 받고 제인 에어가 죽었다는 답장을 보냈다고 말한다. 왜 그래야만 했느냐는 물음에, 제인이 안정적인 보살핌과 사랑을 받는다는 사실을 견딜 수 없었기 때문이라고 대답한다. 제인은 곧장 외숙모에게 그 사실을 잊어버리라고 말하고, 사랑과 위로의 마음을 전한다. 하지만 외숙모는 이번에도 그 마음을 거절한다.

　지금 앤과 리드 외숙모 사이에서 일어나는 일은 내가 가장 두려워하는 것이다. 내 친척을 다시 신뢰하는 것이 실수였음이 드러나는 것, 병석에 누운 친척을 만나러 가서 독사에게 물리는 것 말이다. 나는 제인이 보여 준 행동을 평가할 생각이 전혀 없을 뿐 아니라 오히려 그의 경건한 모범에 내가 한참 못 미친다고 생각하지만, 내가 그렇게 행동할 수 없다는 사실은 분명하다. 그런 상황에서 나는 한 방 먹은 것 같은 느낌이 들 것이다. 그리고 내 친척에 대해 내가 느끼는 가장 큰 두려움은, 내가 더 많이 용서하고 또 용서할수록 더 많은 고통만 돌려받을 것이라는 사실이다.

하지만 어쩌면 내 분개는 그들 또한 보호해 줄지 모른다. 에디트 슈타인Edith Stein이라는 이름을 가지고 태어나 이후 십자가의 성녀 테레사 베네딕타라는 이름으로 불린 독일 철학자가 있다. 유대인이었던 그녀는 무신론자로 살던 시기를 거쳐 가톨릭으로 개종하고 가르멜회의 수녀가 되었다. 슈타인은 공감이란 상상을 통해 타인과 자기 자신의 영적 실체를 이해하는 행동이라 여겼다. 그에게 공감은 타인의 경험을 경험하는 것이고, 자신과 타인을 알아 가기 위한 전제조건이다.

울프가 반전쟁 전략으로서 주창한 공감의 이면을 살펴볼 필요도 있다. 공감은 증오에 반대/저항하는 논리다. 공감은 타인을 전적으로 비인간화하는 것을 막아 준다. 그러나 상상은 타인을 허구적으로 만들어 내기도 한다. 공감을 잘하려면 경청해야 한다. 그런데 나는 이 사람의 말을 들을 수가 없다. 그는 내게 너무 나쁜 사람이기 때문이다.

바로 그 이유 때문에, 울프의 상상 전략을 내 친척에게 적용하려 할 때마다 그런 친밀한 관계 형성에 실패하고 만다(전쟁을 막는 전략으로서는 무척 좋아하지만 말이다). 내가 두려운 것은, 결과적으로 내가 자신을 속이고 분노를 완전히 제거해서 나쁜 결정을 내리게 되는 상황이다. 소통의 실수, 그들이 당한 학대, 그들의 좋은 의도에 대한 이야기를 스스로에게 들려주며 그들에게 다가가는 모험을 감행했는데, 결국 상황이 내가 늘 두려워했던 것보다 훨씬 나빠져 있음을 확인하게 되는 것 말이다. 분개는 나를 안전하게 지켜 준다.

상상이 전쟁과 증오를 막는 중요한 도구라고 했던 울프의 주장은 옳다. 하지만 그 역시 험담과 사소한 일에 분개하기를 즐겨 했고, 마치 오래된 안락의자라도 되는 듯 그것들에 파묻히곤 했다. 우리는 분명 전쟁을 피하기 위해 상상력과 공감을 사용해야 한다. 하지만 너무나 당당한 모습으로 이곳에 존재하며 우리에게 지속적으로 상처를 주는 이들의 모습을 지워 버리고서 지나치게 공감해 버리지 않기 위해서는 분개를 사용해야 한다. 우리는 공감하기 위해 상대의 이야기를 들어야 한다. 하지만 우리가 증오하는 사람들을 재인간화 re-humanization하기 위해 그들의 이야기를 듣는 중에도, 온당한 이유로 우리 분개의 대상이 되어야만 하는 사람의 말을 억지로 듣도록 스스로에게 강요해서는 안 된다.

제인은 자신의 외숙모에 대해 이렇게 말한다. "그녀는 끝까지 나를 나쁜 사람으로 여기기로 작정했다. 나를 좋게 생각하는 것은 결코 즐겁지 않은 일이며 굴욕감만 일으킬 뿐이기 때문이다." 그리고 제인과 나 사이에 동의가 이루어지는 곳이 바로 이 지점이다. 내 친척들은 관대함을 베풀고자 하는 내 쪽의 어떤 시도에도 몸서리를 칠 것이다. 사실 그들은 이 설교를 마음에 들어 할 것 같다. 내가 한 번도 표현한 적이 없는 그들에 대한 경멸을 확인하는 순간 흡족함을 느낄 것이다. 그래서 나는 그 감정을 표현함으로써 그들을 만족시키는 일 따위는 하지 않을 것이다. 이렇게 하겠다는 내 의지의 한 가지 매력적인 부작용은, 많은 이들이 이 장에서 자신의 이야기를 읽게 될 것이라는 점이다.

분개는 공감을 그것 자체가 빠질 수 있는 위험에서 구해낸다. 증오의 위험은 타인을 비인간화함으로써 자신의 인간성도 박탈당하는 것이다. 하지만 분개하는 공감은 타인을 인간으로 인식하고 그가 그 나름의 상황과 본능과 상처에 속박된 존재임을 인정하면서도, '도대체 그 사람들이 어떻게 그런 짓을 할 수 있었는지 아직도 이해가 안 돼.'라며 지나치게 집착하고 투사하지 않도록 제어해 준다. 이것이 판단 가능한 유일한 지점이다. 그렇지 않은가? 증오는 너무 가혹하게 판단한다. 반면 과도한 공감은 전혀 판단하지 않는데, 이것은 그 나름대로 무례한 일이다.

이 장면에서 제인은 내가 고수하고 있는 분개를 지지하고, 동시에 내가 고수하는 분개의 또 다른 형태를 확인해 준다. 한편으로 제인은 가해자에 대한 최대한의 그리스식 징벌, 나도 간절히 원하는 그 징벌을 얻어낸다. 하지만 그는 리드 외숙모가 마땅한 벌을 받았다는 데 안도하거나 기뻐하지 않는다. 이것이 바로 내가 알아야 할 중요한 사실이라는 생각이 든다. 나 역시 그 친척이 고통받는 모습을 본다 해도 기쁘지 않을 것이다. 내 분개 덕분에 나는 제인처럼 추가로 상처받지 않아도 될 것이다. 그런데 마지막 장면에서 제인은 기꺼이 자신을 사랑해 주고자 했던 삼촌의 존재를 알게 된다. 분개를 제쳐 두고 자기를 부르는 외숙모를 기꺼이 찾아간 덕분으로 말이다. 아마도 이것이 내가 제인에게 배워야 할 점이 아닌가 싶다. 이 사람이 나에게 연락을 해 올 때 나는 분개를 제쳐 두고 그에게 어떤 식으로든 응답할 수 있을 것이다. 하지만 그런 날이 오기 전까지는, 나를 보호하고 그들을 인간적인 존재로 남겨 두기 위해 나의 분개에 의지할 수 있을 것이다.

이것이 슈타인의 공감에 내재한 역설이다. 우리는 누군가와 동일시함으로써 그의 고통을 이해할 수 있다. 하지만 그것은 자신의 상상으로 타인의 고통을 윤색하는 행동이 될 수도 있다. 누군가가 당신과 함께 슬퍼하며 울고 있다면, 그는 사실 자신의 머릿속에서 당신의 슬픔을 만들어 내고 있는 것이다. 그런 공감은 도움이 된다기보다 괴로운 것이다.

9.
여자의 분노에
대하여

"몹시 사나운 얼굴이었어요.…
그 여윈 얼굴에 쓴 면사포를 벗어 둘로 찢었어요.
그리고 바닥으로 내동댕이치고는 마구 짓밟았어요."

《제인 에어》 25장 중에서

제인은 외숙모의 장례를 치르고 다시 손필드로 돌아온다. 계획보다 오래 걸렸기 때문에, 그 사이 손필드에서도 생각보다 많은 일이 벌어졌다.

제인은 돌아오자마자 가정부 페어팩스 부인으로부터 로체스터가 잉그램 양에게 거의 청혼을 한 상태라는 이야기를 전해 듣는다. 결혼 준비가 이미 상당 부분 진행되고 있는 것 같았다. 제인은 상황의 진전에 충격을 받지만 꼿꼿한 태도로 로체스터를 만나 일을 그만두겠다는 뜻을 전한다. 그는 아델을 기숙학교로 보낼 것을 권유하고, 자신 역시 새로운 일을 찾아보겠다고 말한다. 하지만 로체스터는 제인의 말에 동의하지 않고(더 자세히 말하면, 우선 그녀의 말에 동의하고 제인의 반응을 보고 그녀가 자신을 사랑한다는 확신을 얻은 다음), 청혼을 한다.

하지만 제인에게는 좀 더 확신이 필요했다. 그를 사랑하지 않는다거나 그와 결혼하고 싶지 않아서가 아니라, 그가 정말로 자기와 결혼을 하고 싶은지 믿을 수가 없기 때문이었다. 사실 제인은 그가 청혼을 하면서 자기를 놀리고 있다고 생각한다. 하지만 로체스터는 결국 자신이 제인을 진심으로 원하고, 사랑하고, 선택했다는 확신을 주는 데 성공한다. 이 장면은 내가 읽은 모든 책들 중에서(그리고 모든 로맨스 소설 중에서) 가장 낭만적인 장면 중 하나다. 그는 제인에게 온갖 낭만적인 것들을 부탁한다. "나에게 이름을 주길 바라오." "내 곁에서 이 땅을 같이 걸어 주오." 그중 최고는 "지상에서 최고의 동반자"가 되어 달라는 것이었는데, 이 구절은 너무 많이 읽어서 내 망막에 새겨질 정도가 되었다.

그들은 가능한 한 빠른 시일 내에 결혼식을 올리기로 한다. 약혼 기간을 최대한 짧게 가지기 원하는 로체스터에게, 제인은 대신 그 짧은 몇 달간 서로 거리를 두며 지내기를 제안한다. 그의 헌신과 자신의 자제력을 시험하기 위해서였다. 로체스터가 제인을 쇼핑에 데려가는 장면에서는, 오히려 아델이 제인의 취향을 더 잘 이해하는 것처럼 보일 정도다. 로체스터는 능력이 닿는 한 모든 것을 쏟아부어 주고 싶어 할 뿐이다. 두 사람은 유럽 여행 계획을 짜고, 결혼식이 끝나는 대로 떠나기로 한다. 그리고 손필드를 떠나 최신식의 신혼여행을 즐기기 위해 신형 고급 사륜마차도 구매한다.

하지만 제인은 로체스터가 권하는 대부분의 선물들을 거절하고, 소박한 천으로 된 예복을 선택한다. 그리고 다이아몬드로 치장한 자기 모습이 우스꽝스러울 것이라며 로체스터 가문의 보석들도 거절한다. 이렇듯 자기 앞에 펼쳐질 행복한 삶이라는 선물을 신뢰하지 못한 채, 제인은 로체스터와 일정한 거리를 두고 행동을 철저하게 관리한다.

로체스터는 이렇게 제인이 자기와 거리를 두는 상황에 답답함을 느낀다. 좀처럼 단둘이 시간을 보내려 하지도 않고, 키스나 포옹도 허락하지 않으니 말이다. 왕비처럼 옷을 입혀 주고 싶은 소원은 좌절되었고, 심지어 결혼을 앞둔 남녀에게 당연히 필요한 혼수를 마련하는 것조차 불가능해졌다. 그래서 마지막으로 묘안을 짜낸다. 제인이 결혼식을 위한 면사포를 청하자 그는 가장 비싸고 화려한 면사포를 구입해서 제인의 방에 놓아둔다. 그리고 그는 결혼식과 긴 신혼여행 전에 끝내야 할 용무를 처리하러 집을 비운다. 면사포가 든 상자를 풀어 본 제인은 혼자 웃으며, 자신을 전혀 다른 사람으로 꾸며 놓기로 작정한 로체스터를 놀려 주기로 작정한다. 그렇게 면사포를 상자에 다시 넣어 두고 로체스터를 기다리지만, 결국 그를 놀려 주기로 한 계획은 하루 더 미뤄진다.

그런데 그날 밤, 그러니까 결혼식 이틀 전날 밤에 제인은 어떤 환영을 본다. 꿈이 너무 생생한 나머지 로체스터를 놀려 줄 계획도 온데간데없이 사라졌다. 제인은 침대에 누워 잠이 들었는지 깨어 있었는지 확실하지 않은 상태에서 어떤 사람의 모습을 보았고, 흡사 붉은 방에서 경험했던 것과 같은 끔찍한 충격을 받는다. 그리고 결혼식 전날 돌아온 로체스터에게 그 경험과 자신의 충격을 모두 털어놓는다. 그 환영은 처음 보는 여자의 모습이었는데, 그 여자는 제인의 옷장에서 면사포를 꺼내 머리에 썼다. 그리고 흰 옷을 입은 희미한 형체 외에는 한참 동안 얼굴을 보이지 않았다.

제인이 그 얼굴을 볼 수 있었던 것은 그녀가 면사포를 쓰고 거울을 들여다볼 때뿐이었는데, 이때 그 얼굴은 혐오스러운 것으로 표현된다. 제인은 그 '칙칙하고' '사납고' '시커먼' 얼굴을 잊어버리고 싶다고 고백한다. 그리고 로체스터에게 그 '사나운 얼굴'을 가진 생명체가 어떤 행동을 했는지를 설명한다. "그 여윈 얼굴에 쓴 면사포를 벗어 둘로 찢었어요. 그리고 바닥으로 내동댕이치고는 마구 짓밟았어요." 이후 그들의 결혼식 날, 이 '뱀파이어'는 피를 빨아 먹는 괴물이 아니라 로체스터의 아내 버사라는 사실이 드러난다. 더 상세하게는, 로체스터가 그가 미친 여자임을 알게 되고 그의 남편 역할을 도저히 할 수 없다고 판단한 때로부터 10년 동안 다락방에 갇혀 살았다는 사실도 드러나게 된다.

로체스터는 버사의 존재를 비밀로 하고 최대한 말썽을 일으키지 않도록 엄격히 관리하며 양심의 가책을 억눌러 왔지만, 그것은 성공하지 못한 노력, 특권층의 헛된 시도로 보인다. 높은 수당을 받고 버사를 관리하는 일을 맡은 그레이스 풀에게는 나쁜 술버릇이 있었다. 그리고 똑똑한(이 책의 표현은 '교활한'이다) 버사는 그가 술을 너무 많이 마셔 의식을 잃을 때 열쇠를 훔쳐 방을 빠져나올 수 있었다.

버사는 이렇게 올가미를 벗을 수 있는 날이면 밤을 틈타집 안을 쉽게 돌아다닐 수 있었던 것 같다. 그런데 우리가 책에서 그가 다락방을 빠져나온 이야기를 듣는 것은 단 두 번뿐이다. 그리고 두 번 다 그녀는 격한 분노를 표출하는 행동을 보여 준다.

하나는 자신을 가둔 남성을 향한 것으로, 로체스터가 자고있는 침대에 불을 지르는 매우 폭력적인 행동이었다. 그리고두 번째가 바로 제인의 결혼식 이틀 전날 밤 면사포를 찢은행동이었다.

사실 면사포를 찢는 행동은 침대에 불을 지르는 것과는 좀다른 종류의 폭력이다. 그 면사포는 바로 로체스터가 준 선물이었다. 버사는 그것이 신부가 쓰는 면사포라는 사실과,로체스터의 취향대로 고른 것이라는 사실을(우리도 그의 취향이 매우 화려함을 알고 있다) 대번에 알 수 있었다. 그런데 그는면사포를 찢었을 뿐 제인을 해치지는 않았다. 그저 면사포를찢어 짓밟아 버리고는 방을 떠났을 뿐이다. 최소한 침대에불을 붙일 수 있는 충분한 상황이었는데도, 그는 제인을 안전하게 침대에 남겨 두고 떠난다.

이렇듯 버사는 두 종류의 상황(로체스터가 침대에 누워 있는 상황과 제인이 침대에 누워 있는 상황)에서 다르게 행동할 수 있는 능력을 보여 준다. 그리고 내가 보기에 이 사실은 그가 심각한 정신적인 문제를 가진 여자도, 모든 것을 파괴하는 데 골몰한 여자도 아니라는 점을 시사한다. 그는 의식을 잃은 그레이스 풀을 얼마든지 죽일 수 있었지만 그렇게 하지 않은 반면, 자신을 보러 온 오빠는 칼로 찌른다.

버사는 미친 여자가 아니다. 미친 여자는 자신의 분노를 통제할 능력이 없지만, 버사는 철저한 통제력을 보여 준다. 그의 분노가 향하는 대상은 자신을 가둔 남자와 자신을 가두도록 허락한 남자일 뿐, 돈을 받고 자신을 보살피는 여자와 다음 희생자가 될 또 다른 여자에게는 아니다. 버사는 미친 여자가 아니라, 분노하는 여자다.

**버사는
미친 여자가 아니라,
분노하는 여자다.**

가부장제는 이 둘을 쉽게 혼동하지만, 분노와 정신병은 이따금 연관이 있다 하더라도 매우 큰 차이가 있다. 그리고 분노와 광기는 정확히 같지는 않지만 당연히 서로 연결되어 있다.

물론 우리는 대부분 문자 그대로 다락방에 갇히는 경험을 하지는 않는다. 하지만 수백만에 달하는 여성들이 사실상 갇혀 있는 다락방은 우리에게 너무나 익숙하다. 어떤 이들은 학대하는 관계에 갇혀 있고, 어떤 이는 보람도 없이 무시당하는 기분으로 사랑하는 이를 돌보는 관계에 매여 있고, 어떤 이들은 직업을 가질 수 없는 상황에 놓여 있다. 이 외에도 각자의 다락방에 갇힌 수많은 여성들이 있다. 그런데 우리 중에는 여성들에게 허락되는 한도 내에서 최대한의 자유를 누리는 사람들도 있다. 나처럼 스스로 생계를 꾸리고, 교육을 받고, 결함 있는 체제 속에서도 최대한의 자유를 누리고 있는 여성들 말이다. 결국 우리 여성들은 오직 두 가지의 선택만이 가능한 상황 속으로 던져진다. 개bitch가 되거나, 아니면 누군가의 개가 되거나.

그리고 언제나 남성들은 자기 목적을 위해서 이런 상황을 이용한다(의도적이거나 비의도적으로). 여기서 여성은 고유한 의지와 의제와 자아감을 가진 인간으로 대우 받지 않는다. 그래서 여성들은 중역회의실에서 아이디어를 갈취당하고, 공연히 질문을 던져서 성가신 존재가 되어서는 안 되고, 널찍한 땅이 텅텅 비어 있어도 남자들의 경기를 가만히 구경하고만 있어야 한다. 그러니까 내가 묻고 싶은 것은, 도대체 로체스터는 어느 쪽이냐 하는 것이다.

물론 가부장제는 우리가 무엇인가를 요구하거나 불의를

보고 고함을 지를 때 우리의 정신적 능력을 축소해 버리는 간편한 길을 택한다. 하지만 대부분의 경우, 우리는 그저 화가 난 것일 뿐이다. 그저 저지당하지 않기를, 갇히지 않기를 바랄 뿐이다. 우리가 한 일을 제대로 평가받고, 평화롭게 우리의 경기를 하고 싶을 뿐이다.

때로는 우리도 '적절한' 행동과 거리가 먼 행동이 튀어나올 때가 있다. 여자를 오랫동안 다락방에 가둬 두면 자연히 술을 마시는 버릇이 생긴다. 가만히 보고 있으라는 말만 들으면 우리는 미쳐 버리지 않을 수 없다. 말한 사람도 듣는 사람도 명백한 음담패설이라는 사실을 모두 아는데 그냥 농담이었다며 가스라이팅을 하면 정말 열받는다. 그렇게 열받게 하고 미치게 만들어 놓고는 도리어 우리에게 화를 내는 것이다. 우리를 인형처럼 꾸미지 못하도록 하는 데 화가 나서 면사포를 사 주는 것이다.

나도 살면서 이런 상황을 수없이 겪었는데, 물론 다른 이들에 비하면 그리 많은 편은 아닐 것이다. 이런 상황에서 내가 느낀 것은, 내게 주어진 두 선택지로는 오직 두 가지 행동만이 가능하다는 사실이었다. 하나는 제압당하는 것이고, 다른 하나는 (보통 공개적으로) 누군가의 도움을 요청하는 것이다.

갇혔다는 느낌이 들었던 좀 더 사소한 일들도 떠오른다.

목사가 되기 위해 훈련받고 있는 나는 앞으로 친절과 연민과 공감을 베푸는 삶을 살게 될 것이다. 하지만 나는 언제나 누군가의 개가 되기보다 스스로 개가 되도록 선택하기 위해 노력하고 있다. 나는 **선택**이라는 단어를 썼는데, 이것은 매우 의식적인 단어 선택이다. 나는 이 대목에서 잠시 멈추고, 그것에 대해 생각한다. 호흡한다. 그리고 만약 정말로 가능하다면, 나는 개가 되는 것을 선택하겠다.

　나는 공격적인 여자, 골칫덩어리, 못된 여자라는 얘기를 듣곤 하는데, 공격하고 못되게 구는 것을 정말로 즐기는 것인지 자문할 때가 있다. 내가 이 문제를 심각하게 고민하는 이유는 사람들을 공격하는 이유가 단순히 재미여서는 안 된다는 생각 때문이다. 많은 생각을 거듭한 끝에 얻은 스스로 만족하는 결론은, 사실은 나도 공격 자체를 두려워하고 불편해한다는 점이다. 하지만 그것은 반드시 필요하고 게다가 얼마간은 매력적인 행동이다. 나는 잠시 동안이라도 다른 누군가가 자신의 필요 때문에 나의 정체성을 규정하는 것을 참아줄 수 없다. 물론 그것은 두려움에 빠지지 않을 때 가능한 일일 것이다. 나는 내 앞에서 누군가가 다른 누군가에게 그런 행동을 하는 것을 용납하지 않을 것이며, 따라서 나 자신에게도 그런 행동을 용납하지 않을 것이다.

나도 침대에 불을 지를 수 있는 힘이 있다면 얼마나 좋을까? 하지만 나는 내 앞길을 비추기 위해 간신히 초에 불을 붙일 수 있을 뿐이다.

참 신기한 것은, 사람들이 나더러 화가 났다거나 미쳤다거나 격분했다고 말할 때 정작 나는 그런 느낌이 없다는 점이다. 내가 실제로 느끼는 건 버사처럼 갇혔다는 느낌이다. 상사가 내 어깨를 잡고 뒤흔들던 날 나는 도저히 숨을 쉴 수 없어 흐느껴 울었다. 그때 나는 화가 난 것이 아니라, 내가 할 수 있는 것이 아무것도 없다는 느낌, 혼란스럽고 의지할 데가 없다는 느낌이 들었을 뿐이다. 공격을 받고 공식적인 굴욕을 당했는데 할 수 있는 것이 하나도 없어서, 나는 할 수 없이 '미숙하고 히스테리컬한' 방식이라고 일컬어지는 방식으로 대응했다. 나는 쓰레기 같은 존재, 너무 작아서 보이지 않는 존재가 된 기분이었다. 그리고 몸이 내 허락도 없이 반응했다. 아무렇지 않게 일을 계속할 수 있었다면 그렇게 했겠지만, 내 울음소리가 너무 컸다. 울음소리가 화장실에서 너무 크게 울린 탓에, 소란을 피우지 못하도록 결국 퇴근을 해야 했다. 서른 살짜리 대장에게 혼난 스물다섯 살짜리 꼬마는 다른 사람들을 곤란하게 만들지 않도록 그렇게 집으로 보내졌다. 울음소리가 너무 컸기 때문에. 너무 화가 났고, 너무 정신 나갔기 때문에.

그래서 완전히 통제되고 있는 버사의 분노는 나에게 매혹적이다. 내 분노는 통제력을 잃을 때 터져나오는데, 버사는 마치 오케스트라처럼 분노를 연주한다. 그녀는 분노를 제인에게는 표출하지 않고 자매애를 보여 준다. 로체스터의 또 다른 희생자가 되지 않도록 경고하면서 말이다. 그리고 자기 입에 재갈을 물리고 다락방에 가두어 버린 남자를 향해서는 침묵이 곪아서 된 분노를 행사한다.

버사는 마치 오케스트라처럼 분노를 연주한다.

육백여 페이지에 달하는 이 소설은 제인이라는 인물에 관한 것이다. 우리는 이 책에서 제인이 어린 시절을 어떻게 보내고 어떤 교육을 받았는지, 그리고 어떤 일을 하게 되는지에 관해 상세히 알 수 있고, 가족과 친구들에 대해서도 마찬가지다. 우리는 그의 머릿속에 들어가 있는 것처럼 그의 생각을 들여다볼 수 있는데, 왜냐하면 이야기의 화자가 바로 제인이기 때문이다. 그리고 그가 들려주는 이야기는 꽤 미묘하고 복잡한 성격을 띤다.

반면 버사에 관한 이야기는 꽤나 단순하다. 제인은 가정교사가 되어 손필드에 온 첫날부터 무언가 적절하지 않은 일이 그 안에서 벌어지고 있음을 눈치챈다. 다락방에서 이상한 소리를 내고 불을 지르고 손님을 찌르고 미친 웃음소리를 내고 면사포를 찢는 이 존재는, 오직 제인과 로체스터의 결혼을 가로막는 방해꾼으로 등장하는 장면에서 이름을 얻는다. 버사는 제인과 로체스터의 결혼에 끼어든 여자, 결국에는 두 사람의 오래오래 행복한 삶을 위해 죽어 버린 여자다. 버사는 도구화된 여성의 전형이다. 그녀는 자신의 돈으로 인해 결혼했고, 로체스터에게 돈이 넘어가고 그가 더 이상 관계를 원치 않게 되자 즉시 제거되었다. 그녀는 아버지에 의해 팔려갔고, 알코올 중독자인 그레이스 풀에게 착취당했다. 풀은 버사를 돌보다가 중독에 빠졌을 것이다. 버사는 누구에게도 인간 취급을 받지 못했다. 이는 가부장제의 여성에 대한 페티시즘을 보여 주는 전형적 사례다. 즉 여자는 성적 매력이 있는 한에서 쓸모 있게 여겨지고 남자에게 이용된다. 성적 매력을 잃는 순간 보이지 않는 존재가 되고, 시끄러운 소리를 내기로 선택하면 미친 여자가 된다.

버사는 그 행동이나 특징에 관해 기술된 내용으로 인해 복잡한 인물이며, 유명하고, 또 악명 높은 인물이다. 그래서《제인 에어》를 신성하게 대하는 이 실험에 착수하기로 했을 때 바로 이 버사라는 인물이 문제를 일으킬 것이라는 직감이 들었다. 나는 전통 종교를 거의 떠나다시피 한 사람인데, 가장 큰 이유는 인간의 고통을 적절하게 설명하지 못한다는 판단 때문이다. 그래서 버사가 등장하는 지점에 이르렀을 때, 내가 좋아하는 이 소설 역시 종교와 다름없는 결함을 보일까 봐 신경이 쓰였다. 버사 역시 '우리는 왜 세상에 그토록 고통스러운 일들이 일어나도록 방치하고 있는가'라는 거대한 질문에 대해 충분히 만족스러운 신학적 해명을 제시하지 못할 것 같아 두려웠다.

《제인 에어》를 신성하게 읽는 작업을 하는 동안 나는 버사와 가까워졌고, 그는 여러 다양한 순간에 중요한 의미를 던져 주었다. 하지만 상황이 급격히 진전되고 있는 바로 이 순간 버사의 목소리는 들리지 않고 그에 대해 아무런 설명도 주어지지 않는다. 그는 우리에게 주어진 경고이고, 우리에게 어떤 책임을 부여한다. 이렇게 모든 것이 폭로되는 순간에도 버사는 여전히 자신이 당한 더 극악한 범죄에 대해 말할 수 없는 존재다.

자유를 얻기 위한 시도, 혹은 자신을 유폐시킨 남자를 파괴하려는 시도가 거듭 실패하자, 그는 몇 개월 후에 저택을 통째로 불태운다. 로체스터가 그를 구하려 하자, 버사는 옥상에서 몸을 던지고 로체스터는 불길 속에서 심각한 장애를 입는다.

로체스터가 결혼한 남자이고 다락방에서 문제를 일으킨 사람이 결국 그레이스 풀이 아니었음을 알게 된 제인은 용감하고 결단력 있는 모습을 보여 준다. 로체스터는 제인에게 정부로서의 지위와 경제적 부양을 약속하고, 자신들이 결혼하지 않은 상태라는 사실을 누구도 알 수 없는 프랑스로 가자고 설득한다. 이는 경제적 안정과 행복을 보장하는 매우 기본적인 기밀유지협약이었다. 물론 제인 입장에서는 어떤 보증이나 법적 보호도 얻을 수 없지만, 어쨌든 이론상으로는 훌륭한 제안이 아닐 수 없다. 최소한의 안정은 주어질 것이다. 그리고 낭만적이다.

하지만 제인은 오직 자신의 힘으로 살아가기로 결단하고, 한 푼의 돈도 챙기지 않고 한밤중에 저택을 떠난다. 그리고 로체스터가 자신을 찾아내지 못하도록 이름까지 바꾸고, 산산이 부서진 마음으로 한데서 잠을 자고 탈수 현상에 시달리며 끔찍한 며칠간을 보낸다. 이렇게 해서 그가 꿈꾸었던 삶은 전적으로 로체스터의 행동 때문에 산산조각이 났다. 버려진 고아였을 때조차 이렇게 취약한 상태에 놓인 적은 없었다.

하지만 제인의 '훌륭한 교양'을 알아본 어느 목사가 그를 받아들여 따뜻하고 안전하게 보살펴 준다. 그렇게 해서 제인은 두 발로 다시 일어서게 된다. 그러다가 부유한 상속인이 되고, 자신의 연인이 홀로 있음을 알게 되고, 마침내 그 남자를 얻는다.

반면, 버사는 "자갈길에 머리가 짓이겨진" 채 죽는다. 이제 버사는 《제인 에어》의 다락방에 숨겨진 비밀이 아니라 소설의 한가운데 놓인 진실이 되었다. 버사는 더 큰 권력을 가진 여자가 등장할 때 비로소 모습을 드러내는 침묵하는 여자다. 그런데 여전히 그에게 주어지는 선택지는 거의 없다.

진실이 급격히 폭로되는 이 순간에 우리가 던지고 싶은 질문은 수천 가지가 넘는다. 제인과 로체스터의 행동에 대해서도 마찬가지다. 바로 여기서 던지고 싶은 질문은 이것이다. 우리 앞에 희생자들이 나타날 때 상황을 바로잡는 방법은 무엇인가? 그리고 여전히 갇혀 있는 여성들을 우리는 어떻게 할 것인가?

우리는 버사에게서 진정 주변화된 여성, 이용당하고 나서는 모든 면에서 끔찍한 대우를 받고 있는 여성의 모습을 본다. 그가 자유를 얻을 유일한 길은 자살이다. 탈출할 길 없는 억압받는 여성에게는 평등을 얻기 위한 자기희생을 강요할 수 없다. 사실, 강제된 자기희생은 자기희생이 아니다. 이들에게 주어진 선택은 집에 불을 지르고 뛰어내리거나, 아니면 불을 지르지 않고 영원히 갇혀 살거나, 둘 중 하나일 뿐이다.

상황을 타개할 적절한 선택지가 하나도 없이, 버사는 극악한 학대 아래 놓여 있다.

다른 모든 신성한 텍스트와 마찬가지로, 《제인 에어》 역시 우리 중 가장 주변화되고 가장 취약한 이들의 고통을 충분히 해명하지 못한다. 하지만 그 작업은 우리가 신성하게 대하는 텍스트들의 몫이 아니라 우리의 몫일지도 모른다. 혹은 불충분한 상태로 남아 우리에게 실제 세상에서 충분한 답을 찾아가도록 과제를 주는 것이 그 텍스트들의 목적인지도 모르겠다.

이제 나는 나의 헛된 우상을 불태우게 된 것을 기쁘게 생각한다. 이제 나는 제인이 아니라 버사가 되었고, 기꺼이 나 자신과 함께 온 집을 불태우고 싶다. 신의 온전한 능력은 내세에서 혹은 세상의 종말에야 완전히 현시될 것이고, 그때 신적 정의가 완전히 이루어질 것이다. 나는 의로운 삶을 살다가 그 마지막 때에 신을 만나기를 희망하지만, 그전까지는 그 신도 내 삶에 참견하지 않기를 바란다.

우리는 오랜 침묵에 신물이 나고, 그것은 이제 분노로 변해 버렸다.

소설 속의 제인은 크게 분노하지 않는다. 아이였을 때 리드 외숙모에게는 분노했지만, 책의 후반부로 가면 용서하고 이해하는 사람이 되어 있다. 목소리가 들리는 여자가 되려면 반드시 그래야 하기 때문이다. 버사를 또 다른 제인으로, 오래전 붉은 방에 갇혔던 제인과 부분적으로 동일한 여성으로 보는 이론이 있다. 그런 면에서《제인 에어》는 영화〈파이트 클럽Fight Club〉훨씬 이전의〈파이트 클럽〉이다. 즉 여성들이 분노를 표출하기 위해 어떻게 몸을 반으로 나누어야 했는지를 보여 주는 심리 스릴러물이다. 좋은 읽기 방식이지만, 내가 선호하는 방식은 아니다. 나는 로체스터가 처음으로 버사의 어머니를 만나 버사에게 흑인의 피가 절반 섞여 있다는 사실을 확인한 후 마음이 식는 대목을 중요하게 여긴다. 우리는 오늘날 후성유전학 연구를 통해, 특히 정신 건강과 관련해서 트라우마가 유전자를 활성화할 수 있다는 사실을 알게 되었다. 이제, 당신이 전혀 알지 못하는 한 사람과 결혼해야 한다는 사실이 어떤 트라우마를 가져올지 한번 상상해 보라. 그는 돈 때문에 당신과 결혼했고, 몇 달간 당신과의 육체적 관계를 즐기고 나서는 시들해져 버렸다. 그리고 흑인처럼 생긴 당신의 엄마를 본 후로는 당신을 거의 버리다시피 한다. 이것은 아마도 상호교차성 페미니즘 이론으로 버사를 옹호하는 방식이 될 것이다.

그는 당신을 꾀어 당신이 자란 서인도제도와 너무나 다른 영국이라는 땅으로 데리고 왔다. 그런 상황에서 정신적인 문제가 생기지 않을 수 있을까?

로체스터를 비난하는 것은 아니다. 그리고 남성들이 자신이 처한 상황에서 행동하는 방식을 비난하는 것도 아니다. 《제인 에어》의 시대에는 남성들이 부와 소유권과 투표권 등 모든 것을 가지고 있었고, 여성에게는 아무것도 주어지지 않았다. 그래서 남성들은 여성의 몸을 소유한다는 특권의식뿐 아니라 책임감까지 가지도록 교육받았다.

나는 버사와 그의 분노를 사랑한다. 로체스터를 불태우려 했던 시도를, 자신을 보러 온 오빠에 대한 공격적 태도를 사랑한다. 한편으로는 그레이스 풀과 제인과 아델은 건드리지 않았던 그를 사랑한다. 그중 아델이라는 이 아이는, 자신이 춥고 습한 영국 시골의 다락방에 갇혀 있는 동안 남편의 여러 정부들 중 한 명이 낳은 아이다.

진 리스Jean Rhys는《광막한 사르가소 바다Wide Sargasso Sea》라는 소설을 통해 버사의 관점에서 상상한 이야기를 들려준다. 그의 소설은《제인 에어》가 설정한 경계를 훨씬 넘어서지만, 버사로 인해 마음이 찢어지는 경험을 하기 위해 그리 많은 책장을 넘길 필요가 없다. 강제로 배에 올라 6천 킬로미터나 떨어진 땅에 떨어지고 곧장 다락방에 갇힌다는 생각만으로도 속이 울렁거리기 때문이다.

나는 폭력의 힘을 믿지 않는다. 폭력이 필요할 때가 있겠지만, 행사되는 횟수에 비해 그것이 반드시 필요한 경우는 훨씬 드물다고 본다. 따라서 분노를 표현하는 버사의 전략을 따르자고 제안하지는 않겠다. 하지만 그가 분노를 표현하는 방식에서 우리가 배워야 할 점은 무궁무진하다. 그는 거울에 자신을 비춰 본다. 그리고 가부장제의 산물을 찢어 버린다. 그는 시끄럽고 집요하다. 우리는 너무 오랫동안 분노를 침묵 속에 가두어 놓았다. 우리는 분노의 연기에 질식당할 지경이며, 꿰맨 입술 때문에 미쳐 가고 있다. 이제는 우리 안의 불길을 내뿜어 세상을 불태우고 떠나야 할 때다.

10.

사랑에 대하여

"나는 얼마든지 내 엄지손가락과 나머지 한 손가락으로
그의 몸을 꺾어 버릴 수 있어.
하지만 그렇게 한들 무슨 유익이 있겠어?"

《제인 에어》 27장 중에서

로체스터가 결혼한 남자라는 사실을 알게 된 제인은 그것이 어떤 의미인지를 곱씹어 보아야 했다. 자기가 사랑했던 사람이 기혼자라는 사실을 뒤늦게 아는 경험이 아니더라도, 이런 종류의 일은 많은 사람들에게 흔히 일어난다. 사랑하는 사람이 내가 생각했던 그 사람이 아니라는 사실이 드러날 때, 우리는 계속 그를 사랑해야 하는지, 혹은 이 새로운 사실을 두고 어떻게 할지 고민해야 한다.

꿈에도 생각지 못했던 로체스터의 아내라는 존재가, 제인이 밤마다 잠드는 방 바로 위의 다락방에 살고 있다. 명백히 존재하면서도 제인 자신에게는 결코 보이지 않았다는 그 사실이 정말 소름 끼쳤을 것이다. 버사라는 이름의 아내에 대해서는 나중에 그의 입장에서 다시 다루겠지만, 지금은 버사의 존재가 제인에게 어떤 의미인지를 생각해 보겠다.

내가 지금껏 보아 왔던 모든 장면 중에서 가장 좋아하는 장면이 있는데, 바로 로체스터가 모든 사실이 드러났음에도 불구하고 제인에게 자신과 함께 있어 달라고 설득하는 장면이다. 결혼식 중간에 버사의 오빠와 변호사가 나타나 아내가 살아 있는 로체스터는 결혼을 할 수 없다고 선언함으로써 결혼식이 중단되고 몇 시간이 채 지나지 않은 때였다. 모든 것이 너무나 노골적이고 직설적으로 피부와 혀끝까지 차올라 있었다. 감정은 폭발 직전이었고, 사랑하는 두 연인은 다락방의 진실이 아래층으로 내려온 이 상황에서 그 사랑이 그들에게 무슨 의미인지를 생각하느라 전력투구하고 있었다.

"사랑만으로 충분하지 않다"라는 표현을 익히 들어 보았을 것이다. 일반적으로 이 말은, 당신이 누군가를 사랑한다고 해서 반드시 그 사람과 구체적인 관계를 맺고 있다고 말할 수 없다는 뜻이다. 하지만 이 장면은 당신이 바르게 사랑한다면(사랑하는 대상을 존엄하게 대하고 좋은 의도로 행동한다면) 그것으로 충분하다고 말하는 것 같다. 반드시 결혼할 필요는 없다. 그것으로 충분하다.

바르게 사랑한다면, 그것으로 충분하다. 결혼식이 황당하게 중단되고, 로체스터는 두 남자를 포함해 식장에 있는 모든 이를 데리고 버사가 수인이자 환자로 감금되어 있는 다락방으로 간다. 이때 비로소 제인은 수개월 동안 그토록 이상한 소리를 낸 주인공이 누구인지를 알게 된다. 제인에게는 좀처럼 보이지 않았던 진실 하나가 폭력적으로 그의 눈앞에 떨어진다.

로체스터가 설명하는 버사는 동물적이고, 난잡하고, 사람에게 달려들어 침을 뱉고, 육중한 몸집에 폭력적이다. 그는 거의 네 발로 기어 다니고 "너무 교활해서 인간의 분별력으로는 그의 계략을 간파할 수 없다." 한마디로 그는 마녀다.

　제인은 버사가 로체스터에게 달려드는 모습을 바라보고, 계속해서 버사라는 사람과 그의 기질에 대해 설명하는 로체스터의 말을 듣는다. 그리고 이야기를 듣는 내내 아무런 말도 하지 않는다. 그렇게 결혼 예복을 입고 서 있던 제인은 이제 자기 방으로 돌아가 문을 잠그고 침묵한다. 이전에 입던 소박하고 단순한 옷으로 갈아입고서 조용히 흐느낀다. 거의 하루 종일, 홀로 방에 앉아서.

　그렇게 방에 앉아 있던 제인은 자신이 취할 수 있는 유일한 행동, 자신이 가야 할 유일한 길이 무엇인지를 마침내 깨닫게 된다. 그는 이제 사랑하는 남자를 남겨 두고 손필드 저택을 떠나야 한다. 자신이 숭배하는 이 사람과의 결별은 상상조차 불가능하게 느껴지지만, 그래도 그것만이 자신이 할 수 있는 유일한 행동임을 깨닫는다. 자신이 내던져진 이 말도 안 되는 상황에는 답이 없었다. 그렇게 하루 종일 문을 잠그고 방에 홀로 있다가 음식을 좀 먹으러 나가기 위해 문을 여는데, 문밖에서 로체스터가 기다리고 있다. 피로와 배고픔으로 제인이 쓰러지자 로체스터가 그를 잡아 주고, 누워 있는 제인을 돌보며 끈질기게 대화를 청한다.

　너무나 끔찍한 잘못을 저질렀지만, 로체스터는 제인을 잘 알고 진정으로 사랑한다. 하지만 아무리 깊이 이해한다 해도 제인이 자신을 떠나리라는 것은 결코 헤아리지 못한다. 제인이 떠나려는 결심을 밝힐 때도 그는 그 생각 자체를 도무지 말도 안 되는 일로 여긴다. 그에게 제인이 없는 삶은 상상조차 불가능한 것이고, 그가 제인에게 보이는 반응은 마치 사랑하는 사람의 사망 소식을 들었을 때 현실을 부정하는 사람의 반응과 같다. 친구가 교통사고로 죽었다는 소식을 들었을 때 이렇게 말했던 것이 기억난다. "그는 죽은 게 아니야. 바로 어제 봤는걸." 마치 하루라는 시간은 한 사람이 죽는 것과 같은 엄청난 일이 일어나기에 결코 충분한 시간이 아니라는 듯 말이다. 이 장면에 등장하는 로체스터 역시 그런 식으로 생각하는 것 같다. 바로 그날 아침에 그들은 결혼식을 올리고 있었다. 바로 그날 아침에 그의 삶에 펼쳐질 행복은 너무나 확실한 것이었다. 그랬던 그들이 겨우 몇 시간 후에 영원한 작별을 고한다는 것은 불가능한 일이다. 그토록 엄청난 일이 일어나기에는, 삶이 철저히 내동댕이쳐지기에는, 하루는 결코 충분치 않은 시간이다.

제인이 왜 자신이 그를 떠나야 하는지를 설명하고 적어도 부분적으로는 그 말이 납득이 되면서, 로체스터는 잔인한 새로운 현실이라는 우리에 갇혀 버린 사자처럼 거칠게 버둥거

린다. 하지만 제인도 그 우리 안에 갇혀 있기는 마찬가지다. 그의 행복은 제인과 함께하는 삶에 완전히 묶여 있다. 그는 오랫동안 "지상에서 최고의 동반자"를 찾아다녔고, 제인의 작은 몸 안에서 그것을 발견했다. 그러므로 그것을 박탈당한다는 생각은, 적어도 온순한 태도로는 결코 받아들일 수 없다. 그래서 그는 가장 소중히 여기는 것을 빼앗기게 되었을 때 누구나 취할 법한 행동을 보여 준다. 그는 제인을 붙잡기 위해 할 수 있는 모든 것을 시도한다.

그는 자신이 살아온 끔찍한 삶의 이야기를 들려준다. 그 이야기는 꽤 효과가 있어서 제인의 연민을 불러일으키지만, 제인을 붙잡아 두기에는 역부족이다. 그는 제인의 자애로움에 호소해 보기도 한다. 이것 또한 효과가 있어서 제인은 그를 용서한다. 하지만 이 역시 제인을 붙잡아 둘 수는 없다. 솔깃한 말로 회유해 보기도 한다. 프랑스 남부로 가면 아무도 자신들이 결혼하지 않았다는 사실을 모를 것이라는 그의 제안은 꽤 조리 있게 들렸지만, 제인은 단호히 거절한다. 세상 속에서 철저히 혼자인 제인의 처지를 꼬집는 잔인한 말도 해 본다. "고작 인간이 만든 법 하나를 어기는 것보다 동료 인간을 절망에 빠뜨리는 것이 더 낫단 말이오? 심지어 그 법을 어긴다고 해서 누구 하나 다치는 이도 없는데 말이오. 친척이든 아는 사람이든 당신 때문에 손해를 입을 사람이 아무도 없지 않소?" 이 말도 효력이 있어서 제인은 순순히 동의한다. 하지만 떠나고자 하는 굳은 결심은 변하지 않는다.

제인의 마음은 그와 함께 가기를 원하지만, 스스로에게 이렇게 말한다. "법과 원칙은 유혹이 없는 때를 위해 존재하는 게 아니야. 그것은 바로 이런 순간, 몸과 영혼이 그 엄격함에 반란을 일으키는 이런 순간을 위해 존재해. 그것은 엄중하고, 반드시 지켜야 해." 그의 몸과 영혼은 로체스터와 함께 있기를 원하지만, 끝내 자신을 존중하기로 선언하고 로체스터를 떠난다.

제인에게 초능력 같은 것이 있었다고 한다면, 그것은 바로 자신을 분류학적으로 분석하는 능력일 것이다. 한번은 그가 로체스터에게 이런 말을 한 적이 있다. "나는 지금 관습이나 전통, 심지어 유한한 육체를 매개로 해서 당신에게 말을 하고 있는 게 아니에요. 바로 내 영혼이 당신의 영혼을 향해 말을 걸고 있는 거예요." 그리고 이후에 이렇게 말하기도 한다. "내 영혼은 옳은 일을 하기를 원해요. 그리고 내 육체도 그런 하늘의 뜻을 성취할 만큼 충분히 강해지기를 나는 원해요." 로체스터가 제인에게 머물러 달라고 설득하는 이 장면에는 이런 독백이 등장한다. "그가 이야기하는 동안 내 양심과 이성이 반란을 일으키고, 그의 말을 거역하는 범죄를 고발하고 있었다. 그것들은 감정과 흡사하게 매우 커다란 소리로 외치고 있었다." 그에게 양심과 이성과 감정은 분명하게 구분되어 있고, 그는 그 소리들을 뒤섞어서 듣지 않고 분명하게 분리해 들을 수 있었다.

우리 대다수에게는 그저 소원인 일들을 실행할 능력이 그에게는 있었다. 그는 자신의 내면에 구획을 만들 수 있다. 마음이 무언가 말하고, 지성은 또 다른 것을 말하고, 엄지손톱은 또 다른 것을 말하는 것을 들을 수 있다. 그 모든 목소리들을 저울질해 보고, 누구의 말을 들어야 할지 최종 결정을 내릴 줄 안다. 그는 감정을 신뢰할 만한 의사들의 집단 중 하나로 여기지만, 최종적으로는 특정 상태를 다루는 일에 가장 전문성을 지닌 의사를 선택한다.

로체스터도 그와 유사한 재능을 가지고 있기는 하지만, 오직 제인과 관련해서만 그 재능이 발휘될 뿐이다. 그는 자신의 내면에서는 좀처럼 구획을 만들지 못하면서, 제인의 모든 부분을 각각 분리해서 볼 수 있고 게다가 그 모든 것이 어우러진 모습 또한 볼 수 있다. 그는 "내 왼쪽 갈비뼈 아래 어딘가에" 있는 어떤 물리적인 끈이 두 사람을 이어 주고 있다고 말하기도 한다. 그 끈은 "[제인의] 작은 몸 안 비슷한 부분에 있는 비슷한 끈과 강력하게 묶여" 있다.

로체스터는 자신이 그것을 안다고 말하지 않고, 대개 눈으로 사랑한다. 그는 제인을 바라보고 탐색한다. 그는 제인을 보는 최고의 관찰자다. 그는 제인을 알고 이해한다. 그는 제인이 스스로 지닌 소망보다 훨씬 깊은 소망을 제인을 위해 품고 있다. 제인을 아는 지식은 그녀를 사랑하는 능력에 실질적으로 영향을 미친다. 제인의 몸을 구성하는 모든 부분을 보는 능력은 그들 관계에서 이 중요한 국면을 그가 어떻게 다룰지를 결정한다.

그들의 대화는 마침내 정점에 이른다. 로체스터는 소리를 질렀고, 제인은 울었다. 그들은 싸우고 간청하고 구걸하고 기도했다. 두 사람이 여전히 그 방에서 싸우고 있는 까닭은 사랑하는 이를 떠나고 싶지 않기 때문이다. 하지만 이제 할 수 있는 모든 말을 해 버렸다.

바로 그때, 한 번도 고려해 보지 않았던 카드가 로체스터의 머릿속에 떠오른다. 바로 제인을 겁탈하는 것이다. 그렇게 한다면, 제인이 임신하거나 적어도 상황이 확실히 바뀔 것이다. 제인은 자신에 대한 생각을 바꾸지 않을 수 없을 것이다.

그는 이렇게 말한다. "나는 얼마든지 내 엄지손가락과 나머지 한 손가락으로 그녀의 몸을 꺾어 버릴 수 있어. 하지만 그렇게 한들 무슨 유익이 있을까?…내가 집을 정복한다 해도, 이 흙으로 된 집의 주인이 되기 전에 원래 주인은 하늘로 탈출해 버릴 텐데… 내가 원하는 것은 당신, 그 영혼spirit 일 뿐이오."

나는 정령들의 존재를 믿지 않는다. 하지만 **영**spirit이라는 말은 다른 어떤 단어들로도 압축해 낼 수 없는 개념에 탁월하게 근접한다고 생각한다. 사람에게는 마치 지문처럼 그 사람을 고유하게 만드는 내적 특질이 있다. 우리는 자신에 관한 이러한 특질을 숨길 수 있으며, 타인들은 우리의 허락 없이는 이것을 볼 수 없다. 그런데 이 특질(이 '영혼')이 허락 없이 파괴될 수도 있는데, 로체스터는 제인을 강간함으로써 그런 위험을 무릅쓰고자 한다. 하지만 그것은 허락 없이는 볼 수 없다. 지하실에 갇힌 여성들이 자신을 둘러싸고 있는 환경과 자신에게 가해지는 범죄에도 불구하고 끝까지 살려 내고자 하는 것이 바로 이 영혼이다. 우리는 서로의 이 영혼을 소중히 여겨야 하고, 각자의 영혼이 빛을 발하는 공간을 창조해야 한다. 로체스터는 영혼이 살고 있는 집을 지키기 위해 그것을 파괴하는 것을 숙고해 보고 결국 그렇게 하지 않기로 한다. 나는 이런 그를 사랑한다.

나는 이 말이 어떻게 들릴지 잘 알고 있다. 아마도 당신은 이렇게 생각할 것이다. '세상에! 바네사, 그가 제인을 강간하지 **않았다**고요? 참 훌륭하기도 하네요! 남자가 "강간하지 않는다"는 것으로 만족하라고요?' 내 대답은, 그렇다는 것이다. 물론 그것으로 충분하지는 않다(사실 상대를 충분히 진실하게 이해하고 동의를 구하는 것이 남자들 사이에서는 희귀하고 급진적인 태도임은 인정하자). 하지만 나는 로체스터가 여기서 말하는 것이 '나는 너를 강간하지 않을 거야'의 의미 이상이라고 생각한다.

이 장면에서 로체스터는 마음에 떠오르는 대로 내뱉고 있다. 그는 자신이 잔인하지 않다는 데 자부심이 있다. 이때는 남성이 아내를 합법적으로 폭행하고 정신병원에 보낸 후 동정을 받을 수 있는 시절이다. 백인 남성의 특권이 법의 부산물로서 어쩌다 주어지는 것이 아니라, 그 자체가 법으로 규정되는 체제가 작동하는 시대다. 그리고 그 역시 이렇게 말하고 있다. 내가 원하는 바를 확실히 얻을 수 있는 방법이 있다고. 하지만 그 모든 법과 돈과 체격을 가졌음에도 불구하고 그는 정복자가 되지 않기로 결정한다. 내가 볼 때, 그가 진실로 원하는 것은 심지어 제인의 영혼을 소유하는 것도 아니다. 그는 다만 제인이 자신의 영혼을 자발적으로 보여 주기를 바랄 뿐이다. 만약 자신이 제인을 공격한다면 제인은 자기 안의 비밀을 드러내지 않을 거란 사실을 그는 잘 알고 있다.

　문제를 최대한 단순화해서 본다면, 남성들이 권력을 가지는 것은 그들이 일반적으로 여성에 비해 몸집이 크기 때문이다. 그게 전부다. 임금 격차, 여성 할례, 납치 등의 일들이 일어나는 것도 결국 그 이유 때문이다. 그리고 이 순간 로체스터는 이 본질적인 사실을 기억한다. 그는 자신이 상대방보다 크다는 사실을 기억하고, 제인에게 배운 대로 자신의 존재에서 몸을 분리하는 전략을 사용한다. 그리고 몸을 부차적인 것으로 제쳐 두기로 결정한다.

　주위의 남자들이 자신의 체격을 무기로 삼을 때마다 나는 따분함을 느낀다. 나는 이 따분함이 일종의 방어기제라고 보는데, 내게는 그들이 큰 몸집으로 벌일 일들을 통제할 능력이 없기 때문이다. 이런 상황에서 두려움은 아무런 쓸모가 없다. 나는 그들의 과시적인 태도가 뻔하고 지루하다. 어떤 것이 지루한 이유는 뻔하기 때문이고, 또 생각을 유도하는 것이 아니면 난 무엇이든 지루하다. 큰 몸집을 자랑하는 남자들과 함께 있으면 생각하는 일이 무의미해질 지경에 이른다. 거기서는 몸이 크다는 사실이 결국 가장 중요하니 말이다.

　로체스터는 제인의 몸과 그 크기가 아무 상관이 없으며 자신의 몸 역시 그렇다고 말하고 있다. 그가 원하는 것은 오직 제인의 가장 매력적인 부분이며, 동시에 자신의 가장 매력적인 부분을 그녀에게 주는 것이다. 그리고 삶의 가장 처절한 순간에 이 모든 고백을 하고 있다.

나는 이 장면을 사랑한다. 내게는 도저히 불가능해 보이는 행동을 로체스터가 보여 주고 있기 때문이다. 그는 체스 판에서 여왕을 잡을 수 있는 말을 발견했지만, 결국 그 말을 옮기지 않는다. 만약 누군가가 나의 소중한 전부를 앗아가는 상황이라면, 나는 그것을 지키기 위해 무엇이든 할 것이다. 심지어 그것이 파괴될지라도 말이다. 내가 정말 염려하는 것은, 내가 얼굴을 훼손하기 위해서가 아니라 코를 살리기 위해서 코를 잘라 버릴 사람이라는 점이다. 나는 내 강아지가 너무 심한 고통을 당하기 전에 안락사를 시킬 거라고 늘 말하고 다닌다. 이 이야기를 나는 아무나에게 가볍게 한다. 마치 강아지가 아직 어리고 건강할 때 죽일 생각이며 언제든 수의사를 불러서 땅콩버터를 먹이며 장난처럼 안락사를 시킬 준비가 되어 있는 것처럼 들리게 말이다. 하지만 내가 이 계획을 계속 말하고 다니는 진짜 이유는, 정말로 (내 강아지가 가장 좋아하는 음식으로 추정되는) 땅콩버터 한 통을 꺼내 수의사를 불러야 할 때가 올 것을 대비해 마음을 훈련하고 가다듬기 위해서다. 내가 절망의 순간에 사랑하는 대상에게 얼마나 필사적으로 매달릴지 스스로 잘 알기 때문이다. 내가 이런 말을 하는 이유는, 내가 로체스터였다면 제인의 몸에 필시 손을 댔을 것이라는 염려 때문이다. 그리고 그렇게 하지 않은 그를 나는 정말로 존경한다. 바로 이 순간 로체스터를 구원해 준 것은 놀랍고도 강력한 사랑, 바로 그것이었다.

사랑의 감정은 무엇인가를 삼켜 버리고 싶은 감정과 매우 유사하다. 나에게는 내가 낳지 않은 의붓딸들이 있는데, 이 아이들에게 넘치는 사랑을 느낄 때면 그들의 뺨을 깨물고 싶어진다. 이것이 바로 사랑의 본능이며, 친밀함을 향한 본능이다. 누군가를 사랑한다는 것은 상대방 안의 모든 틈새까지 세세히 알고 소중히 아껴 주기를 열망하는 것이다. 하지만 사랑은 실행에 옮기려는 본능을 자제할 수 있어야 한다. 그리고 우리는 로체스터에게서 그런 모습을 본다. 그는 자기 안의 사랑의 감정과, 손가락만으로 제인을 꺾어 자기 뜻에 굴복시키고자 하는 열망을 고백하지만, 그는 그 사랑의 감정을 곧장 제인에게 가장 좋은 것을 빌어 주는 의도와 행동으로 변화시킨다.

사랑의 감정이 잘못된 표현으로 번역되는 경우가 얼마나 많은지 모르겠다. 세상에는 사랑이라는 이름으로 자행하는 끔찍한 일들이 너무나 많다. 그리고 이렇게 끔찍한 일을 저질러 놓고는 '하지만 널 사랑해'라는 말로 용서를 구한다. 물론 로체스터 역시 이런 문제에서 자유롭지 못할 것이다. 그는 자신이 결혼한 상태이기에 그들의 결혼이 정당하지 못할 것이라는 진실을 밝히지 않은 채 제인을 합법적으로 집어삼키려 했다. 하지만 여기서는 사안의 경계를 분명히 긋고 이렇게 말한다. 당신에게 내 사랑을 받아 주길 강요하지 않고 그저 당신이 잘되기를 빌겠다고. 그는 자신의 사랑에 구획을 짓고 이렇게 말한다. 내 사랑이 가진 강한 소유욕은 당신을 집어삼키고 싶어 하지만, 내 사랑의 의도와 행동은 당신을 보내 줄 것을 요구한다고.

　나는 이 장면을 사랑하지만 언제나 잘 이해되는 건 아니다. 이런 상황은 내게 그리 흔한 것이 아니다. 내가 피터를 떠난 것은 세상이 우리를 갈라놓았기 때문이 아니라 힘겨운 순간에 서로를 오해했기 때문이었다. 하지만 게슈타포가 자신과 큰 아이들을 찾아내지 못하도록 우는 아기를 질식시켜야만 했던 여성들을, 가족을 먹여 살리기 위해 그들을 남겨 두고 멕시코에서 미국으로 국경을 넘다 체포된 사람들을 상상해 볼 수는 있을 것 같다. 자신에게 무엇이 필요한지를 알고, 그것을 얻기 위해 무엇이든 하고자 하는 마음이 있음을 알며, 할 수 있는 것이 아무것도 없다는 사실 역시 알기에 아무

것도 하지 않고자 애쓰는 사람들을 나는 매일 본다.

실라 헤티Sheila Heti는 《모성Motherhood》이라는 책에서 이렇게 말한다. "내가 아이를 원하는지 아닌지는 나 자신에게도 비밀이다. 그것은 나에게 숨기고 싶은 가장 큰 비밀이다." 나도 아이를 갖는 일에 대해 이와 비슷한 상황인데, 어느 정도는 인식하고 있다는 말이 더 정확할 것이다. 사실 내 안에는 양가감정이 있다. 나의 일부는 아이를 온몸으로 열망한다. 그리고 다른 일부는 이렇게 말한다. "세상에, 그렇게 된다면 난 파괴되고 말 거야. 그 일은 결국 나를 죽이고 말 거야." 단순히 임신뿐만이 아니라 아이를 키우는 일의 지루함과 재정적 어려움을 말하는 것이다. 그리고 '내가 그 일을 싫어하게 되면 어떡하지?' '그 애가 아프게 된다면?' '팬데믹 상황 한가운데서 임신을 하게 된다면?' '그 애가 끔찍한 골칫덩어리라면?' '너무 지루하지 않을까?' '아이 때문에 경력이 단절되고 여행을 가지 못하고 등이 휜다면?' 등등의 온갖 질문들이 머릿속을 돌아다닌다. 배우고 연구하고 여행하고 긴 도보 여행을 하고 싶은 야망이 있는 여성에게는, 아이가 세상에서 가장 좋은 선물인 동시에 자신을 땅에 묶어 두는 뿌리라는 사실을 나는 잘 알고 있다.

그래서 제인처럼 분류 작업을 시도해 보기도 하고, 어느 정도는 성공하는 것 같다. 자궁은 임신을 찬성하고, 은행 계좌는 반대한다. 가슴은 찬성하고, 뇌는 반대한다. 노후의 고독에 대한 두려움은 그것을 찬성하고, 기후 변화에 대한 두려움은 반대한다. 그런데 제인과 로체스터는 이 중에서 누가 최종 결정을 안내할 전문가인지를 알았지만 나는 잘 알지 못한다는 것을 깨달았다. 만약 아이를 갖는다면 나는 그를 사랑할 것이고 그에게 의지할 수도 있을 것이다. 하지만 이것은 아이를 갖고자 하는 이유로서는 그다지 좋지 않아 보이기 때문에, 내가 정말로 아이를 갖기 원하는지 다시 원점으로 돌아가 생각하게 되는 것이다.

내가 사랑에 대해 좋아하는 점은, 그것이 바라는 것보다, 그 한결같은 마음이다. 우리는 많은 것을 사랑할 수 있지만, 무조건적인 사랑을 하기 위해서는 대상과 적절하게 분리되어야 한다. 그런데 아기를 낳는다고 할 때 과연 어떻게 그 아기로부터 분리될 수 있단 말인가? 그래서 내 생각은 계속해서 아기를 아예 갖지 않겠다는 쪽으로 기울고 만다.

그런데 여기서 다시 로체스터가 한 일을 보아야 한다. 제인을 겁탈하지 않기로 한 깊은 사랑의 행동은 결과적으로 제인을 끔찍한 위험으로 몰아갔다. 제인은 겁탈당하지 않고 작별의 포옹을 한 뒤 안전하고 행복한 삶을 찾아간 것이 아니었다. 제인은 자신이 손필드에서 하룻밤을 더 보낸다면 끝내 로체스터의 뜻에 저항할 수 없을 것임을 알고 있었다. 그래서 밤을 틈타 집을 나갔고, 그나마 챙긴 얼마간의 돈을 마차에 두고 내렸고, 며칠을 바깥에서 지내며 아사 직전에 이른다. 바로 그것이 로체스터가 그를 겁탈하지 않은 결과였다. 다행히 구원의 손길이 닿기는 했지만, 그것은 우연한 행운이었고 심각한 고통을 당한 뒤였다. 그리고 이 모든 일은 마음만 먹는다면 얼마든지 겪지 않아도 되는 일이었다.

사랑은 좋은 의도다. 사랑은 상대를 위해 좋은 것을 바라는 마음으로 행동하는 것이다. 사랑은 상대를 삼켜 버리고 싶지만 그 마음을 내려놓는 것이다. 실라 헤티는 "내가 아이를 원하는지 아닌지는 나 자신에게도 비밀"이라고 말한다. 그리고 로체스터는 이렇게 답한다. "하지만 그렇게 한들 무슨 유익이 있겠어?…내가 집을 정복한다 해도, 이 흙으로 된 집의 주인이 되기 전에 원래 주인은 하늘로 탈출해 버릴 텐데." 그리고 나는 밤을 틈타 집을 나가, 어딘가에서 안전한 장소를 무사히 찾을 수 있기를 기도한다.

11.

배신에 대하여

"음, 나중에 그 집은 완전히 내려앉았어요.
지금은 벽의 잔해만 약간 남아 있지요."

《제인 에어》36장 중에서

스테퍼니 교수님과 함께 이 책을 읽기 시작하고 얼마 지나지 않아 교수님이 내게 '신성한 텍스트로서 제인 에어 읽기' 모임을 시작해 볼 것을 제안하셨다. 사실 나는 거의 1년이 넘는 시간 동안 매일 이 책을 읽어 오고 있었다. 헬스장, 교실, 업무상 방문하는 장소, 그 어디든 열쇠와 지갑과 핸드폰과 함께 이 책을 반드시 챙길 정도였으니, 말 그대로 내 소지품이나 다름없었다.

우리는 한 학기 동안 매주 모임을 갖기로 했는데, 네 명의 여성 중 한 사람은 잉그리드라는 친구였고 나머지 셋은 소식지를 보고 찾아온 낯선 사람들이었다. 우리는 매주 모일 때마다《제인 에어》에서 발췌한 하나의 구절을 자세히 보았다. 화요일마다 마치 전조처럼 찾아온 거센 폭풍으로 전기가 나갈 때도 많았고, 그럴 때면 우리는 그 주일학교 교실에서 외투를 그대로 입은 채로 왜 제인을 사랑하고 로체스터를 왜 용서할 수밖에 없는지 등등의 주제를 함께 고민하곤 했다.

그리고 마지막 모임이 있는 날에는 단출한 파티를 열고 싶어서 아름다운 봄밤에 내 기숙사 방에서 모이기로 했다. 그때 나는 서른 살이었는데, 여전히 기숙사 사감 일을 하며 서른세 명의 신입생들과 함께 하버드 야드Harvard Yard에서 지내고 있었다.

마지막 모임에는 세 명이 참석했고 우리는 메모리얼 교회 계단에서 만났다. 이 웅장한 교회 건물은 하버드 야드 중앙에 위치해 있고, 제1차 세계대전에서 전사한 하버드 인들을 기념하기 위해 지어진 이후 지금까지 전쟁에서 죽은 모든 하버드 학생들을 기리는 공간이 되고 있다. 이 교회는 많은 이들이 동경하는 하버드의 역사를 고스란히 보존하고 있는데, 교회의 벽면을 저마다의 언어로(혹자는 유려하게 혹자는 다소 엉성하게) 칭송한 명연설가들과 후원자들을 위해 예배실이 지어졌고, 어린 전사자들의 이름이 교회의 네 벽면을 빼곡하게 메우고 있다. 우리는 이곳에서 만나 내 기숙사까지 함께 걸었다.

그렇게 내 방에 모여, 한 친구가 만들어 온 컵케이크와 다른 친구가 만들어 온 쿠키, 그리고 달랑 선반 하나 달린 내 '주방'에 상비되어 있는 차를 함께 나누었다. 우리가 함께하는 마지막 시간에 본 영화는 오슨 웰스Orson Welles가 주연한 〈제인 에어〉였는데, 여기서 가장 비중 있게 다루는 장면은 웰스가 제인을 연기하는 배우의 몸을 거칠게 흔들다가 먼 곳을 의미 있는 시선으로 응시하는 장면이었다. 우리는 함께 웃으며 즐겁게 제인에 대한 마지막 토론을 했다. 이 세 친구들은 나에게 의미 있는 존재가 되었는데, 단순히 좋은 사람들이어서가 아니라 중요한 모험을 함께한 이들이기 때문이다. 그들은 매번의 폭풍에도 굴하지 않고 화요일마다 자신의 자리를 굳건히 지킴으로써 《제인 에어》가 많은 시간을 들이기에 충분한 가치가 있는 책이라는 것을 몸으로 입증해 주었다. 실제로 1년 후에는 스테퍼니 교수님의 도움을 얻을 수 없는 상황이었기 때문에, 작업을 함께해 준 이 친구들이 없었다면 나 혼자서 이 과정을 끝낼 수 없었을 것이다. 지하철 운행이 중단되고, 수억 년 만에 처음으로 모든 수업이 폐강되는 일이 일어나도, 우리는 그 자리에 앉아 제인의 성격과 삶과 결단에 대해 함께 숙고했다. 너무도 따뜻하고 헌신적이고 아름다운 만남이었기에, 이들과 작별할 때 나는 감상에 젖지 않을 수 없었다.

그런데 내 기숙사 방에서 작별을 앞둔 우리 네 사람의 머릿속에는, 해결되지 않은 두 가지 문제가 여전히 맴돌고 있었다. 하나는 악명 높은 '다락방의 광녀' 버사의 죽음이었다. '머리가 짓이겨졌다'는 말로 표현되고 있는 그의 죽음은 너무나 폭력적이고 끔찍하고 갑작스러웠다. 또 하나의 문제는 이 소설의 결말 부분이었다. 이 소설에서 마지막 발언을 하는 인물은 놀랍게도 주인공이자 화자인 제인이 아닌 백인 남성 기독교 선교사인 세인트존이다. 우리 중 누구도 이 두 가지를 선뜻 이해할 수 없었다. 10년 넘게 다락방에 갇혀 있었던 불쌍한 버사는 왜 손필드 저택에 불을 지르고 몸을 던져 자갈길에 머리가 짓이겨진 채로 죽어야 했는가? 그리고 왜 우리의 제인은 불쌍하고 순진한 유색인들을 개종시키려고 영국의 식민지로 넘어간 깡패 남자에게 마지막 발언의 권리를 양도하는가?

그리고 이어지는 날카로운 대화를 통해 내가 깨닫게 된 것은, 이 문제들이 계속 석연치 않은 이유는 바로 둘 모두 심각한 불의가 자행되고 있는 장면이기 때문이라는 점이었다. 그래서 우리는 계속 그 장면에서 맴돌고 있는 것이었다. 하지만 나는 그럼에도 이 텍스트를 신성하게 대할 것을 요청했다. 사실 우리 모두는 자신이 사랑하는 것들 안에 좋은 면만 있기를 바라는 경향이 있다. 우리는 톰 브레이디Tom Brady가 좋은 쿼터백이기 때문에 그가 공에 바람이 빠지는 것을 좋아한다고 말할 때 진심일 거라고 믿는다. 혹은 조지 워싱턴은 자기 노예를 자발적으로 해방했을 거라는 당연한 전제를 가지고 있다. 우리는 우리가 사랑하는 것들을 단순한 방식으로 사랑하고 싶어 한다. 하지만 이 마지막 날 밤, 우리는 이 소설이 전적인 선을 지향한다는 믿음을 내려놓기로 했다. 우리는 두 명의 여성 희생자, 버사와 제인이 제기하는 질문 앞에 맞닥뜨렸다. 책을 읽어 갈수록 분명해지는 것은, 버사라는 여자는 이 소설 속에서 폭력적으로 내동댕이쳐지며 '스쳐 지나가는' 유색인이라는 사실이었다. 그리고 제인은 무려 육백 페이지에 달하는 분량으로 자기 이야기를 들려주는 주인공이었음에도, 그의 목소리는 신의 뜻을 안다고 주장하며 그의 삶을 망가뜨리려 했던 남자의 목소리에 포섭당할 수밖에 없었다. 이것은 곧 1년 반 동안 나의 기도를 도와주었던 이 소설, 수천 킬로미터를 여행하며 꼭 가방에 넣고 다녔고 또 공개적으로 설교해 왔던 이 소설이 부분적으로는 인종차별주의와 제국주의, 노예제도, 가부장주의, 기독교 선교를 옹호하고 있다는 뜻이었다. 그렇다면 우리 모임을 어떤 식으로 끝내야 할까? 나는 멤버들이 토론을 벌이는 동안 고민하며 침묵을 지켰다. 나는 그날의 모임을 어떻게 이끌었던가?

이후 며칠 만에 이 소설의 심각한 취약점이 전체적으로 내 머릿속에 들어오기 시작했다. 나는 줄곧 이 여성들을 인도하는 리더였고, 내가 이 멋진 여성들을 인도하며 함께 읽었던 책이 주장하는 바는 이런 것이었다. 모든 유색의 영혼은 기독교를 통해 구원받아야 하고, 그들이 구원받지 못한다면 선한 기독교인들의 삶에 큰 해를 끼칠 것이다. 따라서 백인 (남성) 기독교인이 빛 가운데 살도록 하기 위해, 즉 내세에서의 거룩한 보상을 보장받고 현세에서 거대한 교회와 예배당, 부와 화려한 축제를 즐기며 살도록 하기 위해 유색인들은 마땅히 스스로를 희생해야 한다. 그리고 내가 신성한 텍스트로 대했던 이 소설은, 부유한 백인 남성의 이름이 건물에 새겨져 대대로 전해지는 동안 여성은 자갈길에 머리가 짓이겨지거나 자신의 이야기에 대해서조차 마지막 진술을 할 권리를 포기해야 하는 존재라고 말한다.

그 아름다웠던 봄밤, 나는 내 방에 모인 여성들에게 그리 많은 말을 하지 않았다. 만약 그랬다면 그것은 모임을 마무리하는 가장 나쁜 방식이었을 것이다. 내가 느낀 절망은 나만의 것이었고, 막 떠오르기 시작한 어떤 끔찍한 느낌을 말로 표현하기에는 아직 충분히 명확하지 않았기 때문에 나는 그에 대해 어떤 말도 하지 않았다. 게다가 이 소설에는 그것 외에도 너무나 다양한 주제들이 담겨 있지 않은가. 그리고 어쩌면 이 친구들은 순진하고 단순한 나의 내면에서 막 일어나고 있는 일들을 모두 눈치채고 있었을지도 모르겠다. 그리고 내가 그날 아무 말도 하지 않았던 또 하나의 이유는, 내가 유대인 무신론자로서뿐 아니라 기독교 설교자로서 그간 훈련받은 방식 때문이었다. 우리 같은 사람들은 어떤 종류의 과정이든 그것을 희망적인 분위기로 마무리하는 것이 중요하다고 믿는다.

하지만 그 모임을 마무리하고 몇 주 동안 곰곰이 생각하면서, 거의 공포에 가까운 두려움의 물결이 나를 덮치기 시작했다. 그동안 나는 무엇을 내 삶의 중심에 두고 살았는가? 지난 몇 달 동안 도대체 무엇을 한결같이 등에 메고 다녔나? 도대체 어떤 순진한 생각을 마치 대단한 것인 양 이야기하고 다녔나? 온갖 의심이 나를 집어삼켜 버렸다.

우리는 모두 이런 순간을 경험한다. 추악한 진실이 갑자기 모습을 드러내 강력한 힘으로 우리를 전복시키는 순간. 바로 배신의 순간 말이다. 우리는 모두 배신을 당한 경험이 있다.

배신의 전제 조건은 신뢰다. 우리가 어떤 사람 혹은 어떤 것을 한 번이라도 신뢰하지 않았다면 배신은 일어날 수 없다. 생활 속에서 경험하는 작은 배신은 이런 것이다. 당신은 친구의 생일을 기억해 주는데 그는 당신의 생일을 잊어버린다거나, 출근 시간에 당신을 태워야 할 버스가 그냥 가 버릴 때. 하지만 이런 일들은 친구(그가 지금은 너무 바쁘다!)와 교통체계(보통 때 그 버스는 늘 당신이 기다리는 정류장에 정차한다)에 대한 신뢰를 곧바로 회복하면 빨리 극복할 수 있다. 하지만 한동안 견디기 힘든 심각한 배신도 있다. 의사가 당신에게 신경을 제대로 쓰지 않아 잘못된 진단을 내린다거나, 배우자가 바람을 피우거나, 당신이 모든 것을 바친 회사가 당신을 해고할 때, 혹은 몸이 자궁 속의 아이를 품지 못해 유산을 하고 말았을 때가 그런 경우다. 삶에서 이런 유의 배신감을 느끼지 않을 수 있는 유일한 방법은 아예 신뢰하지 않는 것이다. 그런데 이런 차원의 신뢰를 철회하게 되면 큰 손상을 입을 수밖에 없고, 무엇보다 더 중요한 것은 신뢰를 철회하는 것 자체가 불가능하다는 점이다. 땅은 흔들리고 갈라지면서 우리를 배신할 수 있다. 그렇다고 땅을 더 이상 믿지 않겠다고 한다면, 그것은 파괴적인 일이 될 것이다.

배신을 당할 때 무슨 행동을 어떤 식으로 해야 하는지, 어떻게 회복되고 어떻게 희망(앞에서 말한 대로 이것은 내가 좋아하는 결말이다)을 되찾을지를 다루기 전에, 잠시만 시간을 내어 배신감이 얼마나 쓰라린 것인지 생각해 보자. 이 문제를 생략하고 싶지 않은 이유는, 이것이 고독한 경험인 동시에 너무나 보편적인 경험이라는 사실을 기억하는 것이 중요하기 때문이다. 그리고 너무 성급하게 희망으로 건너뛰어 버린다면 결국 신학자 디트리히 본회퍼Dietrich Bonhoeffer가 말했던 '값싼 은혜'와 다를 바가 없기 때문이다. 우리는 어떤 것을 값싸게 획득할 때 그것이 잠시 만족을 줄 수 있지만 결국에는 무용지물이 되어 버린다는 사실을 잘 알고 있다. 물론 나는 우리 모두를 위한 희망을 되찾기 위해 노력할 것을 약속한다. 그것이 나의 목표이고 내가 훈련하고 있는 내용이기 때문이다. 하지만 나는 고통을 조심스럽게 통과하면서 나아갈 것이고, 결코 그것이 없는 것처럼 행동하지 않을 것이다.

배신을 당할 때 주로 느끼는 감정은 당혹감이다. 멍청한 사람 혹은 실제로 멍청하게 행동한 사람 취급을 받는 기분, 가장 나쁘게는 더 이상 자신을 신뢰할 수 없을 것 같은 기분이 든다. 그럴 만한 가치가 있든 없든 무엇이든 잘 믿는 사람이었던 나는, 이제 공황 상태에 빠져들기 시작한다. 혹시 내가 잘못 믿었던 또 다른 대상이 있지는 않을까? 이제 또 어떤 것이 거짓으로 판명될까? 심지어 지구의 중력까지 판단의 대상이 되고, 갑자기 이 세계가 거대한 혼돈으로 느껴진다. 내가 무엇인가를 통제하고 있다는 의식은 모두 환상이 되어 증발해 버렸다. 이론상으로는 내가 늘 통제하고 있다고 믿었지만, 실제 삶에서는 결코 그렇지 않았던 것이다.

《제인 에어》와 함께했던 이 모든 시간들이 나를 배신했음을 깨달았을 때, 나는 멍청이가 된 기분이었다. 나는 이 책을 선택했고, 언제나 내 삶의 중심에 두었다. 이 책을 선택한 이유는 성경이 너무 오염되어 있었기 때문이고, 선택의 과정은 의도적이고 독자적이었다. 나는 이 책을 사랑했었고, 그 이

전에 우리 엄마와 여러 세대의 독자들이 이 책을 사랑했다. 몇 천 년에 걸친 다양한 기록을 포함하고 있는 성경과 달리, 삶의 중심에 두고 안전하게 사랑할 수 있는 책처럼 여겼고, 이 책의 장점에 대해 너무나 많은 이야기를 하고 다녔다. 그런데 이 책에 들어 있는 인종차별주의와 가부장주의는 변호의 여지가 없는 것으로 드러났다.

이런 배신으로 인한 고통에서 벗어날 수 있는 값싼 방식이 하나 있는데, 바로 이렇게 말하는 것이다. '우리가 신성하게 여길 만한 것은 어디에도 존재하지 않아. 그 무엇도 엄격한 시험을 통과할 수 없고, 진정한 숭배의 대상이 될 수 없어. 최선을 다했지만 결국 소용없는 짓이야.' 하지만 이것은 냉소주의적 생각일 뿐이며, 나는 끝없이 냉소적인 사람이 되어가고 싶지는 않다. 앞서 말했듯이 배신을 피할 수 있는 유일한 길은 신뢰를 철회하는 것인데, 나는 그 무엇도 신뢰하지 않는 그런 유의 인간은 되고 싶지 않다. 나는 늙어서 내가 되고 싶은 모습을 늘 마음속에 그리고 있다. 그녀는 냉소에 빠지지 않는다. 그녀는 여행을 즐기고 개를 여덟 마리 정도 키우고 있다. 그리고 그녀는 다소 거칠지만, 화가 쌓여서 그런 것은 아니다.

그리하여 다른 선택지가 없다는 이유로, 나는 결국 내가 신뢰했던 《제인 에어》로 다시 돌아갔고, 이 책이 가진 문제에 대해 그 자체가 답을 줄 수 있는지 살펴보기로 했다. 이 선택이 내 신앙 때문인지 중독 때문인지는 분명치 않았지만, 이 소설을 신뢰하기 위해서 그것으로 돌아가는 것은 아님을 기억했다. 이 실험에서 내가 세운 명제는 《제인 에어》가 그 자체로 신성하다는 것이 아니라, 내가 무엇을 신성하게 대할 때 비로소 그것이 신성해질 수 있다는 것이었다. 내가 신뢰했던 것은 무언가를 신성하게 대하고 그것에서 배울 수 있는 능력이 내게 있다는 사실이었다. 그래서 나는 다시 처음으로 돌아가 그 사실과 텍스트를 분리하기 시작했다. 텍스트 자체와 텍스트를 신성하게 대하는 일은 이미 너무 깊이 얽혀 있어서 둘을 분리해 내는 데는 얼마간의 시간이 필요했지만, 나는 마침내 내가 헌신했던 그 대상으로 돌아갈 수 있었다. 나에게 상처를 준 대상이 아닌, 제인의 표현대로 "정신이 또렷할" 때 내가 신뢰했던 그 대상에게로 말이다. 나는 실험적인 태도로, 제인이 나를 실망시켰다고 해서 관계를 단절해 버릴 것이 아니라 지속적으로 대화를 이어 간다면 그가 어떤 긍정적인 이야기를 해 줄지도 모른다는 확신을 품었다.

일단 이 과정에 대한 신뢰를 회복하고 나자, 중요한 핵심 하나를 간과하고 있었다는 깨달음이 왔다. 바로, 길 위에서 머리가 짓이겨진 다락방의 광녀 버사에게 무엇인가를 배워야 했던 그 시간에 줄곧 제인에게만 관심을 집중해 왔다는 사실이었다. 나는 최종 발언을 기독교 선교사에게 양도하는 제인처럼 살고 싶지 않다. 나는 가부장제의 상징을 과감히 불태우고 퇴장한 여자, 버사가 되고 싶다.

이 소설 전체에서 버사가 본격적으로 등장하는 분량은 총 세 단락이다. 그가 이 소설의 주요 반전 요소를 제공하는 인물임을 감안한다면, 그에 대한 이야기는 심각하게 축소되었다고 볼 수밖에 없다. 게다가 그는 보랏빛 얼굴에 뚱뚱한 몸집을 가진 여자, 머리카락이 아니라 "텁수룩한 머리털"을 가진 여자로 묘사된다. 그는 폭력적이고 끊임없이 사람을 공격하는 성향을 지녔다. 그런데 《제인 에어》에게 배신을 당한 이후로 그 어느 때보다 확신 있게 말할 수 있는 것은, 내가 버사 메이슨 로체스터를 열렬한 헌신과 열정으로 사랑하고 있다는 사실이다.

버사는 인종적 정체성을 형성해 온 역사가 다소 애매하게 섞여 있고 정신병의 가족력을 가지고 있다는 점에서 나와 닮은 점이 많다. 나 역시 길고 텁수룩한 머리털을 가졌고 멜라닌 색소 때문에 눈동자에 붉은 빛이 돈다. 이렇게 그는 내 마음과 상상력 안으로 완전히 들어와 버렸다. 나는 성경의 사도행전 3장*을 설교한 적이 있는데, 대부분 버사의 이야기를 했었다. 《제인 에어》에게 배신을 당한 이후로 나는 모든 곳에서 버사를 본다.

《제인 에어》에 등장하는 다른 모든 인물들은 각자 자신의 몫을 받는다. 제인이 세상에서 처음 만난 진정한 친구였던 성자 같은 아이 헬렌 번스는, 침대에서 사랑하는 친구의 품에 안겨 따뜻한 죽음을 맞았고 천국으로 올라가리라는 깊은 확신을 가지고 있었다. 교묘한 수법으로 제인을 학대했던 보호자 리드 외숙모는 절망적이고 비참한 죽음을 맞았다. 10년 동안 여자를 다락방에 가두고 아무것도 모르는 제인을 정부로 삼으려고 했던 에드워드 로체스터는 불구가 되고 눈이 멀었다. 하느님을 만나면서 시력이 다시 회복되었지만 말이다. 고결한 선교사이자 순교자인 세인트존은 하느님의 뜻이 무엇인지, 그리고 그분의 계획 안에서 자신이 있을 곳이 어디인지를 확신하면서 선교지에서 죽음을 맞았다.

오직 '미친 아내' 버사 메이슨 로체스터만이 원인이 불확실한 결말을 맞는다. 버사는 비극적 운명이 드러나되 그의

---

* 태어나면서부터 걷지 못하는 사람이 성전 문 앞에서 구걸하고 있는 모습을 본 사도 베드로와 요한이 예수 그리스도의 이름으로 기적을 일으켜 그를 일어서게 만드는 장면이 있다.

영적인 삶은 언급되지 않고 암시조차 나타나지 않는 유일한 인물이다. 그의 결말은 자갈길 위에서 머리가 터지는 것이고, 그를 창조한 존재에 대해서는 언급할 가치도 없다. 제인은 동네 여관 주인에게서 버사의 죽음에 관한 이야기를 듣는데, 그에 따르면 버사는 불을 지르고 온 저택이 화염에 싸였을 때 지붕으로 올라갔다. 그리고 다음 내용은, 로체스터 씨가 모든 사람을 안전하게 대피시킨 후 일어난 일들에 대한 대화다.

"로체스터 씨는 채광창을 통해 지붕으로 올라갔어요. 그리고 '버사' 하고 부르는 소리를 우리 모두가 들었답니다. 그리고 그가 여자에게 다가가는 모습이 보였어요. 그러자 여자가 소리를 지르며 갑자기 뛰어내리더군요. 다음으로 우리가 본 것은 길 위에 떨어진 모습이었습니다."

"죽었나요?"

"네, 죽었어요! 튀어나온 뇌와 피가 온통 널브러져 있던 그 돌들처럼 싸늘하게 죽어 버렸죠."

"오 하느님!"

"그래요, 부인. 너무 소름 끼쳤어요."

그가 몸을 떨었다.

"그러고 나서는요?" 나는 재촉했다.

"음, 나중에 그 집은 완전히 내려앉았어요. 지금은 벽의 잔해만 약간 남아 있지요."

"죽은 사람이 혹시 또 있나요?"

다른 사람들의 죽음은 여러 페이지에 걸쳐 설명과 해설이 제시되는 데 반해, 버사의 죽음은 심지어 이 대화의 핵심조차 되지 못한다. 이 대화가 들려주는 것은 로체스터의 영웅적 행동과 이후의 상황이고, 더 죽은 사람이 있는지에 대한 관심으로 급격히 전환된다. 버사는 그저 "튀어나온 뇌와 피가 온통 널브러져 있던 그 돌들처럼 싸늘하게 죽어 버린" 여자일 뿐이다. "주 예수님!"이라는 말로 마무리되는 이 소설 안에 위치한 버사의 죽음은 세속적 죽음의 전형이다. 그리고 내 뼛속 깊이 자리 잡은 확신은, 버사의 죽음이 이토록 세속적으로 취급되는 까닭은 바로 그가 흑인이고 미쳤기 때문이다. 그의 죽음은 그것을 지켜보아야 했던 사람들에게 역겹고, 혐오스럽고, "소름 끼쳤다." 하지만 이것은 지금껏 이루어진 수많은 희생 중 하나, 영국 같은 국가를 세우기 위해 이용당한 수많은 흑인 여성들의 죽음 중 하나일 뿐이다. 그리고 이런 내용은 당연히 이 소설의 맥락에서 다룰 필요가 없었을 것이다.

　나뿐만 아니라 많은 독자들이 버사를 생각하면서 결론적으로 맞닥뜨리는 질문들이 있다. 그는 괴물인가? 문학적 장치에 불과한가? 아니면 독자들로 하여금 로체스터의 아내에 대해 의문을 가지게 하고, 그가 무엇 때문에 미쳤는지, 만약 제인 역시 '미친 여자'의 징후를 보이면 다락방에 갇히게 될지 궁금증을 가지게 하려는 브론테의 의도인가? 버사는 자본주의와 노예제도에 대한 비판인가? 혹은 19세기 여성의 역할과 그들이 느꼈을 감정을 대변하는가? 나는 이 지점에서 어떤 질문들을 던지고 싶었는지조차 잊어버리고 말았는데, 버사를 보면서 샬럿 브론테의 기획에 과연 인도주의적 차원이 있는지 의심이 들기 때문이다. 영국과 같은 나라를 세우는 유일한 방식이 보이지 않는 숱한 사람들의 설명되지 않는 희생이었다는 점을 주장하려는 저자의 의도가 있었다는 생각은 들지 않는다. 그리고 만약 그에게 그런 의도가 없었다면, 그야말로 영국 같은 나라가 보여 준 것과 동일한 태도를 가지고 있었던 셈이다. 즉, 그는 로맨스 소설의 플롯을 위해 보이지 않는 사람을 희생시켰다.

　이 지점에서 버사는 나에게 매우 섬뜩한 부분이다. 그녀는 살아 있고 괴기스러운 존재이며, 출몰하는 유령 같은 존재다. 그녀는 자갈길 위에서 머리가 터지는 장면을 태연히 묘사하는 소설에 생기를 불어넣는 내 모습을 보게 하고, 노예들이 만든 값싼 옷이라는 사실을 알면서도 아무렇지 않게 입고 다니는 나를 고발한다. 그리고 내가 원하는 것을 얻기 위해 스스로 원칙을 타협하는 모습을 상기시킨다. 남자가 나를 나쁜 태도로 대하는 것을 허용할 때도 있고, 추잡한 죄를 짓고도 너무 쉽게 자신을 용서할 때도 있으며, 기운을 내서 친절함과 자제심을 발휘하지 못할 때도 있다.

만약 내가 《제인 에어》를 성경으로 받아들인다면, 버사를 실체적 인물로 받아들이기보다 일종의 은유, 그러니까 정당한 권력이 다스리는 기독교 세계의 존재를 위해 희생되어야 할 모든 것에 대한 비유적 표현으로 이해해야 할 것이다.

내 머릿속에는 버사와 나의 모습을 너무도 생생하게 포착한 사진 한 장이 있다. 나는 그 상상 속 사진을 액자에 넣어, 가장 친한 친구들의 사진과 우리 가족의 사진이 걸려 있는 침대 옆 벽에 걸어 두었다. 이 상상 속 사진에서 어두운 피부와 붉은 눈, 두껍고 칙칙한 머리털을 가진 버사는 더럽고 두꺼운 긴 잠옷을 걸치고 메모리얼 교회 바깥의 길가에 앉아 있다. 그리고 나는 그와 1미터 정도의 거리를 두고 앉아 있는데, 그는 다소 위험한 사람이고 나를 해칠지도 모르기 때문이다. 그리고 내가 너무 가까이 다가가는 걸 그녀가 싫어하기 때문이다. 하지만 우리는 다정한 침묵을 지키며 서로의 곁에 앉아 있다.

그리고 이 교회의 문은 열려 있다. 버사와 나의 모습이 담긴 이 허구의 사진을 내가 간직하고 있는 이유는, 이 사진을 찍은 날 이 교회에서 울려 퍼진 어느 고귀한 이의 설교 때문이다. 그 설교자는 교회가 고통에 대한 유일한 해답이라고 주장하면서도 교회가 마땅히 불태워져야 한다고 말했는데, 그것이 만족스러운 해답을 주지 못하고 있기 때문이다. 또한 그 설교자는 다락방에 갇힌 여성을 위해 할 수 있는 유일한 행동은 그를 위해 기도하는 것이지만, 기도는 그의 고통에 대한 모독이 될 수도 있음을 알고 있다. 그리고 그 설교자는 **하느님**이라는 단어가 이성적인 사람들을 위해 회수될 수 없으며, 그 단어의 좋은 의미로만 이용될 뿐이지만, 동시에 이 파악하기 어려운 존재를 지칭할 수 있는 다른 단어는 없다는 사실도 알고 있다. 그러니까 내가 이 사진을 중요하게 여기는 이유는 바로 이 설교자 때문이다. 하지만 그는 이 사진 속에 등장하지 않는다. 버사와 나는 그 교회 안으로 들어갈 수 없기 때문이다. 버사는 구속redemption을 요청하는 기도 안에서 충분히 설명되지 못하고, 아우슈비츠에서의 우리 가족들 역시 마찬가지다. 물론 교회는 가장 좋은 것들을 우리에게 줄 준비가 되어 있다. 하지만 역사의 벽과 실패라는 벽이, 다른 사람들과 달리 우리에게는 심각한 장벽이 된다. 따라서 우리가 충분히 설명된다는 느낌이 들 때까지, 우리는 교회 바깥의 길가에 앉아 저 안에서 일어나는 일에 관여하지 않겠다는 입장을 몸으로 표현할 것이다. 사진 속의 우리는 둘 다 땅을 보고 있는데, 마치 아스팔트 안으로 빨려 들어가고 있는 것 같다. 당신은 저 교회 안에서 누군가가 설교를 하고 있었다는 사실을, 그리고 우리가 열심히 그 설교를 듣고 있었다는 사실을 눈치조차 채지 못할 것이다. 그냥 길 위에 보이지 않는 그림을 그리는 일에 열중하다가 우연히 설교의 일부를 듣게 된 것처럼 보일 뿐이다. 자신을 포함해 줄 만큼 충분한 하느님 개념은 존재하지 않는다는 사실을 알게 될 버사는 계속 바깥에 남을 것이다. 그리고 나 역시 그를 포함해 줄 충분한 하느님 개념이 없다는 사실 때문에 그와 함께 바깥에 있을 것이다. 그는 교회 안에서 설명되지 못하는 모든 사람과 모든 사물에 대한 상징이다. 나에게 버사는 신성하다.

나는 왜 많은 사람들이 버사가 아닌 제인과 스스로를 동일시하는지 알고 있다. 내가 그랬으니 말이다. 그리고 나는 그런 함정에 빠졌던 나 자신을 용서하기로 했다. 이렇게 제인과 동일시된 우리 같은 사람을 지지하기 위해 이 소설은 독립적 부를 소유한 행복한 결혼 생활로 끝을 맺는다. 그녀는 키블러 엘프*의 낭만적인 방갈로를 연상시키는 집에서, 줄곧 찾아오는 좋은 친구들을 맞이하며, 이 모든 일들을 통해 선한 인간이 되고자 노력하는 삶을 살아간다. 하지만 여기서 강조되는 것은 제인에게 대단히 영예롭고 도달하기 힘든 수준의 영웅적 면모가 있었다는 사실이 아니었다. 제인이 가진 유일한 자질은 '가난하고 소박하며 작다'는 점이었다. 그리고 평범한 우리들은 바로 그런 제인 안에서 자신을 발견하도록 초대받는 것이다.

하지만 배신을 당한 후 내가 의지했던 이 소설로 다시 돌아갔을 때, 즉 무언가를 신성하게 대하고(그것이 신성하다고 믿는 것이 아니라 **마치** 신성한 대상인 것처럼 대하고) 그것을 계속 바라보고 그 소중한 대상을 향해 열심히 작업을 해 간다면 그것이 나에게 선물을 되돌려 줄 것이라는 초기의 생각으로 돌아갔을 때, 놀랍게도 버사가 내게 주어진 마지막 선물임을 깨달을 수 있었다. 제인의 영광스러운 결말과 달리 버사는 집 전체와 함께 불타 버렸다. 나는 순교를 믿지 않지만, 이는

---

* 미국 과자회사 키블러 사의 캐릭터 요정

이 사건을 더 깊이 들여다보기 위한 은유가 될 것 같다. 그것은 멋진 한 방이고, 굴종이 아닌 반란의 행동이다. 나는 거기에 완전히 빠져들었다.

제인을 향한 나의 사랑은 이제 좀 누그러들었고, 강렬한 열정으로 사랑했던 것들에 대해서는 어떤 회의감이 들기 시작했다. 하지만 이 배신이 아니었다면 다락방의 광녀가 지닌 아름다움을 결코 볼 수 없었을 것이다. 나는 내가 믿었던 것에 배신을 당한 것이 아니었다. 다만 내가 믿었던 바를 도중에 망각했을 뿐이다. 나는 《제인 에어》가 완벽하다는 믿음을 가지고 출발한 것이 아니었다. 나는 내가 이 소설을 신성하게 대한다면 그것이 내게 축복을 줄 것이라 믿고자 했고, 그 믿음은 언제나 진실이었다.

배신을 당하면 이젠 세상을 신뢰할 수 없을 것 같다고 느끼게 된다. 극단적인 경우라면 이렇게 느끼는 것은 정당하다. 하지만 그런 상황에서도 우리가 선물을 발견하고자 한다면 그것이 가능한 경우가 종종 있다. 당신이 진정으로 신뢰했던 것이 무엇인지를 돌이켜 생각해 보라. 당신은 배우자가 결코 잘못을 저지르지 않을 것이라고 믿었는가? 혹은 정절이 가능하다고 믿었나? 이제 돌아가 보자. 당신이 당한 배신에 집착하기 위함이 아니라, 몰래 바람피운 사람을 다시 신뢰하기 위해서가 아니라, 자신이 믿었던 것을 다시금 신뢰하기 위해서. 몸이 당신을 배신했다는 사실을 잊기 위해서가 아니라, 그 몸이 다른 방식으로 당신을 여전히 지지해 줄 수 있음을 신뢰하고 그 방식을 존중하기 위해서. 나쁜 의사에게로 돌아가는 것이 아니라, 유능한 의학 전문가들을 신뢰하는 것은 유용하다는 사실을 믿기 위해서. 당신은 자신이 신뢰했던 것으로 돌아가야 한다. 트라우마가 아니라, 당신에게 믿음을 주었던 바로 그것으로.

당신이 무엇인가를 신뢰했다면 이유가 있을 것이다. 그것으로 돌아가라. 그러면 자신을 신뢰하는 법을 다시 배우게 될 것이다. 당신은 자신을 용서하게 될 것이고, 당신이 살아남았고 인생을 낙관할 수 있음을 스스로 깨우치게 될 것이다. 당신은 희망이 있는 곳을 향해 돌아가야 한다.

만약 희망으로 돌아가는 일이 쉽지 않다면, 버사와 나와 함께 길가에 잠시 앉아 있어도 좋을 것이다.

우리 외할머니는 침대에 누워 지내기 시작하고 나서 1년이 지나서야 다시 일어나셨다. 앞에서 그 이야기를 하면서 그분이 어떻게 다시 일어나셨는지에 대해서는 말하지 않았는데, 정확한 상황은 이렇다.

1959년에 〈안네의 일기 *The Diary of Anne Frank*〉가 영화로 제작

되었을 때 외할아버지는 크게 흥분하셨고 한사코 외할머니와 함께 이 영화를 보러 가고 싶어 하셨다. 아내에게 옷을 입히고, 차에 태우고, 차에서 영화관까지 그 몇 걸음을 부축하는 모든 과정이 큰 작업이었다. 함께 앉아 영화를 보고 나서 할아버지가 할머니를 안으려고 하자, 할머니가 말했다. "놔둬요. 나 걸을 수 있겠어요." 그리고 그분은 정말로 혼자 걸으셨다.

12.

《작은 아씨들》에 나타난
내세에 대하여

"난 두렵지 않아.
하지만 천국에서도
언니가 너무 보고 싶을 것 같아."

《작은 아씨들》 36장 중에서

나는 베스 마치의 죽음을 보면서 정말 많은 눈물을 흘렸다. 사실 나는 예술 작품에 굉장히 큰 영향을 받는 사람이다. 예를 들어, 진지하게 엄마가 되고 싶다는 생각이 들었던 내 인생 유일한 순간은 바로 영화 〈맘마미아! 2〉의 끝부분에서 메릴 스트리프의 유령이 딸에게 돌아와 너는 나에게 평생의 사랑이었다고 고백하는 노래를 처음 들었을 때였다. 유대교의 카발라에 따르면 하느님이 여성들의 눈물을 헤아린다고 하는데, 나는 〈작은 아씨들〉이 처음 영화로 만들어져 개봉되고 1년이 지난 1995년 즈음, 내게 강박 증세가 생겼던 그해에 그분이 내 눈물을 세는 일을 그만두신 것은 아닐까 하는 생각이 들기도 한다.

한편으로는 하느님이 베스를 위해 흘린 내 눈물을 세지 않으셨으면 하는 바람도 있다. 나는 보코 하람에 납치된 소녀들이나 굶어 죽는 북극곰들보다 베스 마치 때문에 훨씬 많은 눈물을 흘렸기 때문이다. 우리 할머니가 돌아가셨을 때보다도 베스가 죽었을 때 더 많이 울었던 것 같다. 나는 내가 믿지 않는 그 하느님이 이런 불균형을 눈치 채시지 않기를, 그리고 할머니를 위해 흘린 눈물이 진정 더 중요하다는 사실을 알아주시기를 바란다. 하지만 다른 한편으로는 베스 마치와 〈맘마미아〉 때문에 흘린 눈물도 헤아려야 한다고 생각하는

데, 내가 베스 마치를 생각하며 우는 건 일정 부분 납치된 소녀들과 할머니를 위해 우는 것이기도 하기 때문이다. 그러니까 일종의 카타르시스 같은 것이다. 나는 베스 마치를 위한 눈물이 단순히 베스 마치를 위한 것만은 아니기를 소망한다.

그러나 중요한 사실이 하나 있는데, 이런 카타르시스의 요소가 아니더라도 베스 마치의 죽음은 그 자체로 너무 슬프다는 것이다. 그 슬픔의 이유는, 베스가 천국을 믿었음에도 죽기를 원치 않았다는 데 있다.

기억하지 못하는 독자들을 위해 밝혀 두자면, 베스 마치는 루이자 메이 올컷Louisa May Alcott의 고전《작은 아씨들》에 등장하는 네 자매 중 한 명이다. 나는 이 책을 읽을 때마다, 그러니까 적어도 네댓 번이 넘게 베스의 죽음을 보며 눈물을 흘렸다. 또 책을 각색해서 만든 1994년 영화에서 베스 역을 맡은 클레어 데인스Claire Danes의 아름다운 턱이 떨리는 모습을 보면서도 수십 번은 울었을 것이다. 베스는 어린 시절에 성홍열을 앓았는데, 내가 아는 한 의사는 베스가 병에서 회복되고 난 후에도 그 영향으로 심장이 약해졌을 것이라고 말한다. 그리고 몇 년 후에 죽음을 맞이한 원인도 류머티스열로 인한 합병증이었을 것이다. 베스는 스물두세 살 즈음에 사망했는데, 몇 개월 전부터 자신이 죽어 가고 있음을 알고 있었다. 그의 병세가 악화되었을 때 두 자매는 타지에 있었는데, 그는 누구도 집으로 부르지 말 것을 당부했다. 하지만 그가 좋아했던 조는 마지막 몇 개월을 함께 보내기 위해 집으로 돌아온다.

이 책에서 가장 가슴 찢어지는 부분은 바닷가 장면이다. 이 바닷가에서 베스는 자신의 회복을 위해 가르치고 글을 쓰며 돈을 벌고 있는 조에게, 자신은 건강을 회복하지 못할 것이고 자신이 죽어 가고 있음을 알고 있으며 그 사실을 받아들여야만 한다고 말해 준다. 조가 베스를 데리고 바닷가에 간 것은 아픈 동생을 돌봐 주기 위해서였는데, 어느새 상황은 베스가 조를 돌보는 모습으로 바뀌어 있다.

이렇게 전환된 장면에서 나는 언제나 무릎을 꿇게 된다. 언젠가 실수로 내 강아지의 발을 밟았는데, 도리어 강아지는 내 기분을 풀어 주려고 내 품에 달려들어 내가 일부러 그런 것이 아님을 잘 안다고 말해 주려 했다. 그 모습에 나는 울었다. 약한 쪽이 강한 쪽을 배려하려 애쓰는 모습을 볼 때마다, 마음이 정말 착잡해진다. 그리고 어쩌면 베스와 내 강아지가 사실은 더 강한 쪽이며 조와 나는 큰소리만 쳐 대는 허풍쟁이일지도 모르겠다는 생각이 든다.

특별히 나를 강렬하게 사로잡는 한 장면이 있는데, 그중에서도 한 줄의 대사가 늘 나를 극한까지 몰아간다. 이 장면에 이르기 전까지는, 이번만큼은 베스 마치를 위해 단 한 방울의 눈물도 흘리지 않으리라 다짐하지만, 이 대사를 읽는 순간 이것이 결국 하나의 공식이라는 사실이 다시 한번 입증되고 만다.

이 장면에서 베스는 세상에서 가장 좋아하는 사람인 조에게 이렇게 말한다. "난 두렵지 않아. 하지만 천국에서도 언니가 너무 보고 싶을 것 같아." 조를 너무 사랑하기 때문에 내세가 아무리 완벽해도 그곳에서 조를 그리워하지 않는다는 것은 상상할 수 없다는 그 고백을 들을 때마다 나는 괴롭다. 어쩌면 베스가 가진 완벽함의 개념에는 조를 그리워하는 일이 포함되는지도 모르겠다. 베스가 천국에서 조를 그리워한다는 것은 조가 여전히 살아 있다는 뜻인데, 이 말은 곧 베스가 삶을 소중히 여기며 그 삶을 내려놓는 것을 슬퍼한다는 뜻이다.

하지만 나를 더 슬프게 하는 해석이 있다. 아마도 베스는 조를 그리워하지 않는 천국의 삶을 상상할 수 있겠지만, 조를 향한 자신의 깊은 사랑을 표현하고 싶어서 어쨌든 이렇게 말하는 것이다. "천국에서도 언니가 너무 보고 싶을 것 같아." 이런 여러 해석들 때문에 흘러내린 눈물이 내 눈물의 장

부에 가득 쌓여 있다. 그리고 아무래도 내가 울게 되는 가장 큰 이유는 내가 사랑하는 사람들이 결국 죽을 것이라는 사실 때문이다. 베스가 죽을 수 있다면, 우리 중 누구도 죽을 수 있고 그렇게 될 것이다.

내세를 믿지 않는 것은 내가 누구인지를 이해하는 데 매우 기본적인 요소다. 난 그저 내세를 믿지 않는 정도가 아니라, 그것이 너무도 자주 억압의 도구 혹은 악의 수단으로 이용되고 있다고 믿는다. 내가 보기에, 그것이 가장 흔하게 사용되는 방식은 피억압자를 수동적으로 만드는 것이다. 천국에 대한 약속은 현세에서 강자를 대신해 노동하는 일을 긍정적으로 인식하게 하고, 혁명을 불필요하고 덜 긴박한 것으로 느끼게 만든다.

내세를 믿지 않는 것은 한 인간이자 목사로서 나 자신을 이해하는 데 필수적인 부분이다. 내세를 믿지 않는 것은, 고통받는 사람들이 나에게서 내세에 대한 확신을 얻기 원하는 순간에도 그들 곁에 있어 줄 수 있는 힘을 준다.

이 일의 의미를 잘 알지 못했던 신참 목사 시절, 친구 마이크가 어느 늦은 밤에 전화를 했다. 겨우 일주일 전만 해도 모든 사람의 눈에 더없이 건강해 보이셨던 그의 어머니가 암으로 한 달도 채 살지 못하실 것이라는 선고를 받은 상태였다.

그는 한 번만 더 '어머니는 더 좋은 곳으로 가실 거야'라는 말을 듣는다면 미쳐 버릴 것 같아 내게 전화를 했는데, 내가 어머니가 더 좋은 곳으로 갈 것이라는 믿음이 없는 무신론자 친구였기 때문이다. 물론 그가 내 믿음에 동의하기 때문은 아니었다. 그는 내세에 대해 아무런 느낌이 없다고 했고, 다만 현재로서는 어머니가 더 나은 곳으로 가야 한다는 사실에 대해 별로 생각하고 싶지 않기 때문에 내게 전화를 한 것이다. 그는 이 땅에 남은 자신이 어머니를 얼마나 그리워하게 될지를 헤아려 보고 싶었다. 그리고 그런 그에게 나는 이 말 외에 별다른 말은 하지 않았던 것으로 기억한다. "너무 안타깝다."

이것이 바로 내가 내 일을 이해하는 방식이다. 당신이 누군가에게 '너무 안타까워'라는 말을 듣고 싶을 때 찾아갈 수 있는 사람. 나는 모든 것이 잘될 것이라거나 모든 일에는 이유가 있다고 생각하지 않는다. 만약 당신이 곁에 함께 있어줄 누군가가 필요하다면, 그곳이 중간 기착지라 해도 나는 개의치 않는다. 그것이 바로 내가 이곳에 있는 이유이기 때문이다. 나는 중간 기착지에 사는 사람이다.

그리고 베스의 너무나도 사랑스러운 부분은, 상상할 수 있는 최고의 장소인 천국에 자신이 들어간다 해도 여전히 조를 그리워할 것이라 말하고 있다는 점이다. 그러니까 그것은 이런 말이다. '내가 곧 죽을 거란 사실은…너무나 유감이야. 언니, 난 이 해변에서 언니와 함께 앉아서, 슬픈 이별이 닥칠 때까지 언니 곁을 지킬 거야. 난 이제 곧 죽겠지. 우린 서로를 그리워할 테고 마음이 무척 힘들 거야.'

나는 한때 기독교적 내세가 아닌 불교의 윤회설에 따른 내세관에 심취한 적이 있었다. 하지만 이 불교적 내세 역시 동일한 문제를 지니고 있는데, 바로 정의의 문제가 너무 흐릿해진다는 점이다. 업보karma는 오지 않는다. 누군가는 평생 나쁜 일을 저지르고 살다가 만족스럽게 죽고 누군가는 평생 선하게 살지만 정신적·심리적·육체적 고통 속에서 죽어간다. 내 경험에 비추어 볼 때 이것은 사실이다. 그리고 환생은 이런 진실의 어두운 측면을 왜곡한다.

그런데 이 내세가 급작스럽게 내 앞에 모습을 드러낸 적이 있다. 친한 친구 줄리아와 함께 아일랜드에서 30킬로미터에 달하는 긴 도보 여행을 하고 있었는데, 그날은 위클로 웨이Wicklow Way라는 오래된 코스를 중간쯤 걷고 있었다. 우리는 바로 전날 더블린에서 출발해 이틀 후면 글렌달로프에 도착할 예정이었다. 더블린에서 글렌달로프까지 4일을 걷고, 다시 한 시간 동안 버스를 타고 돌아오는 것이다. 이런 도보 여행의 목적은, 생각하고, 모타운 음악을 흥얼거리고, 같은 길을 앞서 걸어간 수만 명의 사람들을 떠올리고, 장엄한 풍광을 바라보며 영감을 얻는 데 있다. 물론, 녹초가 되는 것은 말할 것도 없다. 그리고 너무 녹초가 되면 자연스럽게 내세가 머릿속에 떠오른다. 심지어 그 개념을 혐오할지라도 말이다.

우리는 나지막한 히스 덤불을 헤치며 걸었는데, 덤불을 뒤덮고 있던 수많은 거미줄에서 무지갯빛 이슬방울들이 튕겨 올랐다. 그러다 별안간 눈앞에 숲이 나타났고, 나도 모르게 줄리아에게 내세에서는 나무로 태어나고 싶다고 말했다. 정말로 내 입에서 튀어나온 말이었다. 우리가 살던 곳에서 만 킬로미터나 떨어진 아일랜드에서 직선을 이루며 곧게 서 있는 멋진 나무들을 갑작스럽게 맞닥뜨렸을 때, 내가 바로 그곳에 있다는 사실에 행복해졌다. 나무들이 일렬로 한 그루씩 서 있는 숲이, 그것도 갑작스럽게 시작되는 지점을 눈으로 목격하는 일은 황홀한 경험이다. 그리고 이 경계는 나에게 두 가지 느낌을 동시에 불러일으켰다. 첫째, 세쿼이아나 떡갈나무, 어린 시절 흔히 본 레드우드 같은 캘리포니아의 나무들이 너무나 그리워졌다. 나에게 나무란 무엇인지를 가르쳐 주었고, 시간(나는 레드우드의 수명이 천 년이라는 사실을 배웠고, 갑작스럽고 강한 태풍으로 뿌리가 갈라지는 모습도 보았다)과

신성한 제인 에어 북클럽

환경과 환대에 대해 생각하는 법을 가르쳐 준 그 나무들이 정말로 그리웠다. 둘째로, 살던 곳에서 이렇게 먼 곳까지 왔다는 사실이, 여행하며 드넓은 세상을 볼 수 있는 놀라운 자유가 내게 주어졌다는 사실이 너무나 기뻤다.

그날 아일랜드의 땅을 걸으며 나는 레드우드가 되어 백 년을 살고 싶다는 몽상에 급히 빠져들었다. 나는 새들에게 보금자리를 주고 그들이 새끼를 낳고 떠나가는 모습을 보고 싶었다. 나는 다람쥐를 싫어하지만, 그들이 아무 이유도 없이 바보 같은 점프를 하며 내 가지를 부러뜨려 놓을지라도 기꺼이 가지를 내어줄 용의가 있었다. 나는 사람들이 내 그늘 아래서 책을 읽고, 또 나의 큰 키를 보며 삶에서 발견한 한 자락의 아름다움에 경이를 느끼는 모습을 보고 싶었다. 고약한 심리학자는 세상에서 가장 큰 나무가 되고 싶은 내 욕망이 160센티미터밖에 되지 않는 내 키 때문일 거라고 말하겠지만, 입을 다물어 주시길 바란다. 나는 그저 집에서 만 킬로미터나 떨어진 이곳에서 백 년 동안 땅에 붙박인 삶을 살고 싶다는 마음이 들었을 뿐이고, 신기하게도 백 년이 너무도 짧은 시간이라 느껴졌다.

돌아보면, 그곳에서 시간을 보내며 행복을 느끼면서도 동시에 집을 그리워하는 내 모습을 보면서 내가 믿지도 않는 어떤 내세를 떠올리게 된 것이 아닐까 하는 생각이 든다. 그때 베스의 대사가 머릿속에서 반복적으로 재생되기 시작했다. "천국에서도 언니가 너무 보고 싶을 것 같아." 베스는 이말을 하면서 자신이 내세에서 어떤 경험을 하게 될지를 조에게 확신시켜 주고 싶었던 것 같다. "내 걱정은 하지 마. 그곳은 더없이 행복한 곳이니까. 하지만 여전히 언니가 보고 싶을 거야. 사실, 언니를 계속 그리워할 수 있어서 행복한 곳인지도 모르겠어."

베스의 고백에 암시된 몇 가지 내용들이 참 마음에 든다. 이생에 있는 어떤 것들은 천국도 바로잡을 수 없다는 생각을 나는 사랑한다. 그것들은 유한하기 때문에 이곳에 있는 것이 더 낫다. 이 땅에는 그 덧없음 때문에 더 아름다운 것들이 있다. 타이타닉호가 침몰하던 순간에 음악가들이 연주하던 음악, 자매와 나누는 사랑…. 또한 그 짧음 때문에 안타까운 것들도 있다. 다시, 타이타닉호가 침몰하던 순간에 음악가들이 연주하던 음악, 자매와 나누는 사랑이 그러하다.

앞서 말했듯이 내가 내세를 싫어하는 이유는 그것이 취약한 사람들을 주변부로 몰아내는 도구로 이용되기 때문이다. 또 한 가지 이유가 있다면, 너무나 아름다워서 떠나고 싶지 않은 현생에 초점을 맞추지 못하도록 방해하기 때문이다. 내

세는 내 의붓딸과 피터가 함께 퍼즐을 맞추고 있는 모습을 지켜보는 황홀한 순간을 퇴색시킨다. 나는 이 황홀한 순간을 사랑하고, 이런 순간이 영원하지 않으리라는 안타까움 또한 사랑한다.

우리가 베스를 보며 눈물 흘리는 까닭은 그가 너무나 현세의 사람이기 때문이다. 그는 집을 떠나고 싶지 않았다. 처음으로 발병했을 때 그는 집으로 돌아온 엄마로 인해 병을 이겨낼 수 있었다. 그는 천국으로 가고 싶지 않았다. 그는 벽난로와 피아노, 인형, 땅의 것들을 사랑했다. 자매들과 고양이, 보랏빛 눈동자를 사랑했다. 그래서 우리는 베스가 어딘가로 가 버린다는 사실을 견뎌 내기가 쉽지 않다.

우리가 베스의 죽음을 원치 않는 이유는 베스 자신이 진정 죽음을 원하지 않았기 때문이다. 그는 자신이 조처럼 용감해질 준비가 되었다고 말한다. 지금까지는 다른 자매들이 늘 자신을 남겨 두고 떠나갔지만, 이제는 자신이 그들을 남겨 두고 떠날 차례가 되어 신이 난다고까지 말한다. 하지만 우리는 이것이 운이 다한 사람의 변명이라는 것을 직감할 수 있다. 베스는 연인에게 차이고 나서 떨리는 입술로 이렇게 말하는 사람들과 같다. 다행이야, 정말.

우리가 베스를 위해 빌어 주고 싶은 소원은 내가 모든 신자들을 위해 빌어 주고 싶은 내용과 동일하다. 바로 그녀의 모든 소원이 지상에서 이루어지는 것이다. 베스는 다른 자매들이 집에 돌아와 자기와 함께 있어 주기를 바랐고, 그들이 집에서 행복하기를 바랐다. 그녀는 모든 것이 평화로워 인형 놀이를 아무렇지 않게 즐길 수 있고 이웃들이 가난하지 않은 그런 시간에 정지해 있고 싶었다. 그녀는 매일 피아노를 치고 싶었다. 험멜 가족이 가난에 빠지는 일도 일어나지 않고, 그래서 그들을 돌봐 주러 갈 필요도 없기에 애초부터 빌어먹을 성홍열에 전염되는 일도 없었기를 바랐다. 그녀가 원했던 것은 이 땅에 이루어지는 소박한 천국이었다. 그래서 그는 천상의 천국으로 만족해야 한다는 데서 상실감을 느낀다.

신학교에서 나를 지도하셨던 할리시 교수님이 불교 승려인 친구가 들려준 이야기를 해 주신 적이 있다. 아들이 죽어 가고 있는 한 일본인 어머니의 이야기였는데, 그 아들은 극락(정토교에서 가르치는, 정확히 천국은 아니지만 내세를 의미하는 곳)에서 다시 만나게 될 테니 자신이 죽어도 괜찮다고 어머니에게 말했다고 한다. 그리고 아들이 죽자 어머니는 그 승려에게 이렇게 말했다. "전 정토를 믿지 않지만 지금 당장 그곳에 가야겠어요."

분명히 말해, 만약 천국이라는 것이 있다면 그곳은 내가 사랑했던 이들이 돌아와 마치 레드우드처럼 서로의 곁에 줄지어 설 수 있는 그런 곳일 테다. 내가 정말로 원하는 것은, 몇 백 년 동안 레드우드로 살면서 새와 다람쥐에게 거처를 제공하고 태풍에 가지가 떨어져 나가고 먼 곳에서 온 사람들이 이곳에서 세상을 향한 사랑과 연민만을 느끼는 모습을 지켜보는 일이다. 나는 레드우드가 될 수만 있다면 엄청난 연민을 내 안에서 끌어낼 수 있을 것 같다. 그리고 나는 풍부한 상상을 불러일으키는 내세에 대한 대화에 감사한다. 만약 그것이 아니었다면 레드우드에 대한 이런 유의 관점을 생각하지 못했을 것이다. 그리고 그러한 관점의 생각을 통해 내가 더 나아진 것 같다.

몇 가지 빠뜨린 것이 있다. 그레타 거윅Greta Gerwig 감독의 2019년도판 〈작은 아씨들〉 영화에는 "천국에서도 언니가 너무 보고 싶을 것 같아"라는 대사는 나오지 않는다. 그리고 나는 여전히 베스를 생각하며 눈물을 흘린다. 그리고 내가 믿지 않는 하느님이 이 눈물도 헤아려 주시길 빈다.

13.

《해리 포터》에 나타난
희망에 대하여

"그들의 존재가 그에게 용기를 주었다."

《해리 포터와 죽음의 성물》 34장 중에서

목사로 일하던 시절에 내게 주어진 부수적인 일들 중 하나는 병원을 방문하는 것이었다. 당시 나는 우리 교회에 소속된 신자들 중에서 수술을 했거나 화학요법으로 치료받고 있는 분들을 만나러 가곤 했는데, 그중에 우리 '해리 포터와 신성한 텍스트' 모임의 일원이었던 스물다섯 살가량 되는 앤이 있었다. 진지하고 밝고 친절하고 늘 기꺼이 도와주려는 마음을 가진 앤을 나는 참 좋아했다. 그녀는 매주 환한 미소를 띠고 모임에 나왔고, 언제나 명석한 생각들을 나누어 주었고, 새로 들어온 사람들에게 말을 걸어 주었다. 그리고 나로서는 엄두도 내지 못할 수준의 친절함을 지닌, 믿을 수 없을 만큼 포용적인 사람이었다. 심지어 수업이 진행되는 기간 동안 가장 표시가 나지 않는 하찮은 일도 기꺼이 자원하곤 했는데, 수업 후 사람들이 교실을 나가는 동안 바구니를 들고 있다가 그들이 2달러씩 헌금을 넣으면 조심스럽게 바구니를 흔들던 모습이 기억난다. 그리고 이 모든 시간 동안, 그는 병 때문에 계속 입원과 퇴원을 반복하고 있었다.

앤도 어렸을 때는 친구들과 즐겁게 어울려 놀던 아이였다. 아이들이 흔히 그러는 것처럼 거친 놀이도 했다. 그러다가 어느 날 엉덩이를 다치고 말았다. 이후 열 번도 넘게 수술을 했지만 효과가 없었고 어떤 수술은 몸 상태를 더 악화시켰다.

어떤 때는 고통이 너무 심해서 심각한 통증 관리 치료를
받아야 했고, 옷을 입은 상태에서도 근육이 경련을 일으키
는 것이 보였다. 그가 내게 직접 연락하지 않아도 내가 이런
저런 경로로 상황을 듣게 되어 그가 있는 응급실이나 병실을
방문하는 경우도 많았다.

나는 앤을 방문하며 필사적으로 에너지를 쏟았다. 그가 읽
고 있던 해리 포터 시리즈의 한 대목을 읽어 주거나, 그의 연
애담을 가지고 수다를 떨거나, 내 강아지 사진을 보여 주기
도 했다. 간호사들이 곧 돌아오겠다고 해 놓고 약속을 지키
지 않으면 내가 대신 항의하기도 했다. 물론 정중하게 고개
를 치켜들고, 간호사들은 의사들을 기다리고 있고 의사들 역
시 아무 일 없이 놀고 있었던 것은 아니라는 걸 인정하면서,
그럼에도 나의 피보호자에게 관심을 가져 줄 것을 부드럽게
요구했다. 때로 고통이 너무 심해서 눈물이 조용히 앤의 뺨
을 타고 흘러내릴 때면 나는 최선을 다해 주의를 분산시켜
주려 노력했다. 마치 부모님이 싸우는 이유를 알지 못한 채
두 사람의 싸움을 끝내려고 애쓰는 꼬마처럼 말이다.

나는 연륜 있는 병원 원목이 아니다. 하지만 그곳에서 충
분한 훈련을 받은 지금은 신참자라고도 할 수 없다. 우리가
병원을 방문한다면 보통 만나게 되는 사람은 입원 수속을 마

친 환자들이다. 처음 만날 때 그들은 응급실에서 두려움에
빠져 있거나 환자복으로 갈아입은 모습 중 하나다. 내 경우,
그들에게 느낀 유일한 정체성은 아픈 사람이었다. 그들은 팔
에 링거를 꽂고 있어서 머리를 마음대로 매만지기도 힘들다.
나는 그들이 자기 일을 능숙하게 해내거나 자녀들에게 다정
하게 대하거나 자기 몸을 다치게 한 운전사를 욕하는 모습을
좀처럼 본 적이 없다.

그래서 이들을 방문하는 원목의 일은 매우 민감한 일이다.
나는 그들의 모든 개인적인 이력이 담긴 차트를 미리 읽는
다. 그들을 만나러 가면, 그 방 안에서 내게 전적인 권위가 주
어진다. 링거에 대해 내가 확신하는 바는, 환자들에게 약효
를 지속시켜 주는 목적뿐 아니라 침대에 묶여 있다는 느낌을
주는 심리적 목적 또한 일부 있다는 것이다. 목사가 환자를
방문할 때의 전형적인 모습이 그렇듯, 누군가가 침대에 누
워 있고 건강한 나는 주변을 다니며 의자를 옮기곤 한다. 대
개 처음 만나는 사람들이기 때문에, 나는 이런 직설적인 질
문들을 던진다. "두렵진 않으세요?", "여기 계시는 동안 누가
도와주시나요?" 그러고 나서 "저는 원목입니다"라고 말하
면, 어떤 사람은 나를 밀어내는 반면 어떤 사람은 말을 끝내
기가 무섭게 마음에 담고 있던 이야기들을 쏟아낸다. 한번은

어떤 환자가 심각한 진단을 받은 직후에 요청을 받고 그의 병실로 간 것이 다였던 적도 있다. 내가 들어갔을 때 그 환자는 공황발작을 시작하고 있었고, 곧 의사가 진정제를 투여하러 올 예정이었다. 나는 5초 동안 그의 손을 잡았고, 그 짧은 시간에 그가 내 눈을 들여다보며 이렇게 말했다. "저는 아이가 둘 있어요." 그리고 다시 의사와 간호사가 병실로 돌아오면서 내 임무는 끝났고, 이후로 그 환자를 다시 만날 일은 없었다. 어떤 환자는 내게 이런 질문을 했다. "저한테 뭘 해 주실 수 있으세요?" 유일하게 떠오른 정직한 대답은 이런 것이었다. "글쎄요, 전 그저 이 방에 들어오는 사람들 중에 당신을 찌르지 않을 유일한 사람이자 당신이 쫓아낼 수 있는 유일한 사람이 아닐까 해요." 그 여성은 나에게 자리에 앉기를 권했고, 우리는 함께 텔레비전을 보며 잡담을 나누었다.

하지만 앤을 방문하는 일은 그 어떤 형태의 방문과도 달랐다. 앤은 나에게 단순히 환자가 아니라 내가 아는 사람이었고 어쩌다 보니 지금은 병원 신세를 지고 있을 뿐이었다. 이런 완전히 새로운 경험에 나는 문외한일 수밖에 없었다. 그녀가 처음 우리 모임에 왔을 때 나는 직설적이고 사적인 질문을 편하게 하지 못했다. 자신에 대해 너무 많은 것을 털어놓았다고 느끼면 수요일 모임에 그만 나올지도 모른다는 생각 때문이었다. 나는 이 모임이 그녀에게 큰 위안이 된다는 것을 알았다. 그래서 나는 거의 탭댄스를 추듯이 그를 대했다. 그의 고통에 대한 이야기는 일체 꺼내지 않고, 주의를 분산시키기 위해 재미있는 이야기만 했다. 데이트 후 하이힐을 신은 채 바로 달려오느라 화제가 떠오르지 않는 날에는 그날의 데이트가 어땠는지를 상세히 말해 주기도 했다. 목사의 일에서 중요한 측면 중 하나가 경계를 지키는 것이지만, 유독 앤과 있을 때는 그 모든 경계가 사라져 버렸다.

이런 내가 앤을 위한 목사로서는 엉망으로 보일 것이다. 그리고 사실이 그랬다. 내가 원목이 되기 위한 공부를 한 것은, 사람들이 인생에서 힘든 시간을 보낼 때 곁에 있어 주는 사람이 되고 싶어서였다. 그리고 세상에 존재하는 고통, 신이 외면하고 있는 그 고통을 증언하는 사람이 되고 싶었다. 그런데 앤과 함께하면서 나는 내가 사람들의 고통을 증언하는 일을 원치 않는다는 사실을 깨닫게 되었다. 내가 원했던 것은 낯선 이들의 고통을 증언하기 위해 그들과 함께 있는 것이었다. 그런데 누군가를 잘 알게 되면 그의 고통을 가까이서 들여다보기가 너무 힘들어진다. 나는 앤을 병원 밖에서 알게 되었고, 그를 처음 알게 된 그 세상으로 앤을 꺼내 오고 싶었다. 그래서 앤을 만나는 그 심야의 방문에서 가장 힘들었던 부분은, 누군가의 고통을 들여다보는 것이 아니라 그의 병실을 떠나는 것이었다. 나는 그 방을 어떤 식으로 떠나야 할지 도무지 감을 잡지 못했다. 나는 몇 시간이고 앉아서 누군가가 어떤 확실한 말을 해 주기를 기다렸다. 가령, '치료 계획이 나왔어요. 이 3단계 요법을 거치면 상황이 한결 나아질 거예요' 하는 식으로 말이다. 나는 계속 앉아서 이제는 가야 할 시간이라는 신호가 주어지기를 기다렸지만, 그런 일은 좀처럼 일어나지 않았다.

앤은 이렇게 말했다. "바네사, 이제 가도 돼요. 이러다 몇 시간이 걸릴 거예요."

그러면 나는 이렇게 답했다. "곧 갈 거예요. 그냥 의사가 오는 것만 보려고 그러는 거예요."

한 시간 후에 내가 하품을 하자, 앤은 또 이렇게 말했다. "제발 가세요. 얼마나 오래 걸릴지 아무도 몰라요."

그러면 나는 지지 않고,《해리 포터》를 읽어 주거나 강아지 사진을 보여 주거나 유튜브 영상을 보여 주겠다고 했다. 하지만 내가 다시 한 번 하품을 하는 순간 그는 내게 가라고 우겼다.

"가세요. 더 이상 기다릴 게 없잖아요. 의사들이 와도 진통제를 주는 정도겠죠. 그러니 제발 가세요."

앤은 그런 사람이었다. 그는 나에게 너무나 신경을 쓰고 있었고, 나는 그 마음을 받아들였다. 그리고 감사한 마음으로 안심하고 병실을 떠나기로 했다. 앤이 나를 내보내기 위해 그렇게 애를 썼는데도, 나는 여전히 그에게 강박적으로 말을 해 대고 있었다. 말하자면 후속 계획 같은 것에 대해서 말이다. "아침에 전화할게요. 내가 오기 전에 의사가 뭔가 도움이 될 만한 걸 말해 준다면 같이 다음 단계를 밟으면 될 거예요." 그러면 나보다 더 많은 걸 알고 있는 앤은 웃으며 고개를 끄덕였다. 나는 희망적인 기분으로 자리를 떠야만 했던 것이다. 앤을 위해서가 아니라 바로 나 자신을 위해서. 나는 어떤 계획, 혹은 상황이 나아질 것이라는 어떤 징후를 보지 않고는 그녀를 떠날 수가 없었다. 그리고 놀랍게도, 숱한 세월 고통받고, 잘못된 수술로 피해를 입고, 의사로부터 약물 중독 의심을 받던 앤이, 조를 위로하던 베스처럼 나를 위로하고 있었다. 돌아보면, 과연 앤은 자신에 대해서도 그렇게 하고 있었을지 자못 궁금하다.

　나는, 인생의 절반 이상을 고통스럽게 살아왔고 병원에서의 이런 만남을 인생의 일부로 여기기로 타협해 버린 그녀의 현실에 저항했다. 앤 역시 이것이 자신의 현실이라는 사실이 기쁘지 않았고, 그 엄연한 진실을 몹시 슬퍼했다. 하지만 그에게도 삶이 있었다. 그는 열심히 일했고, 적절한 약물과 치료법을 찾기 위해 애썼다. 친구와 애인을 만났고, 대학원에 원서도 넣었다. 물론, 이 모든 일을 하는 데 고통이 동반되었지만 말이다.

나는 점차 그녀가 고통에서 완전히 벗어날 수 있다는 소망을 잃어 갔다. 그 현실이 점차 확실해지자 그녀를 방문하는 횟수도 줄기 시작했다. 나는 와 달라는 부탁을 받을 때만 그녀를 만나러 갔다. 그저 불쑥 찾아가는 일은 더 이상 없었다. 그리고 1년이 지난 후에 나는 교회 목사직을 내려놓았고, 앤은 여전히 입원과 퇴원을 반복하는 삶을 살고 있었다. 그녀는 여전히 목사를 부를 수 있었고, 나 역시 앤이 입원했다는 소식을 들을 수 있는 상황이었다. 심지어 한번은 그가 특별히 나에게 연락해서 와 주길 부탁했고 나 역시 시간이 비어 있었지만, 나는 가지 않았다. 더 이상 내 일이 아닌데 찾아가는 것은 경계를 흐리고 직업윤리에 어긋날 수 있다는 말로 스스로를 정당화했다. 갑자기 나에게 경계가 매우 중요해져 버린 것이다.

하지만 진짜 이유는, 앤의 상황에 희망이 없다는 사실을 깨달은 이후 그를 찾아가는 것이 어떤 의미인지를 알 수 없었기 때문이다. 상황은 달라지지 않을 것이다. 물론 나를 만

나는 것이 그녀에게 도움이 될 수 있었겠지만, 나는 갈 수 없었다. 그 만남에는 목적이 없었기 때문이다. 우리는 앤의 삶이 더 나아지도록 하기 위해, 혹은 생의 마지막 몇 개월을 편안하고 행복하게 보내도록 하기 위해 노력하고 있는 것이 아니었다. 그녀는 이번에는 효과가 있기를 바라는 마음으로 계속해서 수술을 받고 있었지만, 그런 일은 일어나지 않았다. 의료체계는 계속해서 그를 실망시키고 있었고, 나는 더 이상 그 꼴을 지켜보고 있을 수 없었다.

해리 포터는 자신이 등장하는 전체 시리즈 속에서, 내가 보기엔 너무나 절망적인 상황으로 끊임없이 걸어 들어간다. 그와의 첫 만남을 떠올려 보면, 그는 이모네 집에서 학대를 받으며 계단 밑 창고에서 지내는, 한마디로 벽장 속의 인질 같은 아이였다. 그런 열한 살짜리 아이가 악의 화신 볼드모트를 전적으로 혼자 상대하고, 오직 적절한 순간에 주머니에 손을 넣음으로써 목숨을 구한다. 끊임없이 지하실에 갇히고, 어두운 미로 속으로 내던져지며, 불합리한 이유로 갇히기를 반복한다. 그리고 누군가의 개입과 비범한 재주, 아니면 모래 같은 것을 통해서라도 항상 이 불가능한 상황을 빠져나온다. 내가 이런 상황 속에 던져졌다면, 아마도 저 높은 곳에 있는 신에게 불만을 터뜨리거나 피 튀기는 살인을 보고 절규하거나 몸을 웅크리고 죽음을 기다렸을 것이다. 그런데 해리는 참고 견딘다. 그리고 상황이 바뀔 때까지 꿈틀거리며 움직인다.

선택받은 마법사 해리가 보여 주는 절망에 맞서는 희망은 거의 병리적인 수준이다. 더즐리네 집에서 수년 동안 학대를 받은 그가 도리어 그 가족들을 상대로 농담을 던지는 것은 그들이 곧 한 방 먹으리란 사실을 알고 있기 때문이다. 버논이 해리의 편지를 몇 주 동안 빼앗아 간 상황에서도, 해리는 호그와트에서 오는 편지를 곧 손에 넣으리라는 희망을 잃지 않는다. 그리고 이런 희망은 대부분 보상을 받고, 심지어 신적인 개입까지도 선물로 받는다. 예를 들어, 마법의 새가 날아와 자신의 눈물로 해리를 치료해 주고, 필요했던 무기가 얼어붙은 호수 바닥에 나타난다. 해리가 이렇게 불가능한 일들을 해내는 것은, 그가 용기와 담대함으로 희망을 붙들 때마다 운명의 여신이 일어나 보상을 해 주기 때문이다. 우리 대부분이라면 포기했을 그런 상황에서도.

나는 신적 개입 따위를 믿지 않는다는 사실에 자부심을 가지고 있다. 나는 때때로 어떤 좋은 것이 마치 신에게서 온 것처럼 자격 없이 주어진다는 은혜의 개념을 믿는다. 그러나 마법은 믿지 않는다. 나는 의지할 수 있는 은혜 같은 것을 믿지 않는다. 끔찍한 일들은 벌어지고, 정의는 시행되지 않는다. 이 사실을 기억하는 일은 내게 중요하다. 희망에 부풀어서, 화나고 격분하게 만드는 일들 앞에서 화내고 격분하는 것을 잊어서는 안 되기 때문이다. 어떤 것을 적절한 이름으로 부르는 것은 나에게 중요하다.

그런데 시리즈 전체의 막바지인 "다시 숲에서"라는 제목의 장에서는, 불가능한 상황을 모두 헤치고 달려 나가던 이전과는 사뭇 다른 분위기가 느껴진다. 이 지점에서 해리가 느끼는 절망은 여기서 완수해야 할 과제 자체가 지닌 필수적인 특성이고, 이 필요불가결한 절망을 통해 많은 일이 이루어질 것이다. 이제 해리는 자신을 바쳐야 하고, 그 희생이 완전하지 않다면 마법이 충분한 효력을 발휘하지 못할 것임을 알게 된다. 그리고 내 머릿속에 자주 떠오르는 유명한 장면이 이어진다. 바로, 해리가 자진해서 볼드모트의 손에 죽기 위해 숲으로 걸어 들어가는 장면이다.

그렇게 걷는 동안, 해리는 이것이 진정 절망적인 상황이라고 끊임없이 스스로를 납득시켜야 했다. 운명을 바꾸고 상황을 돌파하기 위해 마지막 남은 카드를 꺼낼 수 있다는 느낌이 몸에 배어 있던 그였기에, 이 순간만큼은 지금까지 살아왔던 그 어떤 시간과도 다르다는 사실을 스스로에게 납득시켜야 했던 것이다.

작가는 이렇게 쓴다. "해리는 자신이 살아남아서는 안 된다는 사실을 마침내 이해하게 되었다. 그의 임무는 자신을 맞이하는 죽음의 품으로 조용히 걸어 들어가는 일이었다." 그렇게 걸으면서, 해리는 마침내 이해되기 시작하고 갈수록 분명해지는 이 운명을 깊이 원망한다. 그것이 눈앞에서 조금씩 다가오고 있다는 사실도. 그것은 필요에 의해 의도적으로 선택한 죽음, 오랜 고민 끝에 어쩔 수 없이 동의한 죽음이었으며, 자신의 본성을 완전히 거스르는 것이었다.

해리는 자신이 늘 사랑했던 퀴디치 게임의 비유를 떠올리기 시작한다. "경기는 끝났고, 스니치는 잡혔다. 이제 공중에서 내려올 시간이다…." 바로 이 순간, 해리의 머릿속에 알버스 덤블도어의 뜻에 따라 자신이 스니치를 지니고 있다는 사실이 떠오른다. 그것은 해리가 학교에서 처음으로 잡은 스니치였고, 이런 짧은 문구가 새겨져 있었다. "나는 마지막에 열린다." 해리는 "무감각한 손가락으로" 스니치를 찾았다.

여기서 '무감각한 손가락'이라는 말에는 다소 복잡한 의미가 있다. 내 생각에 이 말은 해리가 스니치를 서투르게 만지작거렸다는 뜻이다. 스니치라는 물건을 꽉 잡기 위해 그렇게 애를 써 보기는 처음이었을 것이다. 하지만 이것이 '무감각한 손가락'이라는 말이 의미하는 전부라고 단정하기에는 무리가 있다. 감각은 손가락을 통해 어떤 것을 느낄 수 있는 능력이다. 우리는 감각을 통해 불안을 느끼고 또한 용기를 내기도 한다. 아마도 이 순간 해리가 직면한 절망과 두려움 앞에서 이와 같은 감각의 다양한 작용들은 모두 사라져 버렸을 것이다. 손가락 끝의 감각이 완전히 마비되어, 어떤 용기도 두려움도 소망도 느껴지지 않았을 것이다. 오직 해리에게 남은 것은 행동뿐이었다.

무감각한 손가락으로 스니치를 잡은 해리는, 스니치에 대고 세상에서 가장 절망적인 말을 속삭인다. "나는 이제 죽으려 한다." 이런 절망적인 사실이 해리의 입으로 시인되는 순간, 스니치가 열리고 죽은 사람을 불러낼 수 있는 힘이 해리에게 주어진다. 그리고 죽었던 네 명의 인물이 그 앞에 나타난다. 살아 있는 사람은 이 순간의 해리에게 사실상 어떤 위안도 줄 수 없다. 만약 헤르미온느나 론이 그의 곁에 있었더라도, 아마도 앤 곁에 내가 있었을 때처럼 자신을 돌봐 주러 온 사람을 돌보는 처지가 되고 말았을 것이다. 오직 죽은 자만이 바로 이 순간 해리를 도울 수 있기에, 해리가 세상에서 가장 그리워했던 네 사람이 그를 만나러 온다. 그들은 바로 어머니와 아버지, 루핀, 시리우스였다.

네 사람이 선택된 기준이, 이미 죽은 사람이라는 점 그리고 생전에 해리를 사랑해 준 사람이었다는 사실을 볼 때 좀 의아한 점이 있다. 그렇다면 도대체, 덤블도어는 어디 있는가?

제자가 절체절명의 위기에 빠진 이 순간에 덤블도어가 나타나지 않은 이유에 대해서는 설명이 제시되지 않고, 대신 다음 장으로 넘어가 킹스 크로스 역에 그가 나타나는 모습을 확인할 수 있다. 나는 그가 이 장면에 나타나지 않고 추후에 등장하는 데는 이유가 있다고 생각한다.

내가 추측해 볼 때 그가 이 자리에 나타나지 않은 이유는, 해리가 "[이 네 사람은] 가라고 말하지 않을 것이고, 그것은 결국 자신이 선택해야 할 문제가 되리란 것을" 알고 있었기 때문이다. 하지만 덤블도어는 계속 걸어가라고, 심지어 서두르라고 말할 것이다. 해리를 위로하기보다는 행동을 촉구할 것이다. 누구든 절망적 상황에 빠졌을 때 필요한 것은 행동뿐이기 때문이다. 스니치에서 나온 돌을 통해 덤블도어가 부활하지 않은 이유는, 만약 그랬다면 해리에게 위로가 필요했던 순간에 그가 나타나 전략적인 조언을 제시하는 일이 벌어질 가능성이 있었기 때문이었다.

생전에 자신을 무척 아꼈고 죽은 뒤에도 자신을 만나러 와 준 사람들을 바라보면서, 해리는 어떤 조언 같은 것을 부탁하지 않는다. 그는 그들이 자신의 마음을 어루만져 주기를 바라며, 죽음에 대해 이렇게 묻는다. "아픈가요?" 해리가 지켜보는 가운데 죽었던 시리우스는 이렇게 대답한다. "잠드는 것보다 빠르고 쉬워." 이 어른들은 대화를 주도하지 않고 해리가 말을 건넬 때까지 기다린다. 어떤 조언도, 내세에 대한 어떤 약속도, 어떤 위로도 없다. 그들의 유일한 약속 역시 해리가 소중한 네 명의 보호자들에게 한 "곁에 있어" 달라는 요청에 대한 응답이며, 제임스는 해리에게 "마지막 순간까지" 함께 있겠다고 약속한다. 하지만 이 단순한 약속은 결국 지켜지지 못한다. 마침내 볼드모트를 맞닥뜨린 순간 네 사람을 불러낸 부활의 돌을 떨어뜨리면서 그들도 사라져 버린 것이다. 이제 그는 최후의 순간을 홀로 맞이해야 한다.

볼드모트의 공격에 쓰러진 해리는 킹스 크로스 역에서 깨어난다. 해리가 결정을 내려야 하는 곳이 바로 덤블도어가 나타난 이 갈림길이다. 덤블도어는 조언자이고, 멘토이고, 현자다. 그가 해리에게 조언과 정보를 제공하는 이유는 이제 희망이 새로운 선택지로 다시 떠올랐기 때문이다. 새로운 현실이 해리에게 모습을 드러냈고, 이 현실 안에서는 단순히 함께해 주는 이들이 아닌 다른 무엇이 필요하다. 다시, 가르침을 주는 교사가 필요해진 것이다.

앤이 그 숲을 걷고 있다고 말하기는 힘들 것이다. 아마도 숲길 위에 앉아 있다는 표현이 맞을지도 모른다. 하지만 내가 씨름하고 있는 문제는 앤이 어디서 무엇을 하고 있느냐가 아니다. 앤은 그 장소가 어디든 자신이 할 수 있는 모든 것을, 그리고 가장 적절한 일을 하고 있다고 나는 확신한다. 진짜 문제는, 앤이 거듭해서 맞이하는 상황 속에서 크게 필요치 않은 덤블도어 대신, 초대받은 네 명의 유령 같은 존재가 되기 위해 내가 어떻게 해야 하느냐다. 앤은 나에게 조언을 원하지 않는다. 그것은 의사에게 요청할 수 있으니 말이다. 기분을 나아지게 해 줄 것도 바라지 않는다. 그것은 간호사들이 할 일이기 때문이다. 앤이 나에게 원하는 것은 시리우스와 루핀, 제임스와 릴리가 보여 준 현존^{presence}이다. 이 네 명의 유령 같은 존재들은 침묵에 익숙하다. 무엇인가를 바꾸려고 노력하지도 않는다. 오직 곁에서 함께 걷고, 직설적으로 묻는 질문에 솔직하게 답하는 것, 최대한 단순하게 답하는 것이 그들이 하는 일의 전부다. 강아지 사진을 보여 주거나 탭 댄스를 추지도 않고, 그저 대답할 뿐이다. 그리고 그 외에 다른 것이 있다면, 떠날 시간이 될 때까지 해리에게 일어나는 일들을 빠짐없이 지켜보는 일이다. 이 숲속의 어떤 장면에서도 네 사람이 해리에게 희망을 불어넣는 일은 없다. 그들은 다만 해리가 돌을 떨어뜨릴 때까지 그와 함께 있어 줄 뿐이며, 할 일을 마쳤을 때 지체 없이 떠난다.

앤은 결코 '나아지지' 않을 것이다. 해리는 볼드모트와 맞대면하여 그의 손에 죽어야 할 것이다. 하지만 이토록 자애롭고 침착한 네 사람의 현존이 아니었다면, 해리는 자신이 해야 할 일을 당당하게 해낼 수 없었을 것이다. "그들의 존재가 그에게 용기를 주었다." 그들이 없었더라도 해리는 자신을 희생했을 것이다. 하지만 그들이 있었기에 덜 고통스럽게 그 일을 해낼 수 있었다.

이것이 바로 내가 배우고 싶은 점이다. 릴리 포터는 상황을 바꾸기 위해서라거나 다른 어떤 구체적인 목적을 위해 나타난 것이 아니었다. 그녀는 자신의 존재가 해리에게 용기를 주기 때문에 그에게 나타난다. 그녀는 그 사실을 알고 있다.

앤 앞에 놓인 절망적인 상황에서 문제는 당연히 그 상황 자체다. 우연한 사고로 이토록 큰 고통을 받아야 한다는 사실, 그리고 이렇게 의학이 발달한 세상에서 이 병을 고칠 수 있는 방법이 없다는 사실은 어떤 말로도 표현할 수 없는 좌절감을 준다. 여기서 내가 할 수 있는 일이란 나의 현존이 중요하다는 사실을 믿는 것이다. 그리고 그녀가 요청할 때 그 자리에 나타나는 것이고, 떠나야 할 때, 그러니까 그녀가 돌을 떨어뜨릴 때 떠나는 것이다. 나는 그녀의 직설적인 질문에 대답할 수 있을 것이고, 곁에 있어 줄 수 있을 것이다. 나는 그 곁에 조용히 앉아 있을 것이다. 그녀에게는 나의 쉴 새 없는 한가한 수다가 필요하지 않기에.

어딘가에는 내 조언이 필요한 공간, 생각을 자극하고 설득하고 지시하고 상기시키고 행동하고 주장해야 할 킹스 크로스 역 같은 공간도 있다. 하지만 적어도 나에게 앤의 병실은 그런 곳이 아니다. 병원에는 덤블도어 같은 이들이 이미 존재하기 때문이다. 나는 앞으로도 살아가면서 주위를 둘러보며 내가 있는 곳이 숲속인지 킹스 크로스 역인지를 잘 헤아려야 할 것이다. 만약 숲속에 있다는 판단이 든다면, 내 현존이 누군가에게 축복이 되리란 사실을 믿고 가만히 앉아 입을 다물어야 한다.

아니면, 최소한 내 현존이 축복임을 믿는 것처럼 행동하고 모습을 드러내야 한다.

14.

《위대한 개츠비》에 나타난
강박에 대하여

"그러고 나서 그는 이 여인에게 키스했고…
신의 인간화가 완성되었다."

《위대한 개츠비》 6장 중에서

스테퍼니 교수님은 나와 함께 《제인 에어》를 신성한 텍스트로 읽는 작업을 시작하면서 《수도사의 사다리》라는 제목의 서간집을 건네주셨다. 책의 저자는 1193년에 작고한 이탈리아 출신 카르투시오회 수사 귀고 2세다.

나는 이 책을 사랑한다. 이 책의 주제는 읽는 행위가 우리를 하느님께로 이끌어 준다는 것인데, 나는 하느님을 믿지 않지만 이 주장은 나에게 깊은 진실로 다가온다. 책을 읽다 보면, 특히 어린 시절에, 누군가에게 이해받는다는 느낌을 받은 적이 있었다. 수백 년 전 수천 킬로미터나 멀리 떨어진 곳에 살던 낯선 이가 창조하여 오직 소설 속에서만 만날 수 있는, 실제로 존재하지 않는 누군가에게 말이다. 아홉 살의 나를 캐디 우드론*만큼 잘 이해해 준 이는 없었다. 나의 내면을 이해받는 그 느낌은 하느님이 나를 이해해 주는 것 같은 느낌과 흡사했다. 캐럴 라이리 브링크Carol Ryrie Brink는 나 자신도 말로 표현할 수 없었던 나의 느낌을 상상해 내고 그것을 캐디의 입을 빌려 표현해 주었는데, 그것은 내가 혼자가 아님을 뜻했다. 동시에 내가 하느님께 이해받고 있다는 뜻이나 마찬가지였다. 그것은 다른 사람과 공유할 수 있는 내용이

---

* 캐럴 라이리 브링크가 쓴 동명의 소설 주인공

아니라 어떤 다른 영혼에게도 말할 수 없는 내용을 이해받는 경험이었다.

읽기를 하느님께 나아가는 수단으로 이해하는 방식은 귀고의 편지에 잘 드러나 있지만, 이런 결론에 다다른 것은 그뿐만이 아니다. 다락방의 안네 프랑크는 쓰기가 기도의 형식이라고 믿었던 것 같다. 그리고 노라 에프론Nora Ephron은 이렇게 말했다. "읽기는 탈출이고, 탈출의 반대다." 말을 사랑하는 사람들은 그걸 이용해서 말에 대한 사랑을 격정적으로 표현하곤 한다. 귀고도 마찬가지다.

귀고는 자신의 편지에서, 어느 날 손과 몸을 써서 일하다가 "읽기, 묵상, 기도, 관상이라는 네 단계의 영적 훈련이 문득 떠올랐다"라고 한다. 그리고 이 네 단계를 개별적으로 다루며 각각의 개요에 많은 시간을 할애한다. 사실 나는 **묵상**meditation, **기도**prayer, **관상**contemplation 같은 단어들을 거의 동의어로 쓰는 경향이 있다. 영적인 주제에 대해 어렴풋하게라도 얘기하고 싶을 때 이 단어들을 애써 열거하면서, 이것들이 서로 마법을 부려 내가 찾아내고 싶은 제5의 단어, 말로 표현할 수는 없지만 정확한 고유의 의미를 지닌 단어를 도출해 주기를 기대한다. 하지만 귀고는 이 단어들을 단계별로 엄밀하게 분리해서 각각의 훈련에 예리한 가능성을 부여한다.

귀고는 자신의 글이 수도사들을 대상으로 한다는 사실에 대해 양해를 구하지 않는다. 그에게 "이것[네 가지 훈련]은 수사들이 땅에서 하늘로 올라갈 수 있는 사다리"일 뿐, 일반인들이 사용할 수 있는 것이 못 된다. 하지만 어쨌든 수사들에게 귀고가 전하는 놀라운 소식이 있다. 바로 땅에서 하늘에 닿을 수 있다는 것이다. 그곳에 가기 위해 죽기를 기다릴 필요가 없다! 그런데 기뻐하기 전에 잠시만 기다려 보라. 몇 문장을 더 읽고 나면, 이것이 당신을 하늘로 안내하는 것이 아니라 다만 "하늘의 비밀을 엿보게" 해 주는 사다리라는 점이 드러나기 때문이다. 물론, 이 역시 괜찮은 일이다. 하지만 여기서도 하늘의 비밀을 엿볼 수 있는 능력은 평범한 사람들에게 허락되지 않는다. 수사가 되는 것이 그 비밀을 알기 위한 전제 조건으로 보인다.

내 생각에 우리 중에는 짧게나마 하늘의 비밀을 엿본 사람들이 많다. 그리고 그것은 우리에게도 전해졌다. 바로 문학을 통해서 충분히 적절하게.

스콧 피츠제럴드F. Scott Fitzgerald의 소설《위대한 개츠비》에 등장하는 제이 개츠비가 바로 이런 기적 같은 순간을 체험한 인물, 혹은 적어도 그 순간을 약속 받은 인물일 것이다. 그리고 그는 수사가 아니었다. 개츠비는 20세기 초반의 미국인의 아이콘으로, 한 여자를 얻기 위해서 밀수와 위조, 뇌물 등 무슨 수를 써서라도 재력을 키우려 한다. 하지만 그가 늘 그랬던 것은 아니다. 5년 전 데이지 페이를 처음 만났을 때 개츠비는 군복을 입고 곧 제1차 세계대전에 소집될 젊은 남성이었다. 그는 젊고 아름답고 부유한 데이지에게 반해 버렸고, 어느 날 밤 데이지와 단둘이 길을 걷게 된다. 수사가 아닌 일반인 제이 개츠비는 그 길을 걸으며, 귀고가 비유적으로 설명했던 사다리를 오르는 매우 짧은 순간을 경험한다.

피츠제럴드는 이렇게 쓴다. "곁눈으로 개츠비가 본 보도블록들은 정말로 사다리 모양을 이루었고, 나무들 위 비밀의 장소에 오르도록 놓여 있었다. 만약 혼자 시도한다면 충분히 그 사다리를 오를 수 있을 것이고, 그곳에 이른다면 생의 젖을 빨아 먹을 수 있을 것이다. 비길 데 없는 경이의 젖을 삼킬 수 있을 것이다." 개츠비는 그들이 걷던 보도가 사다리를 이루고 있음을 보았다.

그는 그녀와 키스를 하여 자신의 형언할 수 없는 환상과 곧 소멸할 이 여인의 숨결을 영원히 결합시킨다면 그의 정신이 다시는 신의 정신처럼 뛰놀지 못할 것임을 알았다. 그래서 별 하나를 두드린 소리굽쇠 소리에 조금만 더 귀를 기울이

기로 했다. 그러고 나서 그는 이 여인에게 키스했고…신의
인간화가 완성되었다.

귀고의 말에 따르면, 자신이 제시하는 훈련법에 따라 하느
님께 나아가는 과정에 일반적으로 네 가지 장애물이 놓여 있
다고 한다.

> 어쩔 수 없는 필요, 활동적인 삶의 선행들, 인간적 약함, 세
> 속적 어리석음. 첫 번째 것은 용납될 수 있고, 두 번째는 견
> 디어야 하며, 세 번째는 연민을 불러일으킨다. 하지만 네 번
> 째 것은 진실로 비난받아 마땅하다. 세상에 대한 사랑 때문
> 에 목적을 저버리는 사람은, 하느님의 은혜를 알면서도 걸
> 어온 길을 되돌아가는 것보다는 차라리 그 은혜를 전혀 알
> 지 못하는 편이 낫다.

개츠비는 걸어온 길을 되돌아가 그 사다리에 이르기 위해
생을 바친다. 신의 인간화는 이제 완성되었고, 우주의 소리
를 듣고 그에 자신을 조율하는 순간이 도래하는 것은 이제
전적으로 데이지에게 달려 있기 때문이다. 그래서 그는 데이
지를 되찾는 일에 삶을 바친다. 그러나 마침내 데이지를 되

찾을 가능성이 목전에 다다랐을 때는 상황이 그다지 좋지 않다. 이제는 곁눈으로 사다리가 보이지 않았고, 비길 데 없는 경이의 젖은 다시 주어지지 않는다. 그렇게 달라져 버린 데이지와의 관계가 그의 곁에서 그렇게 폭파되고 있었다.

귀고는 수사들이 너무 높은 하늘의 비밀을 추구하다가 실망에 빠지지 않도록 일종의 처방전을 제시하고 있는 것 같다. 그의 처방전은 내가 어릴 적 캐디 우드론과 함께했던 경험을 병에 담아 세 단계로 늘려 놓은 것이다.

나는 귀고 2세보다는 제이 개츠비와 공통점이 더 많은 것 같다. 책을 읽을 때면 꼭 핸드폰이 울리거나 누군가가 현관문을 두드린다. 아니면 졸음이 쏟아지거나 강아지가 산책 시간을 알리러 달려오기도 한다. "별 하나를 두드린 소리굽쇠 소리"를 들을 때도 나는 영혼을 그에 맞추어 조율하지 않는다. 잠시 그 소리의 초월적인 아름다움을 느끼며 그 풍부함 속에 흠뻑 젖어 들지만, 순간은 결국 지나가고 마는 것이기에 나 자신을 그 소리에 맞춰 조율할 수 없고 그것으로 인해 인생이 바뀌지도 않는다. 그동안 나는 너무나 많은 약속을 하고 너무나 많은 의무를 지켜 왔다. 이런 소리굽쇠에 맞춰 스스로를 조율한다는 생각조차 떠올리지 않겠다는 결심은 나의 젠더 특성인 것 같다. 나는 어릴 때부터 늘 인생을 역

방향으로 생각하도록 양육받았고, 그래서 늘 부모가 되는 것에서 시작해 성실한 딸이 된다는 생각에 이른다. 나는 두 발을 땅에 딛고서, 둥둥 떠다니지 않기로 했다. 사다리를 오르는 훈련을 하지 않고, 그것을 찾지도 않기로 했다.

목마른 영혼을 천상의 달콤함으로 적시고 비길 데 없는 경이의 젖을 삼키기 위해 삶을 송두리째 바치는 사람들은 과연 정말로 그것을 얻을 수 있을까? 나에게 하늘의 비밀이 완전히 인간화되는 일은 내가 낳는 아이를 통해 완성되는 걸까? 만약 그렇다면 나는 그 아이의 발걸음을 통해 목적과 의미를 찾아다니며 사력을 다해 그를 양육할 것인가? 개츠비가 누리고자 했던 그 순간을 훼방한 것은 데이지와의 키스였지만, 그 순간에도 엄연히 그들 앞에 드리워져 있던 전쟁의 그늘이기도 했다. 그가 "하늘의 비밀을 엿볼" 기회를 앗아 간 것은 사랑뿐 아니라 폭력이기도 했던 것이다.

의미 있는 삶은 어디서 어떤 식으로 살아 낼 수 있는가 하는 질문에 대해 지금까지 수많은 문학적 답변들(내가 좋아하는 유형의 답변들)이 제시되어 왔다. 그중에서도 유명한 버지니아 울프의 답변은, 바로 집안의 천사를 죽이고 자기만의 방을 가지라는 것이다. 그리고 나는 일정 부분 내가 특정한 방식으로 헌신하면서 귀고의 길을 따라갈 수 있을 것이라 믿는다. 아마도 '하루에 8분' 같은 자기계발적인 방식을 통해서 말이다. 하지만 나에게 그 순간들은 도달하기 힘들고 무작위적이다. 그리고 그 일을 좀 더 손쉽게 할 수 있다는 아이디어는 숨이 막힐 뿐 아니라 나 자신과 내가 사랑하는 사람들, 그러니까 내가 진지하게 헌신을 약속한 소중한 사람들에 대한 배신으로 느껴진다.

개츠비와 귀고가 대화를 나누는 장면을 상상하면 늘 내 머릿속을 맴돌던 본질적인 질문 하나가 다시 떠오른다. 하느님에 대해 읽는 행위나 그에 대한 추구는 우리 삶에서 어떤 역할을 하는가? 그 "포착하기 어려운 리듬"이 우리에게 손짓할 때 우리는 무엇을 할 것인가? 그리고 우리가 그 리듬을 적극적으로 찾아 헤매며 분투했지만 "아무런 소리도 들려오지 않고 우리가 늘 기억하는 것들이 결국 영원히 소통 불가능한 것이 되어 버리는" 실망스러운 순간에 우리는 무엇을 할 것인가? 그 빛나는 환상을 찾아내기 위해 수도원에 들어가서 상아탑에 오래도록 머물 것인가? 열심히 하는 자신의 능력을 믿고 인스타그램 '좋아요' 숫자에서 그것을 찾을 것인가? 곁눈으로 사다리가 보일 때 곧장 그 위로 뛰어오를 것인가, 아니면 발목에 족쇄를 채워 땅에 묶어 두고 높은 위치에 중독되기를 거부할 것인가?

신성한 제인 에어 북클럽

우리의 강박은 우리를 자유롭게 할 수 있다. 캐디 우드론을 읽는 일은 나를 구원했다. 그는 내가 고통스러운 고독에 처해

캐디 우드론을 읽는 일은 나를 구원했다.

있을 때 늘 내 곁을 지켜 주었다. 하지만 강박은 개츠비의 경우처럼 값비싼 셔츠를 사도록(그것도 한 가지 셔츠를 색깔별로 사도록) 해 놓고서는, 사고로 사람을 죽인 여자를 보호해 주고도 결국 버림받게 만들 수도 있다. 강박은 우리가 그것을 선택했을 때 최선일 뿐, 곁눈으로 흘끗 보일 때는 아니다.

환상은 멋지게 보이고, 인정할 만하고, 고마운 것이지만, 인생을 송두리째 바꾸어 줄 토대로 여길 일은 아니다.

신성한 읽기를 위한 도구들

이 장의 목적은 독자가 직접 사용할 수 있는 도구를 제공하는 것이다. 믿음, 엄격함, 공동체는 매우 광범위한 개념이기 때문에, 텍스트를 신성하게 대하는 작업을 시작할 수 있는 좀 더 구체적이고 손에 잡히는 도구들이 필요할 것이다. 이 도구들의 용도는 주로 읽기 작업이나 영화와 텔레비전 프로그램을 보고 대화를 나누는 데 국한되지만, 더 창조적인 사람들은 야구 같은 비언어적 개념에도 충분히 적용할 수 있으리라 믿는다.

가장 먼저 할 일은 텍스트를 고르는 것이다. 사실, 당신이 좋아하는 것이라면 무엇이든 좋은 텍스트가 될 수 있다. 당신은 어떤 텍스트를 충분히 사랑하게 된 상태에서 그 텍스트와의 관계로 들어가야 한다. 텍스트를 신성하게 대하는 작업은 오랜 관계를 맺는 작업이기에, 자신이 자연스러운 애정을 느끼는 대상에 헌신하는 것이 좋다.

기억해야 할 것은, 어떤 텍스트가 신성한 것이 되기 위해서는 생성하는 힘이 있어야 한다는 점이다. 생각, 사상, 팬 픽션, 예술, 아이들에게 붙여 줄 이름, 혹은 그 무엇이든 새로운 것을 생성해야 한다. 그리고 복잡한 함의가 있어서 두 사람이 같은 문장을 읽을 때도 전혀 다른 것을 볼 수 있어야 한다. 만약 어떤 텍스트가 너무 단순해서 오직 한 가지 의미밖에 도출되지 않는다면 그것은 신성한 것이 될 수 없는, 저속한 텍스트다. 그런데 이런 조건과 상관없이 당신이 이미 어떤 텍스트를 사랑하고 있다면, 그것은 생성적 특성과 복잡성을 가지고 있다고 볼 수 있다. 우리는 저속한 것을 사랑하지 않기 때문이다. 증오가 저속한 이유 역시 그것이 지니는 전적인 단순성 때문이다.

일단 신성하게 대하고자 하는 텍스트를 선택했다면, 여러 도구들을 사용해 작업을 시작할 수 있다. 같은 텍스트를 읽는 일에 헌신하고 정기적으로 만나 함께 이야기 나눌 수 있는 친구를 찾을 수 있다면 더 좋다. 하지만 이 작업을 시작하는 데 필요한 것은 단 두 가지다. (1) 텍스트에 많은 시간을 들일수록 그것이 더 많은 선물을 줄 것이라는 믿음. (2) 텍스트를 정기적으로 읽기 위한 헌신(그 형태는 개인마다 다를 것이다). 물론 공동체가 있다면 이 관계가 공고해지는 데 도움이 되겠지만, 공동체가 마땅히 없다고 해도 시작할 수 있다.

지금부터 소개할 도구들은 수많은 학자와 독자, 영적 리더, 성경/미슈나 읽기 그룹이 오랜 역사를 거쳐 사용해 온 것들이다. 유대교나 기독교 외 다른 종교에도 훌륭한 도구들이 많다. 나는 그에 대해 가르침을 청하는 데 열려 있지만, 나 자신에게 적용하기가 그다지 편안하지는 않다. 나는 다양한 영적훈련들을 나의 무신론 성향에 맞게 수정하고, 내 배경인 유대교 그리고 미국이라는 국가에서 문화적으로 지배적 종교가 된 기독교를 대상으로 실행하는 것이 더 편안하다. 하지만 이슬람교나 불교, 바하이교, 수많은 다른 종교들에 맞게 해 본다는 생각은 그다지 익숙하지 않다. 만약 당신이 그런 새로운 실천을 찾는 데 관심이 있다면 진심으로 격려한다.

플로릴레기움 수집하기

앞서 언급했듯이 나는 《제인 에어》를 읽으면서 마음에 드는 문장이 나오면 기도에 도움이 된다는 믿음 때문에 문장에 줄을 그어 두곤 했다. 당시에는 몰랐던 사실이지만, 이 습관에도 어떤 종교적인 뿌리가 있다는 사실을 나중에 알게 되었다. 사실 많은 사람들이 자신이 수집한 인용구를 바탕으로 글을 쓰는 작업을 하고 있는데, 그런 종교적인 배경이 있다는 사실을 모르거나 혹 안다고 해도 큰 영향을 받지 않는 것이 대부분이다. 이것은 '플로릴레기움florilegium'을 수집하는 작업으로, 문자적으로 '꽃 묶음'이라는 뜻을 가진 라틴어다.

나는 이 훈련을 스테퍼니 폴셀 교수님께 배웠는데, 목사였던 아버지가 성경의 시편을 읽을 때 사용하신 방식이라고 하셨다. 그분은 매일 몇 편의 시편을 읽고 자신에게 와 닿는 문장들을 기록해 두셨는데, 그것을 '작은 보석sparklet'이라고 불렀다. 그분은 문장들의 출처에 대한 별도의 주석 없이 그것들을 일기장에 기록해 두셨고, 시편 전체를 다 읽고 나면 그렇게 모아 둔 작은 보석들(그분의 플로릴레기움)을 자신만의 텍스트로 여기며 읽어 나가셨다고 한다. 그리고 그 자료들은 다음과 같은 질문들을 던지는 가운데 성찰의 도구가 되어 주었다. 이번에는 어떤 문장이 와 닿는가? 이 인용구는 나 자신에 대해 무엇을 말해 주는가? 이 인용구들이 원래 있던 자리에서 떨어져 나와 이 같은 형식으로 배열된 데는 어떤 의미가 있는가?

이렇게 당신이 새롭게 만든 텍스트를 고유한 의미를 가진 신성한 텍스트로 여기고, 원래의 책으로 돌아가 다시 읽어 보라. 그리고 처음부터 이 과정을 반복해 보라. 이 작업은 시편이 아닌 어떤 텍스트로도 쉽게 해 볼 수 있다.

당신만의 플로릴레기움을 만드는 방법은 여러 가지가 있다. 만약 당신이 그룹을 이루어 함께 텍스트를 읽고 있다면 나의 사례도 도움이 될 것이다. 나는 현재 비종교적 텍스트를 함께 읽는 순례자들의 모임을 이끌고 있는데, 매일 하루가 끝날 무렵 그날의 작은 보석을 함께 나누는 시간을 가진다. 작은 보석이란 함께 읽고 있는 텍스트에서 발췌한 인용구일 수도 있고, 동료 순례자가 했던 말일 수도 있다. 이런 식으로 우리는 서로의 말을 신성하게 대하는 방법을 배워 나가고 있다. 사람들이 나누어 주는 작은 보석들을 모아서 내가 타이핑을 끝내면, 몇 분 동안 그 새로운 텍스트에서 얻은 깨달음을 이야기하면서 그것을 신성하게 대하는 작업을 한다. 이런 작업은 어떤 종류의 독서 클럽이든 모임의 마지막 날이나 어떤 책 한 권이 끝나는 마지막 날에 시도해 보면 좋을 것이다.

파르데스 PaRDeS

모세 데 레온이 파르데스의 개념을 최초로 정리한 학자로 알려져 있지만, 그 개념 자체의 기원은 네 명의 랍비에 관한 2세기의 유명한 이야기로 거슬러 올라간다. 히브리어 '파르데스PaRDeS'는 네 단어, *p'shat*(프샤트, 표면적 의미), *remez*(레메즈, 암시), *d'rash*(드라쉬, 해석), *sud*(소드, 비밀)의 머리글자를 따서 만든 두문자어다. 또한 2세기에 파르데스는 하나의 장소로서 비밀스러운 토라의 지식이 심겨 있는 과수원이라는 뜻도 가지고 있었다.

네 랍비 중 세 명은 죽거나 미쳐 버렸는데, 오직 그 유명한 랍비 아키바만이 이 과수원의 영적 실재를 마주하고도 무사히 살아남았다고 한다. 파르데스의 신성한 읽기 훈련이란 결국 텍스트를 하나의 과수원으로 대하는 작업이다. 물론 우리가 이 과수원 전체를 단번에 들여다볼 수는 없을 것이다. 그랬다가는 우리도 미쳐 버릴 수 있으니 말이다. 우리가 할 일은 열매(혹은 문장)를 하나만 따서 한 입 베어 물고 입안에 어떤 맛이 전해지는지를 느껴 보는 것이다.

이제, 당신의 신성한 텍스트에서 문장 하나를 골라 보라. 좋아하는 문장이든 임의로 고른 것이든 상관없다. 두 경우 모두 그 나름의 재미와 보람이 있고 각각 다른 결과를 가져다줄 것이다. 다음 내용은 팟캐스트 '해리 포터와 신성한 텍스트'의 공동 진행자인 캐스퍼 터 카일과 내가 우리의 신성한 텍스트(해리 포터 시리즈)를 가지고 파르데스를 적용하는 방식이다.

1. 1단계, P(프샤트/표면적 의미): 이런 질문을 스스로 던져 보라. '이 문장이 의도하는 바는 무엇인가? 저자는 내가 이 문장을 어떤 의미로 받아들이기를 원하는가?'

2. 2단계, R(레메즈/암시): 문장에서 단어 하나를 골라, 일곱 권의 시리즈 전체에서 그 단어가 사용된 용례들을 찾아보라. 만약 당신이 랍비라면, 그 단어가 경전에서 사용되는 여러 가지 방식에 대해 생각해 볼 수 있을 것이다. 여러 용례를 찾고 나면 그것을 서로 연관 지어 생각해 보라. 예를 들어 '궤ark'라는 단어를 골랐다면, 노아의 방주Noah's ark와 언약궤Ark of the Covenant를 떠올리게 될 것이다. 이것이 바로 하나의 단어가 서로 다른 책에서 서로 다른 방식으로 사용된 예다(노아의 방주는 창세기에, 언약궤는 출애굽기에 등장한다). 하지만 이 두 용례를 나란히 놓고 보면 새로운 의미를 발견하게 된다. 즉 언약궤를 폭풍우 치는 바다를 헤쳐 나가게 해 주는 배와 일치시키는 순간, 십계명이 완전히 다른 의미로 다가오는 것이다. 이때부터 십계명은 당신의 행동을 엄격히 제한하는 규칙이 아니라 태풍이 휘몰아치는 바다에서 당신을 안내하고 보호해 주는 도구가 된다.

이제 해리 포터 시리즈에서 발췌한 예시로서 다음 문장을 살펴보자.

> 피튜니아 이모와 버논 이모부와 더들리가 새로 산 회사 차를 구경하려고 정원에 나가자(너무 큰 소리로 떠들어 대는 통에 길거리의 사람들도 그 차에 대해 알 수 있을 정도였다), 해리는 아래층으로 기어 내려왔다. 그리고 계단 밑 벽장에 놓인 자물쇠와 책 몇 권을 집어 자기 방에다 숨겨 놓았다.

예를 들어 '자동차'라는 단어를 골라 보자. 시리즈 전체에서 이 단어가 어느 부분에 사용되었는지 떠올려 보면(혹은 검색 기능으로 찾아보면), 이렇게 자기 차를 자랑스러워하는 사람이 비단 버논만이 아님을 알게 될 것이다. 위즐리 씨 역시 그런 사람인데,《해리 포터와 비밀의 방》에서 해리에게 자유를 주고 몇 장 뒤로 가서는 해리와 론을 궁지에 빠뜨리는 포드 앵글리아를 떠올려 보라. 또한 마법부가 필요에 의해 위즐리 형제와 해리와 헤르미온느를 9와 4분의 3 승강장으로 데려오도록 보낸 자동차들을, 그리고 어느 순간 해리와 등진 이후로 마법부는 더 이상 자동차를 보내지 않았다는 사실을 떠올려 보라. 따라서 이 모든 정황들을 통해 당신은《해리 포터》의 세계에서 차는 권력의 상징이라는 결론을 내릴 수 있을 것이다. 즉, 자동차는 권력의 장악(버논의 경우처럼)을 뜻하거나, 권력의 유무를 나타내는 신호(마법부의 경우처럼)이거나, 권력의 탈취(자유를 위해 포드 앵글리아에 올라 탄 해리의 경우처럼)를 상징한다.

3. 3단계, D(드라쉬/해석): 이렇게 질문을 던져 보라. '만약 이것이 이번 주 나에게 주어진 문장이고 이 문장으로 설교를 해야 하는 상황이라면, 나는 어떤 설교를 하겠는가?' 혹은 이렇게 질문해도 좋다. '내가 이 문장에서 끌어내고 싶은 교훈은 무엇인가?'

이 단계를 진행할 때 알아 두어야 할 것은, 교훈은 반드시 텍스트 안에서만 도출되는 것이 아니라는 점이다. 우리는 2단계에서 했던 작업 전체를 통해 교훈을 끌어낼 수 있으며, 따라서 만약 '자동차'를 소재로 선택했다면 권력에 대한 교훈을 다음과 같이 기술해 나갈 수 있다. 권력을 획득하는 것(론과 프레드와 조지로부터 우정과 충성을 획득한 해리 앞에 포드 앵글리아가 나타난 경우)이 권력을 장악하는 것(버논의 경우)보다 낫다. 이것은 살다 보면 매우 중요하게 여겨질 때가 많은 교훈이다.

4. 4단계, S(소드/비밀): 나는 파르데스의 이 마지막 단계를 사랑한다. 이것이 내가 정기적으로 사용하는 훈련 방식 중에서 가장 신비로운 것이기 때문이다. 당신은 한 단어의 의미를 철저하게 탐구해 보았고, 도출한 교훈을 기록하기도 했다. 그렇다면 이제 텍스트가 자신의 비밀 하나를 당신에게 열어 보일 차례다. 혼자서 이 훈련을 하는 방법은, 그저 그 문장을 한 번 더 읽고 가만히 침묵하며 앉아 있는 것이다. 문장을 웅얼거리거나 암송해 보아도 좋고, 혹은 잊어버려도 좋다. 단, 그러는 가운데 어떤 비밀 하나가 떠오르는지를 지켜보아야 한다. 그렇지 않을 수도 있지만, 비밀은 생각보다 자주 모습을 드러내기 때문이다. 그리고 비밀 그 자체도 아름다운 선물이지만, 엄격하게 텍스트를 읽을 때 미지의 보상이 반드시 주어진다는 확실성 역시 아름다운 선물이다.

렉시오 디비나

렉시오 디비나(거룩한 읽기)는 파르데스의 기독교적 버전이라 할 수 있지만, 둘 사이에는 흥미롭고도 중요한 차이점이 있다. 이 훈련 역시 파르데스와 같은 중세의 훈련이며, 복잡한 기원을 가지면서도 개념을 체계적으로 정리한 한 인물이 존재한다. 카르투시오회 수사 귀고 2세는 읽는 행위가 우리를 기도로 안내한다고 말했다. 그의 말에 따르면 읽기란 포도를 먹는 행위와 유사한데, 먼저 입속에서 포도 알갱이의 감촉을 느끼고, 다음으로 과즙이 터져 나오고, 알갱이를 씹고, 마지막으로 영양분이 몸에 전달된다. 그가 제시하는 네 단계 훈련을 따라가는 것은 텍스트 한 조각을 입안에서 터뜨려 즙을 짜내고 영양분을 받아들이는 것과 같다.

우리는 이 전통적 훈련 방식 역시 우리의 기획에 맞게 수정해서 사용하고 있다. 여기서 권하고 싶은 네 단계 훈련은 다음과 같은데, 그 전에 우선 파르데스를 다룰 때와 마찬가지로 문장 하나를 선택하라. 특별히 와 닿는 문장도 좋고 임의로 골라도 상관없다.

이제 그것이 문자적으로 전달하는 의미가 무엇인지 질문해 보라. 이 작업을 위해서는 문장의 앞뒤를 살피며 문맥을 파악해야 한다. 그 문장이 어떤 배경에 놓여 있는지, 무슨 일이 일어나고 있고 화자가 누구인지, 당신이 선택한 이 순간의 전후에 어떤 일이 일어나는지를 다각도로 살펴보는 것이다.

다음으로, 이 문장이 어떤 이야기들을 상기시키는지를 질문하라. 이것은 은유적 사고를 하는 단계다. 혹시 이 문장이 셰익스피어의 작품 속 장면을 연상시키는가? 그렇다면 어떤 방식으로? 아니면, 그리스 신화를 연상시키는가? 둘은 어떻게 다른가? 이 문장은 당신이 좋아하는 팝송을 연상시키는가? 왜 그런가? 이런 식으로 문장이 떠올리는 수많은 이야기들을 나열하다 보면, 당신 앞에 놓인 텍스트에 대한 이해가 마법처럼 확장되는 경험을 하게 될 것이다.

이제 이 문장이 당신의 인생에 일어난 일들 중 어떤 것을 연상시키는지 질문해 보라. 지금까지 이 세상에 존재하는 수많은 이야기들을 탐색해 보았으므로, 이제는 내면으로 들어갈 차례다. 이 문장은 당신 과거의 어떤 순간을 떠올리는가? 이제 당신은 텍스트 안에서 자기 자신을 만나고 더 이상 혼자가 아닌 자신을 바라보는 단계로 초대받은 것이다. 당신은 자유롭게 그 책 속의 인물이 되거나, 어떤 방식으로든 그 인물들과 친밀함을 누리는 관계 안으로 들어갈 수 있다.

마지막으로, 그 문장을 가지고 지금까지 해 온 작업을 통해 어떤 행동을 하고 싶은 열망을 느끼는가? 이 단계에서 가장 중요한 것은 진정으로 실행 가능한 일을 해 보는 것이다. '좀 더 다정한 사람이 되자' 같은 애매한 구호를 외치기보다, 그저 이렇게 다짐하면 된다. '다음 주에 동생한테 연락해야지.' 텍스트가 당신의 단기적 행동을 변화시키도록 기회를 줌으로써 마침내 당신을 장기적으로 변화시키도록 하라.

하브루타

유대인들의 전통적 훈련 중 하나인 하브루타는 기본적으로 짝을 지어서 해야 하는데, 이렇게 짝을 이룬다는 것 자체로 소중한 선물이다. 다른 이와 함께 텍스트를 신성하게 대하는 작업 안으로 들어가는 것은 매우 즐거운 일이다. 그들은 우리가 훈련을 계속해 나가도록 자극하고, 궤도를 지키도록 도와주며, 스스로는 결코 떠올릴 수 없었을 아이디어를 주기도 한다.

하브루타는 예시바라는 교육 기관에서 둘씩 짝을 지어 함께 공부하는 전통적인 교육 방식에 뿌리를 둔다. 이곳에서는 매일 학생들이 탈무드를 앞에 두고 짝을 지어 앉아 있고 교사는 대부분 교실 안을 돌아다닌다. 책 한 권과 서로 맞댄 머리, 근처에 있는 교사, 이것이 수년간의 자기 주도적 학습에 필요한 전부다.

우리 팟캐스트에서 하브루타를 실천하는 방식은, 우리 중한 사람이 다른 사람에게 텍스트에 대한 질문을 던지는 것이다. 하지만 질문자 또한 자신의 답을 가지고 와야 한다. 결국모든 대답은 부분적인 것에 지나지 않는다는 사실을 인정하는, 정말 놀라운 훈련이다. 던질 가치가 있는 모든 질문에는다수의 답이 존재하며, 진실은 그 모든 답으로 구성된다. 따라서 진실은 오직 대화 속에서만 포착된다.

하브루타의 다음 단계는, 그룹 내에서 제3의 인물이 질문과 답을 모두 들은 후 자신의 의견을 표현하는 것이다. 이 사람은 처음 제시된 질문에서 영감을 받아 새롭게 떠오른 질문을 던지고, 새로운 대화를 시작하기 위한 자신의 답을 제시한다. 이 과정은 참여자들의 의향에 따라 얼마든지 연장할수 있다. 내가 이 과정에서 마음에 드는 부분은, 모든 사람이학생이고 또 교사임을 인정한다는 점이다. 그리고 무리수를두거나, 틀려도 괜찮다. 우리는 자신의 대답이 적절한지 확인하기 위해 계속해서 자유롭게 답을 제시할 수 있고, 파트너와 큰 소리로 이야기할 수도 있다.

신성한 상상

마지막으로 제시할 전통적인 읽기 훈련은 이그나티우스 상상 훈련이다. 죄송하지만 나는 이 훈련을 성 이그나티우스께 얻어내어 신성한 상상 훈련이라고 이름 붙이겠다. 이 훈련을 만든 사람은 16세기의 수사이자 예수회 창립자인 로욜라의 성 이그나티우스인데, 그는 (성인 칭호를 받기 훨씬 이전에) 아서 왕 전설에 매료되어 있었던 스페인의 젊은 부자였다. 기사도 정신과 기사들의 이야기를 너무나 사랑한 나머지 17세에 군인이 되었다. 전쟁의 매력에 푹 빠져 의기양양하게 활보하던 이그나티우스에 관한 이야기들이 꽤 회자된다. 하지만 그는 전쟁에서 포탄을 맞는 비운을 맞는다.

가톨릭 병원에서 요양을 하던 기간에는 당연히 기사도에 관한 읽을거리가 없었고, 손에 닿는 건 복음서뿐이었다. 그래서 그는 원탁의 기사들 대신, 사도들 및 예수와 함께 자신이 평상시에 즐기던 상상의 세계로 빠져들었다. 즉, 그 이야기 속에 있는 자신을 상상하는 것이다. 그는 예수와 함께 물고기를 잡는 자신의 모습을 상상하고, 배 안에서 얼굴에 닿는 공기의 결과 손에 잡은 연장의 감각, 물고기의 냄새 등을 상상했다.

이런 상상은 어떤 장면을 다르게 볼 수 있는 시각을 준다. 텍스트에서 한 장면을 골라 여러 감각으로 느끼는 상상을 해 보라. 이 인물은 무엇을 보고, 만지고, 맛보고, 듣고, 어떤 냄새를 맡고 있는가? 나는 이 훈련을 별로 신뢰하지 않는 사람이었지만,《해리 포터와 마법사의 돌》을 읽으며 헤르미온느 입장에서 트롤의 공격을 경험한 후 생각이 완전히 바뀌었다. 등으로 전해오는 화장실 바닥의 냉기와 트롤들의 끔찍한 냄새, 물이 뿜어져 나오는 요란한 소음 등을 상상하고 나서야 헤르미온느가 얼마나 무서웠을지 이해할 수 있었다. 그리고 헤르미온느가 두 소년과 친구가 된 것은 단순히 그들이 힘든 일을 함께 겪었기 때문이 아님을 알게 되었다. 두 친구가 오지 않았다면 자신이 죽을 수도 있었다는 사실을 깨달았기 때문이다. 살아남기 위해서는 친구가 필요하니까 말이다.

감사의 말

나를 가족으로 받아 주고 내 생의 사랑이 되어 준 엘런과 애나 뮬러에게 고마움을 전합니다. 너희들은 내가 정말 좋아하는 몬스터들이란다. 그리고 내가 내키지 않는 순간에도 글 쓰는 감옥에 가두고 페이지가 쌓여 갈 때마다 축하를 아끼지 않았던 피터에게도 감사합니다. 당신은 로맨스 소설의 재료로 결코 손색 없는 사랑을 줍니다. 그리고 당신을 사랑합니다.

내 형제들 데이비드와 조너선 졸탄의 사랑과 삶, 지지를 제쳐 두고 나라는 사람을 설명하기는 불가능할 것입니다. 그리고 내가 아는 가장 재미있는 작가이자 관대함의 화신, 게다가 사랑스런 내 조카들을 낳은 올케 수잰에게 사랑을 전합니다.

킴 아인스테인은 이미 그 자신이 훌륭한 사람이지만, 나에게는 둘도 없는 초능력자이자 세상에서 가장 동경하는 사람입니다. 늘 함께 걷지만 대체로 길을 인도하는 역할을 하는 줄리아 그레이스 아지. 늘 내 상상 속 청중이 되어 주고 내가 글을 쓸 때마다 의식하게 되는 독자 아리아나 니콜 네들면. 나를 웃게 하고 강하다고 느끼게 해 주고 내 경력을 이끌어 주는 캐스퍼 터 카일. 내가 원하지 않는 순간에도 나를 밀어붙이고 또 원하지 않는 순간에 쉬게 만드는 젠 차우. 내게 웃음을 주고 내가 지난 15년간 완벽했다고 늘 말해 주는 다나 그리어. 내 짐 가방을 보고 놀리면서도 언제나 들어 주는 닉 볼.

그리고 나의 '논문지지 그룹' 멤버들이자 구약성서를 함께 헤쳐 나온 동지들이며, 내 신학교 시절을 행복하게 해 주었고 좋은 사람이 된다는 것의 의미를 보여 준 올리비아 해밀턴과 애비 엥겔스타드, 로런 테일러. 그리고 내 논문 지지 그룹의 조력자이자 이 프로젝트의 효과를 나보다 먼저 문자 그대로 믿었던 마이크 모티아. 이 그룹 내에서 결성된 '제인 에어' 수업의 멤버들과 특별히 잉그리드 노턴.

버사에 관한 내 첫 에세이를 읽어 준 로지 호스킹, 그리고 나의 대代가족 로버트와 칼라와 마리안 마조프스키.

나의 조용한 영혼의 친구 클로에 앙잘.

언제든 어둠을 뚫고 자전거로 수십 킬로미터를 달려 보러 가고 싶은 브리지드 고긴.

20년 동안 관대함과 진정한 사랑을 보여 준 몰리 본.

책과 강아지를 좋아하고 어디서도 들을 수 없는 유아어를 맛깔나게 들려주는 레이첼 윌리엄스.

이 책을 쓰기 시작할 때 그야말로 나와 함께 있어 주었던 다나 쿤.

나의 동료 모험가 에미 울게무스.

오랜 시간을 들여 만든 자신의 꽃다발만큼 눈부시게 아름다운 엔디디아마카 오테.

사랑하는 이모 미셸 처니.

하버드 세계에서 나와 처음으로 가족이 된 리베카 레들리.

결혼할 때 나를 사제로 불러 준 그레이엄과 비키 콜.

내가 좋아하는 정의의 닌자 닉 바버.

20년 동안 내가 늘 곤경에 빠뜨렸고, 그러면서도 변함없이 사랑했던 브룩 브레이트(그리고 프랭키와 새디).

나의 자매 어맨다 모어존.

나의 특별한 형제 로비 보이어.

싫어했지만 어느덧 사랑하게 된 듀크 로다.

나의 첫 번째 팬이지만 그보다 내가 먼저 팬이었던 브라이스 길필리언.

갈 곳이 없었던 어느 날 밤 내게 문을 열어 주었던 에이미 제이드.

아름다운 그레이 가족(특히 사랑하는 나의 이사 그레이).

아이들의 공동 양육자이자 나를 늘 돌봐 주는 프란체스카 차일즈.

수년 동안 함께 뮤지컬을 보고 스파클링 와인을 마시고 끝없이 대화를 나누며 지지해 주는 로런 테일러.

그날 모임에 온 이후로 빠지지 않고 곁을 지켜 주는 콜레트 포츠.

내가 아는 이들 중 경청을 가장 잘하는 사람이자 최고의 선물인 엘리자베스 슬레이드. 내게 해리 포터를, 그리고 더 중요하게는 로리라는 사람을 선물해 준 밥 필빈.

내가 케이크를 가져가면 더할 나위 없이 기쁘게 맞이해 주는 포츠네 가족들.

생방송을 시청하러 오고, 함께 글쓰기 피정을 떠나고, 순례를 계획하고(리즈), 법률상의 조언을 해 주고, 팟캐스트 시험 방송을 들어 주고, 책을 가지고 토론하고, 최고의 친구가 되어 준 에런 포겔슨과 니나 스리바스타바, 이나 멩, 줄리 발다사노, 조라 야쿠비, 수잰 개리슨, 주디스 질러-레인월, 존과 에스터 프리드먼, 니챈 펠먼, 그리고 많은 친구들. 내가 여러분에게 많은 일을 부탁했던 것은, 당신들의 명석한 두뇌와 따뜻한 마음이 너무 필요했기 때문입니다. 여기 이름만 나열

하는 것으로는 너무나 부족하지만, 이것이 제가 할 수 있는 전부여서 미안할 따름입니다.

'낫 소리 프로덕션Not Sorry Productions'의 팀원들인 매기 니덤, 메건 켈리, 어맨다 매디건, 해나 골드바흐, 아리아나 마티네즈, 노라 머피, 로런 테일러(계속 언급해도 부족한), 그리고 '해리 포터와 신성한 텍스트'와 '핫 앤 바더드Hot and Bothered'라는 기상천외한 모임. 결코 이루어질 거라고 생각하지 않았던 꿈을 꾸게 해 주어서, 내 실수를 용납해 주고 내가 무엇인가를 발견할 때마다 관대한 마음으로 들어 주어서 감사합니다. 함께 제인 에어 순례를 떠났던 이들에게 특별히 감사의 마음을 전하고 싶은 것은, 이 책에 실린 많은 아이디어들이 그때의 대화에서 나왔기 때문입니다. 언젠가 하워스를 다시 방문해 함께 차를 마실 날이 오기를 고대합니다.

나를 가르쳐 주신 에이미 할리우드, 테리 템페스트 윌리엄스, 앤드류 라마스, 댄 스미스, 낸 굿맨, 셰릴 자일스, 케빈 매디건, 대러 혼. 그리고 고등학교 때 글쓰기를 가르쳐 주신 웡, 오핸런, 코란스키, 크리지 선생님께 깊이 감사드립니다. 무엇보다 이 책의 형태를 기획하고, 내가 보낸 성가신 문자들에 일일이 답하고, 슬프게도 글을 쓰면서 내가 전적으로 의존했고, 이 책의 가장 첫 독자가 되어 준 매튜 포츠. 그리고 9년 동안 함께했던 학생들. 당신들은 내게 정말 멋진 선생님이었습니다.

나는 리사 디모나 같은 에이전트를 만날 자격이 없는 사람이지만 그래도 계속 당신과 함께할 것입니다. 내 기획안을 열여덟 번이나 읽고 내게서 나올 수 있는 최선의 것을 짜내 준 노라 롱. 노라가 떠난 자리를 완벽하게 이어받은 로런 카슬리. 나를 한계에서 끄집어내고 글을 맵시 있게 정리하고 열렬한 독자가 되어 준 나의 편집자 매리언 리지. 그리고 이 책이 나오게 해 준 모든 펭귄랜덤하우스 식구들, 칼라 이안노네, 얼리사 애들러, 레이철 듀건, 페어린 슐러셀, 케이시 말로니, 레이철 에이욧에게 감사드립니다.

그리고 내 조부모님들, 데스조 졸탄과 엘리자베스 졸탄, 루스 슈타이프 로히에와 에이브러햄 알랭 로젠버그 로히에. 당신들의 삶을 이야기하는 과정에서 내가 실수한 것이 있다면 부디 용서해 주시기 바랍니다. 당신들의 모든 것에 감사하지만, 특별히 생존해 주신 것에 정말 감사합니다.

앞에서 이 책을 헌정한 바 있지만 다시 한번 감사의 말을 쓰겠습니다. 스테퍼니 교수님, 당신에 대한 감사를 표현할 수 있는 단어는 세상에 존재하지 않기 때문에 나는 수천 번도 넘게 마음을 표현하려 애써 왔습니다. 아빠, 내 삶과 경력에 대해 크게 염려하시며 보내셨던 편지를 기억해요. 그리고 내가 아빠의 뜻을 거절한 후에도 여전히 날 사랑하고 지지해 주셔서 감사합니다. 그리고 엄마, 나의 가장 큰 소원은 엄마 같은 사람이 되는 것입니다.

참고 문헌

- Arendt, Hannah. *Eichmann in Jerusalem: A Report on the Banality of Evil.* New York: Penguin Books, 2006.《예루살렘의 아이히만》(한 길사).

- Armstrong, Karen. *The Lost Art of Scripture: Rescuing the Sacred Texts.* London: Bodley Head, 2019.

- Awkward, Michael. *Soul Covers: Rhythm and Blues Remakes and the Struggle for Artistic Identity(Aretha Franklin, Al Green, Phoebe Snow).* Durham, NC: Duke University Press, 2007.

- Barker, Juliet R. V. *The Brontës: Wild Genius on the Moors; The Story of a Literary Family.* New York: Pegasus Books, 2012.

- Bloomfield, Morton W. "*The Divine Comedy. Vol. I: Inferno.* Dante Alighieri and Charles S. Singleton. *Dante's Inferno.* Dante Alighieri, Mark Musa." *Speculum* 48, no. 1 (Jan. 1973): 127 – 129. doi: 10.2307/2856280.

- de Botton, Alain. *How Proust Can Change Your Life.* New York: Vintage International, 1998.《프루스트가 우리의 삶을 바꾸는 방법들》(청미래).

- Dew, Spencer. Review of *Citizen: An American Lyric* by Claudia Rankine. *Religious Studies Review* 41, no. 4 (2015): 184 – 185. doi: 10.1111/rsr.12255_3.

- Gaskell, Elizabeth Cleghorn, and Elisabeth Jay. *The Life of Charlotte Brontë.* New York: Penguin Books, 1997.

- Gay, Roxane. *Bad Feminist: Essays.* New York: Harper Perennial, 2014.《나쁜 페미니스트》(사이행성).

- Gilbert, Sandra M., and Susan Gubar. *The Madwoman in the Attic: The Woman Writer and the Nineteenth- Century Literary Imagination.* 2nd ed. New Haven, CT: Yale University Press, 2000. 《다락방의 미친 여자》(이후).

- Guigo et al. *The Ladder of Monks: A Letter on the Contemplative Life and Twelve Meditations.* Collegeville, MN: Cistercian Publications, 1981.

- Gyasi, Yaa. *Homegoing.* New York: Alfred A. Knopf, 2016.

- Hillesum, Etty, and Eva Hoffman. *Etty Hillesum: An Interrupted Life: The Diaries, 1941– 1943; and Letters from Westerbork.* New York: Henry Holt, 1996.

- Kugel, James L. *How to Read the Bible: A Guide to Scripture, Then and Now.* New York: Free Press, 2007.

- Kuile, Casper ter. *The Power of Ritual: Turning Everyday Activities into Soulful Practices.* New York: HarperOne, 2020.《리추얼의 힘》

(마인드빌딩).

- Lewis, John. *Across That Bridge: Life Lessons and a Vision for Change.* New York: Hyperion, 2012.

- MacIntyre, Alasdair C. *Edith Stein: A Philosophical Prologue, 1913–1922.* Lanham, MD: Rowman & Littlefield, 2006.

- McCarthy, Michael. "*In the Dream House: A Memoir* by Carmen Maria Machado (Review)." *Prairie Schooner* 94, no. 2 (2020): 193–194. doi: 10.1353/psg.2020.0069.

- Monk, Nicholas. Review of *Cormac McCarthy and the Signs of Sacrament* by Matthew L. Potts. *Journal of American Studies* 51, no. 1 (2017): E10. doi:10.1017/ S0021875816001675.

- Nhat Hanh, Thich. *Peace Is Every Breath: A Practice for Our Busy Lives.* New York: HarperOne, 2011.

- O'Donohue, John. *To Bless the Space Between Us: A Book of Blessings.* New York: Doubleday, 2008.

- Ortberg, Mallory. *Texts from Jane Eyre: And Other Conversations with Your Favorite Literary Characters.* York: Henry Holt, 2014.

- Paulsell, Stephanie. *Religion Around Virginia Woolf.* University Park, PA: Penn State University Press, 2019.

- Rhys, Jean. Wide Sargasso Sea. New York: Penguin Books, 1990. 《광막한 사르가소 바다》(펭귄클래식코리아).

- Saunders, George. *Congratulations, by the Way: Some Thoughts on*

Kindness. New York: Random House, 2014.

- Simpson, Jessica. *Open Book.* New York: Dey Street Books, 2020.

- Smart, Elizabeth, and Chris Stewart. *My Story.* New York: St. Martin's Griffin, 2014.

- Snyder, Timothy. *On Tyranny: Twenty Lessons from the Twentieth Century.* New York: Tim Duggan Books, 2017.

- Teresa of Avila and Mirabai Starr. *The Interior Castle.* Newberry, FL: Bridge-Logos, 2008.

- van der Kolk, Bessel A. *The Body Keeps the Score: Brain, Mind, and Body in the Healing of Trauma.* New York: Viking, 2014. 《몸은 기억한다》(을유문화사).

- Weil, Simone. *Waiting for God.* New York: Harper Perennial Modern Classics, 2009.

- Williams, Terry Tempest. *Erosion: Essays of Undoing.* New York: Sarah Crichton Books/ Farrar, Straus and Giroux, 2019.

- Wood, James. *How Fiction Works.* New York: Vintage, 2009.

- Woolf, Virginia, and Jeanne Schulkind. *Moments of Being.* 2nd ed. San Diego: Harcourt Brace Jovanovich, 1985. 《존재의 순간들》(부글북스).

옮긴이 소개   **정효진**은 부산대학교에서 영문학을 공부하고 출판사에서 편집자로 일했다. 프리랜서로 출판편집과 번역을 하고 있다.

신성한 제인 에어 북클럽

발행일	2022년 6월 10일
지은이	바네사 졸탄
옮긴이	정효진
발행인	임혜진
발행처	옐로브릭
등록	제2014-000007호(2014년 2월 6일)
전화	(02) 749-5388
팩스	(02) 749-5344
홈페이지	www.yellowbrickbooks.com